안나 제임슨Anna Jameson(1794-1860)
영국의 작가, 페미니스트, 미술사가. 빅토리아 시대의 대표적인 여류 작가로서
예술비평, 에세이, 전기, 문학비평, 여행기, 역사연구, 일기 등 다방면에 걸친 저
술 활동을 펼쳤다.
1794년 아일랜드의 더블린에서 출생. 1798년 가족과 함께 잉글랜드로 이주하여
런던 근교에 정착하였다. 경제적으로 궁핍한 가계를 위해 일찍부터 가정교사로
일했다. 이 일은 전업 작가의 길을 걷게 되기까지 15년 동안이나 지속되었다.
1826년 소설 《어느 권태 당한 자의 일기》를 발표한 것을 시작으로 사후에 출간된
《하느님의 역사》(1860)에 이르기까지 20여권에 이르는 책을 저술했다. 1832년에
간된 《셰익스피어의 여인들》은 우아한 문체와 깊이 있는 통찰력으로 런던 문학
계에 그녀의 이름을 뚜렷이 각인시켰다. 신화와 성서를 모티브로 하는 예술작품
들을 다룬 《신성한 미술》(1848)은 작가적 명성을 확고하게 만든 대표작으로 손꼽
힌다. 2년에 걸친 캐나다 여행을 다룬 여행기 《겨울 독서와 여름 산책》(1838)은
오늘날까지도 캐나다의 독자들에게 많은 사랑을 받고 있다. 이외에도 그녀는 《
아테나이움》(Athenaeum), 《애술》(Art Journal)등과 같은 저명한 잡지에 여성 문
제와 관련된 에세이와 비평을 꾸준히 기고하여 여성문제에 대한 진보적인 시각
을 보여주었다.
《셰익스피어의 여인들》은 셰익스피어의 희곡에 등장하는 여성 인물들을 본격적
으로 다룬 최초의 비평서로 알려져 있다. 저자는 이 책에서 포셔에서 맥베스 부
인에 이르는 25명의 여성 인물들을 생생하게 되살려내는 한편, 여성성에 대한 새
로운 비전을 제시하고 당대 여성들이 처한 사회적 조건들을 남카롭게 비판했다.
비평자적 관점에서는, 셰익스피어 문학의 여성 캐릭터들을 비평의 중심으로 이
끌어낸 역작이자, 여성적 감성과 의식에 기초한 페미니즘 비평의 빼어난 고전으
로 평가 받고 있다.

셰익스피어의 여인들 1
지성과 열정의 주인공들

옮긴이 서대경

시인. 2004년 계간 〈시와 세계〉로 등단.
한양대학교 영어영문학과를 졸업했다.
2006년 현재 시를 쓰는 틈틈이 출판기획과 문학작품 번역에도 힘쓰고 있다.
시집으로는 『2006 젊은 시』(공저, 문학나무)가 있으며, 옮긴 책으로는 『등에』가 있다.

감 수 이노경

연세대학교에서 영어영문학을 공부했다.
2003년 〈셰익스피어의 장르 의식 연구〉로 박사학위를 받았다.
주요 논저로 〈동적 이미지 분석을 이용한 셰익스피어 극 읽기〉
〈줄리어스 시저에 나타난 시대착오 의미 연구〉 등이 있으며,
저서로는 『제3의 장르를 찾아서: 셰익스피어 다시 읽기』가 있다.

Shakespeare's Heroines
by Anna Jameson
Korean translation Copyright ⓒ 2006 by Amormundi Publishing Co.
All Right Reserved.

이 책의 한국어 판 저작권은 도서출판 아모르문디에 있습니다.
저작권법에 의해 한국 내에서 보호를 받는 저작물이므로 무단 전재와 복제를 금합니다.

Shakespeare's Heroines

셰익스피어의 여인들 I

지성과 열정의 주인공들

안나 제임슨 지음
서대경 옮김 | 이노경 감수

아모르문디

윌리엄 셰익스피어의 연극들. 존 길버트(John Gilbert, 1849).

셰익스피어의 초상. 안젤리카 카우프만(Angelica Kaufmann, 1781년 이전).

화려하게 장정된 〈로미오와 줄리엣〉 표지.

셰익스피어의 생가. 작자 미상(19세기 중엽).

화가였던 아버지 데니스 브라우넬 머피(Denis Brownell Murphy)가 그린 앤나 제임스의 초상

샤일록을 연기하는 찰스 매클린(Charles Macklin). 요한 조퍼니(Johann Zoffany, 1768).

"자비를 베푸시오! 여기 당신이 받아야 할 돈의 세 배를 받으시오. 그리고 내가 그 계약서를 찢게 해주시오."

《베니스의 상인》 (4막 1장)

포셔. 찰스 에드워드 페루기니(Charles Edward Perugini, 1839-1918).

법에는 법으로)의 클라우디오와 이자벨라. 윌리엄 홀먼 헌트(William Holman Hunt, 1849).

〈공연한 소동〉의 한 장면(부분), 헨리 스테시 막스(Henry Stacey Marks, 1852),

니콜라스 로베(Nicholas Rowe) 판 《뜻대로 하세요》의 속표지 삽화(1709).

〈뜻대로 하세요〉의 한 장면, 프랜시스 휘틀리(Francis Wheatley, 1792-93).

맥베스 부인 역의 엘렌 테리(Ellen Terry). 존 싱어 서전트(John Singer Sargent, 1889)

일러두기

1. 원저자의 주는 (원주)로 별도 표기하였다.
2. 셰익스피어 작품 인용은 김재남(《베니스의 상인》《로미오와 줄리엣》《햄릿》 중앙문화사, 1987)과
   신정옥(《셰익스피어 전집》 전예원, 1991)의 번역을 참조하였다.

차례

2부 열정과 상상력의 여인들

안나 제임슨의 셰익스피어 읽기

    셰익스피어의 이름을 모르는 이는 없지만 셰익스피어 문학의 정수를 진정으로 체험해 본 이는 드물다. 셰익스피어 문학에 대한 찬사는 있되 정작 그의 작품이 지닌 풍요로운 상상력과 인간 이해의 깊이를 진지하게 성찰하는 작업은 찾아보기 힘들다. 왜 셰익스피어가 그토록 유명할까? 셰익스피어의 그 유명한 4대 비극을 온전히 읽고 향유하는 이 땅의 독자는 얼마나 될까?

    최근 출판계에서도 셰익스피어는 잘 팔리는 하나의 유행 코드로 각광받고 있는 듯하다. 그러나 이러한 관심은 셰익스피어 문학 자체에 대한 것이 아니라 셰익스피어라는 이 신화적인 작가에 대한 호기심 차원에 머물고 있다는 인상을 지우기 힘들다. 셰익스피어의 명성을 이용한 기획 상품은 얼마든지 있지만 셰익스피어 문학을 깊이 있게 소개하는 진지한 작업은 오히려 드물다. 이처럼 일종의 문화 아이콘으로 소비될 뿐인 셰익스피어를 오늘날의 독자들에게 풍요로운 미적 체험이 되도록 이끌기 위해서는 셰익스피어의 텍스트를 현대적인 언어로 옮기는 일과 함께 셰익스피어 문학의 생생한 숨결을 온전히 되살려내는 깊이 있는 연구가 절실하다고 생각된다.

    시대와 공간을 뛰어넘어 인간성의 심연을 꿰뚫어 본 위대한 시인, 윌리엄 셰익스피어. 그는 또한 여성의 아름다움과 본질을 그 누구보다도 탁월하게 형상화해낸 '여성들의 시인'이기도 했다. 셰익스피어의 작품 속에는 수많은 여인들이 등장하지만 어느 누구도 서로 비슷하거나 평면적이지 않다. 셰익스피어가 창조해 낸 여인들은 놀라울 만큼 생생한 현실성과 개성을 뿜어낸다. 그들의 아름다움은 박제된 미인상이 아닌 살아 숨 쉬는 인간의 아름다움이다. 이는 셰익스피어의 여인들이 보편적이면서도 구체적인 여성성의 진실에 그 뿌리를 두고 있음을 증명한다. 셰익스피어가 '여성들의 시인'임은 그의 탁월한 형상화 능력 외에도 작품 곳곳에서 드러나는 여성성에 대한 긍정과 애정에서도 확인된다. 셰익스피어의 희곡에서 여성 주인공은 남성 주인공을 중심으로 하는 이야기 흐름 속에서 단순히 수동적으로 반응하기보다는 오히려 이야기의 실마리를 풀고 운명을 결정짓는 적극적인 역할을 하는 경우가 훨씬 빈번하다.

그러나 전통적인 셰익스피어 비평은 셰익스피어 극의 여성 캐릭터들이 갖는 이러한 특성을 거의 인식하지 못했다. 여성 캐릭터들은 작품 구조나 남성 캐릭터에 종속된 하위 요소로 고려되었을 뿐 독립적인 연구 대상이 되지 못했던 것이다. 비단 셰익스피어 문학의 경우만이 아니라 20세기 이전의 모든 문학 전통이 남성중심적인 시각에 갇혀있었다고 해도 과언이 아닐 것이다. 오늘날 우리가 이해하고 있는 셰익스피어 문학은 이러한 시각으로부터 얼마나 자유로운 것일까? 어쩌면 여성의 시선에서, 여성 캐릭터를 중심으로 셰익스피어 문학을 읽어봄으로써 셰익스피어 문학이 지닌 의미의 지평을 새롭게 그려볼 수 있는 건 아닐까?

19세기 영국의 문학 전통 속에서 이러한 문제의식을 여성의 시선과 목소리로 본격적으로 펼쳐낸 최초의 비평서가 바로 《셰익스피어의 여인들》이다. 안나 제임슨은 이 책에서 셰익스피어 극에 등장하는 스물다섯 명의 여성 캐릭터들을 주요한 정신적 자질에 따라 '지성의 여인', '상상력과 열정의 여인', '애정과 덕의 여인'이라는 범주로 구분하고, 역사극에 등장하는 인물들을 따로 모아 '역사적 여인'의 범주에 넣어 논하고 있다(본서의 내용은 이 가운데 1부 '지성의 여인'과 2부 '상상력과 열정의 여인'에 해당한다).

빅토리아 시대의 대표적인 여류 작가로 손꼽히는 안나 제임슨은 1832년 《도덕적 · 시적 · 역사적 측면에서 본 여성의 특성》*Characters of Women: Moral, Poetical, and Historical*이라는 제목으로 이 책을 처음 출판했다. 원제에서 유추해볼 수 있듯 《셰익스피어의 여인들》이 궁극적으로 지향하는 것은 셰익스피어 문학을 통한 여성성의 탐색이다. 안나 제임슨은 이 책에서 그때까지 무시되어온 셰익스피어 문학의 여성 캐릭터들을 비평의 중심으로 이끌어내는 한편, 남성 비평가들을 중심으로 하는 기존의 연구에 여성적 감성과 의식에 기반한 페미니즘 비평이라는 새로운 방법론을 제공해 주었다. 이런 의미에서 《셰익스피어의 여인들》은 이중의 독서가 가능한 작품이다. 셰익스피어 문학에 관한 탁월한 분석으로서, 그리고 여성의 정체성과 사회적 조건에 대한 성찰을 담은 메타비평으로서의 읽기가 그것이다.

깊이 있는 통찰력과 유려한 문체가 돋보이는 이 탁월한 비평서는 출간 즉시 영국의 문학계에 커다란 반향을 일으켰을 뿐만 아니라 대중적으로도 높은 인기를 얻었다. 결코 만만치 않은 인문학적 사유의 무게를 지니고 있음에도 이처럼 대중에게 널리 읽힐 수 있었던 것은 《셰익스피어의 여인들》이 그만큼 예술서로서의 탁월한 매력을 갖고 있기 때문이었다.

안나 제임슨의 비평은 분석 대상에 대한 적극적인 공감을 토대로 한다. 기존의 비평이 여성 캐릭터들을 작품의 전체 맥락 속에서 부차적인 존재로 다루거나 남성 캐릭터와의 연관 속에서만 파악했다면 그녀는 그들을 하나의 독립적이고 주체적인 개인으로 파악하여 접근해 들어간다. 그녀는 먼저 인물의 내면으로 뛰어드는 '안에서 밖으로'의 읽기를 행한다고 할 수 있다. 이러한 읽기 방식은 제임슨의 언어에 생생한 활력과 여성적인 따스함을 불어넣는다. 그리고 그 안에서 셰익스피어의 여주인공들은 눈부신 존재의 날개를 활짝 펼친다.

그녀는 가령 포서와 이자벨라를 통해 여성적 지성의 고유성을, 줄리엣과 오필리아를 통해 여성적인 상상력의 깊이와 순수한 열정의 아름다움을, 그리고 헤르미오네를 통해서 감성과 도덕성으로부터 태어나는 따스한 애정의 빛을 그려 보인다. 꽃에서 향기를 추출하듯 여성 인물들의 존재적 특성으로부터 여성성의 본질적 요소들을 하나하나 추출하는 작업을 통해 저자는 여성적 본성의 이상적 가치를 정립하고 이를 토대로 여성을 억압하는 사회 조건들과 여성에 대한 편견을 양산하는 그릇된 교육 제도를 날카롭게 비판한다. 《셰익스피어의 여인들》이 지닌 미덕은 이처럼 여성의 영혼에 족쇄를 채우는 현실의 비좁은 지평에서 벗어나 자연적인 질서와 본성으로부터 길어 올려지는 여성의 참된 가능성과 주체성을 적극적으로 읽어낸다는 점에 있다.

이와 같은 측면에서 《셰익스피어의 여인들》이 보여주는 진보적 시각은 19세기라는 시대적 한계를 넘어 현대의 여성주의와 만난다. 안나 제임슨은 여성의 고유한 미덕을 긍정했던 것과 마찬가지로 남성의 고유성 또

한 인정한다. 그녀는 남녀 관계를 대립이 아닌 상호보완적인 관계로 인식하고 참된 사회적 조건은 여성들이 남성만큼 힘이 세지는 데 있는 것이 아니라 남성과 여성이 서로의 고유한 가치를 인정하고 긍정하는 데서 시작된다고 믿었다.

안나 제임슨의 이러한 작업은 평론가들로부터 광범위한 찬사를 이끌어냈지만, 한편으로는 '셰익스피어의' 여인들이 아니라 '안나 제임슨의' 여인들을 그렸다는 비판을 받은 것도 사실이다. 요컨대 엄격한 문학 비평으로서의 요건인 객관성을 결여하고 있다는 것이다. 그러나 우리는 여기서 《셰익스피어의 여인들》이 궁극적으로 추구하는 것은 셰익스피어 문학 읽기가 아니라, 셰익스피어 문학을 통한 여성성의 탐색임을 다시 환기해 볼 필요가 있다. 또한 이러한 비평 작업이 남성중심적인 이데올로기로부터 자유로울 수 없는 당대의 이른바 '객관적인' 비평에 대한 강력한 문제 제기였다는 점을 분명히 이해해야 할 것이다.

'서재에서'라는 제목이 붙어 있는 저자 서문은 그녀의 지향점을 보다 분명하게 이해할 수 있게 한다. 이 글은 저자가 여성 문제와 관련하여 첨예한 논쟁이 벌어지고 있던 당시의 정치적 상황(1832년 영국에서는 여성의 정치참여에 관한 내용을 담고 있는 개혁법안The Reform Bill이 발효되었고 여성 문제에 대한 정치적, 사회적 논의들이 활발하게 이루어지고 있었다)을 감안하여 자신의 작품이 불러일으킬지도 모르는 몇 가지 논란들을 해명하고 작품의 의도와 전체적인 구성, 그리고 여성 문제와 관련한 자신의 정치적 입장을 분명히 하기 위해 쓴 것이다. 저자의 분신인 앨다와 학식 있는 신사 머든(가상 인물)이 나누는 대담 형식으로 구성된 이 글은 본문의 내용을 어느 정도 숙지하고 있다는 가정 하에서 이루어진 토론 형식의 글이기 때문에 본서에서는 본문을 먼저 읽고 접할 수 있도록 뒤로 옮겨 놓았다. 이 글에서 저자는 당대의 여성들이 처해 있는 불평등한 사회적 조건을 개혁하는 것을 목표로 삼은 자신의 글쓰기가 어째서 현실이나 역사 속의 여성이 아닌 문학 작품 속의 여성들을 연구 대상으로 선택하게 되었는지, 그리고 풍자나 사회학적 논문이 아닌 문학비평이라는 형식을 취하게 되었는지 해명하면서 자신이 지향하는 글쓰기에 대해 다음과 같이 말하고 있다.

> 인간을 보다 현명하고 행복하게 만드는 길은 어리석음을 까발리고 무지함을 비웃는 데서는 찾을 수 없어요. 오히려 따스하고 관대한 애정이 담긴 이미지와 사례들을 제시함으로써 마음에 부드러운 울림을 일으키는 것, 인간의 영혼이 어떻게 고통을 통해 무언가를 배우고 성숙해지는가를 보여주는 것, 사악하고 타락한 존재 안에도 아직 깨어나지 않은 선한 가치들이 얼마든지 존재할 수 있다는 것을, 그리하여 절망한 자들에게 여전히 희망이 존재한다는 것을, 이 냉혹한 세상으로부터 남과 자신 모두를 저주하라고 배워온 사람들에게 세상엔 평화로움이 존재한다는 것을 일깨우는 것, 그리하여 차갑고, 냉혹하고 이기적이고 비웃음으로 가득한 이 현실의 천박함 앞에 울타리를 세우는 것. 오, 내가 이런 일들을 할 수만 있다면!

결국 안나 제임슨이 《셰익스피어의 여인들》에서 추구하는 것은 인간 영혼에 잠재된 아름다움과 고귀함에 대한 탐색이며, 치유하고, 창조하며, 포용하는 글쓰기, 부드러운 감성과 따스한 애정에서 태어나는 여성적 지성의 실천이다. 안나 제임슨은 엄격한 강단비평의 메마른 추상성이 아닌 눈부신 '존재의 웃음'을 우리 앞에 펼쳐 보인다. 그녀의 언어는 분석적 언어이기에 앞서, 꿈꾸고, 경탄하고, 음미하는 언어이다. 자연의 진리와 아름다움에 대한 신뢰, 예술에 대한 사랑과 삶의 약동으로 가득한 비평 언어. 그리고 이는 다름 아닌 셰익스피어 문학의 심오한 본질과도 통하는 것이 아닐까.

이 책을 통해 셰익스피어 문학에 대한 새로운 이해와 관심을 갖게 되는 한편으로 예술과 삶에 대한 저자의 열정적인 사랑과 여성적인 비판 정신의 향기까지 느낄 수 있다면 역자로서 더 바랄 것이 없을 것 같다. 괴테는 '영원히 여성적인 것만이 우리를 구원한다'고 말한 바 있다. 《셰익스피어의 여인들》은 괴테의 이 수수께끼 같은 아포리즘에 대해, 우리를 구원하는 여성적인 것의 본질과 그 의미에 대해 다시금 성찰하게 한다.

2006년 6월
서대경

1부
지성의 여인들

1장
여성적 완벽성의 전형

《베니스의 상인》의 포셔

포셔의 지성은 짙은 장미향과 같다. 로잘린드의 지성은 향기로운 초에 담근 목화솜을 연상시킨다. 베아트리체의 지성은 사라나무 향기 같고, 이자벨라의 지성은 천상을 떠도는 향기를 방불케 한다. 저마다의 독특함을 지닌 여인들 가운데 극적, 시적 개념에 비추어 누가 가장 완전하고 훌륭하게 형상화된 인물인지 선뜻 판단하기는 어렵다. 그러나 실제로 호흡하며 살과 피를 가진 한 사람의 개인이자 여성으로 보자면, 포셔를 그 첫 번째로 꼽아야 하리라고 믿는다.

포셔, 헨리 우즈(Henry Woods, 1888).

지성적 능력은 성별과는 무관하다고 주장하는 사람이 있다. 얼핏 듣기에 이런 주장은 여성을 두둔하고 있는 듯하지만 실제로는 그렇지 않다. 물론 정신의 보편적 기능이 남녀 모두에게 동일하다는 의미에서라면 이 주장은 옳다. 그러나 그외의 다른 것을 의미한다면 이 주장은 허위이며 오히려 여성에 대한 모독이 될 것이다. 여성의 신체 구조와 남성의 신체 구조가 다르듯이 여성의 지성은 남성의 지성과는 분명히 구분된다. 남성을 압도할 만큼 힘이 세거나 지적 능력이 탁월한 여성도 분명 존재하지 않느냐고 반문한다 해도 이러한 자연 보편적인 원리를 뒤집을 수는 없다. 내가 보기에 남성적 지성과 여성적 지성은 다음과 같은 면에서 부인할 수 없는 본질적 차이를 보이는 것 같다. 남성적 지성은 여성적 지성보다 자립적이고 자기 지향적이며, 인성의 다른 특질과 무관하게 독립적으로 기능하는 경향이 강하다. 반면 여성적 지성은 상대적으로 그 탁월성의 정도와는 관계없이 언제나 동정심과 같은 도덕적 특질들의 영향을 크게 받는다.

내가 기억하는 탁월한 여성들 가운데에는 보기 드문 재능을 가졌지만 왜곡된 여성상을 표현하는 그림을 그렸던 한 여류 화가가 있다.* 이러한 왜곡된 여성상의 이면에는 선행하는 도덕적 특질의 왜곡이 존재한다. 위대한 예술가들의 작품에서 종종 드러나는 이러한 종류의 중대한 실수는 여성성의 보편적인 특질에 대한 그들의 무지 혹은 부정에 그 원인이 있다. 그들은 겸손함, 우아함, 다정함과 같은 여성 특유의 성격은 눈에 보이듯이 생생한 필치로 아름답게 그려냈지만 재치, 활력, 지성과 같이 남성과 여성 모두에게 공통되는 특질을 여성 속에 표현하고자 할 때에는 몇 가지 면에서 실수를 범해왔다. 그들은 남성적이지 않은 지성의 개념을 상상할 수가 없었고, 따라서 여성적 지성의 특질이 모두 억압된 캐리커처같이 단순한, 혹은 실재와는 동떨어진 인공적인 여인상을 그려낼 수밖에 없었던 것이다. 물론 때때로 재치 있는 여성이 남성적이거나 경박하게 보일 수도 있다. 그러나 그렇게 보이는 까닭은 여성성의 본질에서라기보다는 여성성의 본질을 부정하는 사람들에게서 그 원인을 찾아야 할 것이다.

지금까지 우리 시대의 희극이나 소설 속에 등장하는 재치 있고 지적인 여성들의 모습은 모두 특정 시대의 스타일에 맞춰 형상화되었던 것이 사실이다. 그것은 마치 오래된 초상화처럼 보인다. 그림 속의 복장이나 소

■ (원주) 17세기 이탈리아 화가인 아르테미시아 젠틸레스키(Artemisia Gentileschi)는 뛰어난 예술 작품으로 평가받는 그림을 한두 점 남겼다. 이 작품들은 우리가 상상할 수 있는 가장 끔찍한 악덕과 야만성을 그 주제로 한다. 나는 플로렌스의 화랑에서 그녀의 작품을 볼 수 있었는데, 보는 순간 그 그림을 태워 재로 만들어버릴 권리가 내게 주어지기를 바랐고, 지금도 그 마음은 달라지지 않았다.

도구들은 이제 조잡하거나 괴상하게 보일지도 모른다. 그럼에도 불구하고 그 그림 속에서 우리가 즐거움과 기쁨을 느끼게 되는 것은 예술가의 섬세한 손길을 간직한 아름다움이 그 안에 여전히 생생하게 살아 있기 때문이다. 작품의 외면은 시대적 요인으로 인해 진부하고 괴상해 보일지도 모른다. 그러나 우리는 작품의 외면으로부터 그 내면으로 눈을 돌려 늘 새롭게 소생하는 기쁨으로 라파엘로

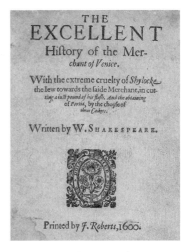

《베니스의 상인》 표지(1600년).

와 다눈치오가 그려낸 여신 플로라와 타이탄의 여러 여신들, 성녀와 처녀들을 경탄의 눈으로 바라보게 되는 법이다.

이러한 측면에서, 밀러먼트, 벨린다, 타운리 부인, 티즐 부인 과 같은 인물들은 이제 시대에 뒤떨어진 캐릭터가 되었을지도 모르지만, 여전히 지고한 본성과 여성적 아름다움을 간직하고 있는 포셔와 로잘린드는 처음 창조됐을 때의 생생함이 조금도 바래지 않은 채로 언제나 우리의 상상 속에 청신하고 눈부시게 존재한다.

포셔, 이자벨라, 베아트리체, 로잘린드는 두드러진 그들의 지적 특성으로 인해 모두 지성적 여인의 범주로 분류될 수 있을 것이다. 포셔의 지

■ Millament : 윌리엄 콘그리브(William Congreve)의 희곡 《세상의 이치》(*The way of the World*)(디오니소스드라마연구회 옮김, 영국고전희곡선 2, 동인, 2002)에 등장하는 젊은 여인. Belinda : 마리아 에지워스(Maria Edgeworth)의 동명 소설의 여주인공. Lady Townley : 조지 에더리지(George Etherege)의 희곡 《유행의 사나이》(*The Man of Mode*)에 등장하는 인물. Lady Teazel : 리처드 셰리든(Richard Sheridan)의 희곡 《추문 패거리》의 등장인물.

성은 시적 상상력에 의해 로맨스와 결합된 지성이다. 이자벨라의 지성은 종교적인 신념으로 고양된 지성이다. 베아트리체의 지성은 생동하는 정신에서 오는 지성이며 로잘린드의 지성은 감성적인 부드러움을 지닌 지성이다. 그들이 뿜어내는 지성의 향기는 고결하고 신랄하며 때로는 반짝반짝 빛나며 장난스럽기도 하다. 그러나 그 모든 특성들은 언제나 여성적이라는 점에서 동일하다. 꽃에서 뿜어지는 향기처럼 그들의 향기는 언제나 그 기원을 떠올리게 한다. 그것은 강력하고 달콤한 향기의 정수이다.

이들 향기를 좀더 세밀하게 구분해 보자. 포셔의 지성은 풍요롭고 짙은 장미향과 같다. 로잘린드의 지성은 향기로운 초에 담근 목화솜을 연상시킨다. 베아트리체의 지성은 사라나무 향기와 같고, 이자벨라의 지성은 천상을 떠도는 향기를 방불케 한다. 저마다의 독특함을 지닌 이들 네 명의 여인들 가운데 극적, 시적 개념에 비추어 누가 가장 완전하고 훌륭하게 형상화된 인물인지를 선뜻 판단하기는 어렵다. 그러나 다른 관점에서, 즉 실제로 호흡하며 살과 피를 가진 한 사람의 개인이자 여성으로 보자면, 나는 포셔를 그 첫 번째로 꼽아야 하리라고 믿는다.

포셔에게는 지금까지 여성이 지녔던 최상의 고상함과 사랑스러움의 특성들이 하나로 결합되어 깃들여 있다. 이러한 점에서 포셔는 나머지 세 여인들을 압도한다. 그녀는 여성적 완벽함에 대한 페트라르카(Francesco Petrarca)의 시구를 생생하게 재현하는 여인이다.

지금까지 포셔의 성격에 대하여 이렇다 할 만한 분석 작업이 한 번도 이루어지지 않았다는 사실은 놀라운 일이다. 셰익스피어와 그의 불멸의 작품들에 대한 글을 쓴 가장 빼어난 작가들 가운데 한 사람이 거짓된 현학자 연기를 한다는 이유만으로 포셔를 비난하면서 자신이 가장 아끼는 캐릭터들 가운데 그녀를 포함시킬 수 없노라고 고백하고 있는 현실은 더욱 이해하기 힘들다. 하기사 클레멘티나(Clementina)와 클래리사(Clarissa) 같은 부류의 여성보다 파니(Fanny)와 파멜라(Pamela)와 같은 부류의 여성을 더 좋아하며, 하녀들에 대한 자신의 선호를 감추지 않는 작가에게 합당한 고백이기는 하다.*

《베니스의 상인》에 대한 극찬의 글을 남긴 슐레겔**도 포셔에 대해서는 '부유하고 아름다우며 영리한 상속녀'라고 간단히 언급하고 있을 뿐이다. 그 잘못이 작자에게 있든 번역자에 있든 나는 이 '영리한'이라는 단어에 반대한다.*** '영리한' 포셔라니! 재능, 감성, 지혜, 아름다움과 고상함까지 천상의 절묘함으로 한데 어우러진 한 여인을 수식하는 단어가 '영리한'이란 말인가. 이제 이 상투적이고 모호한 단어를 좀더 정확하게 정의하고 사용할 때가 온 것이 아닐까? 이것은 고상한 재능과 힘을 지닌 사람을 수식하는 단어라기보다는 어떤 목적을 위해 상황에 맞게 적응하는 유연성의 힘을 의미한다. 그리고 이때의 목적이 반드시 가치가 있다거나 고결한 질서를 요구하는 것이 아님은 물론이다. 이 단어는 '기민한'이나 '지각 있는' 정도의 단어와 마찬가지로 정감과 통찰력이 결핍되어 있으며 상투적이기까지 하다. 그리고 이것이 한 여성을 수식하는 단어가 되면, 고상한 본성과 결합된 것이 아닌 한 우리는 필경 의심스럽거나 꺼림칙하게 느끼는 어떤 이미지를 떠올리게 되는 것이 아닐까?

지난 세기 중엽에 유럽의 왕실을 좌지우지했던 그 부도덕한 프랑스

■ (원주) 윌리엄 헤즐릿(William Hazlitt), 《에세이》(*Essay*) 2권 p.167.

■ ■ Augustus Wilhelm von Schlegel(1767-1845). 독일의 학자 · 비평가.

■ ■ ■ (원주) 나는 원작에 쓰인 단어가 '영혼적으로 혹은 정신적으로 풍요로운'이라는 뜻의 *geistreiche*라는 걸 알게 되었다. 매우 적절하고 아름다운 표현이다.

여인들은 분명 영리한 사람들이었다. '여류 철학가'인 채털리 부인은 한 손으론 피켓 게임의 카드를 들고 또 한 손으로는 기하학 문제를 풀었으니 매우 영리한 여자라 하지 않을 수 없다. 포셔가 단지 안토니오(Antonio)의 계약서에서 허점을 발견하고 그것을 이용하여 유대 상인의 의도를 좌절시키는 역할, 다시 말해 극의 대단원을 맺기 위해 고안된 단순한 극적 도구에 불과하다면 그녀를 영리한 여자라고 불러도 무방할 것이다. 하지만 포셔가 한 '행동'들은 포셔라는 '존재' 안에서 모두 녹아 없어져버린다. 열정과 통찰력과 정감이 절묘하게 어우러진 이 드문 존재에게 '영리한'이라는 수식어는 전혀 어울리지 않는다. 그녀의 조화로운 내면은 리처드슨과 슐레겔의 피상적인 찬사를 훨씬 넘어선다. 그들은 그녀를 충분히 이해하지 못한 것으로 보인다.

내가 보기에 이들을 비롯하여 대부분의 비평가들이 샤일록(Shylock)이라는 탁월한 캐릭터에 완전히 매혹되어 그에 천착할 뿐, 포셔에게는 그에 걸맞은 정당한 관심을 기울이지 않는 것 같다. 사정이 이러하다고 해서 샤일록이 포셔 이상으로 탁월하거나 높은 완결성으로 형상화된 인물이라고는 결코 말할 수 없다. 물론 이들은 저마다의 가치를 지니고 있다. 매혹적인 시와 아름답고 섬세한 형태의 무대 안에서 함께 존재하기에 충분할 만큼 이들은 모두 눈부시도록 훌륭하다. 포셔는 이 냉혹하고 끔찍스러운 유대인 곁에서, 자신의 존재에서 비롯된 밝고 명랑한 빛을 비춤으로써 그의 음침한 힘과 뚜렷한 대조를 이룬다. 그것은 렘브란트의 작품 곁에 있을 때 티치아노*의 작품이 더욱더 생생한 아름다움을 보여주는 것과 같다.

■ Vecellio Tiziano(1488-1576). 르네상스 시대의 이탈리아 화가.

포셔 역시 셰익스피어가 다른 여성 캐릭터들에게 부여한 여러 가지 사랑스러운 특성들을 공유한다. 그러나 포셔에게는 근엄함, 달콤함, 따스함과 같이 일반적으로 여성을 상징하는 여러 특성들 외에도 그녀를 독보적인 존재이게끔 하는 몇 가지 고유한 특성이 있다. 그녀의 뛰어난 내면적 힘, 열정적인 기질, 과단성, 쾌활함 같은 것이 그것이다. 그녀의 몇몇 외적인 특성들은 그녀가 태어나 자란 환경의 결과이며 이는 선천적인 것들이다. 그녀는 눈부신 명예와 헤아릴 수 없는 부의 상속녀이다. 온갖 기쁨이 주위를 맴돌며 그녀를 기다려왔다. 그녀는 갓난아이 때부터 온갖 향수와 달콤한 분위기 속에서 자라왔다.

따라서 날 때부터 호화로운 분위기에 친숙한 사람들이 그러하듯 그녀의 행위와 언어에는 늘 위엄 깃든 고상함과 귀족 혈통의 경쾌한 우아함이, 고결함의 정신이 깃들여 있다. 그녀는 언제나 대리석으로 지어진 궁전을 걷는 것처럼 걷는다. 그녀의 걸음걸이는 비문으로 장식된 황금 지붕 아래를, 향나무로 된 마루와 벽옥과 반암이 깔린 길을, 조각상과 꽃과 분수가 있는 매혹적인 음악이 흐르는 정원 속을 걷는 듯하다. 그녀는 뛰어난 직관력과 참된 애정, 그리고 생기로 가득한 재치를 지녔다. 그러나 결코 결핍이나 슬픔, 두려움, 절망 같은 것들을 경험해 보지 못했으므로 그녀의 지혜에는 고뇌와 슬픔

《베니스의 상인》의 한 장면(3막 1장).

의 흔적이 전혀 나타나지 않는다. 그녀의 애정은 신념과 희망과 기쁨의 혼합물이다. 그녀의 지성에는 한 점의 악의나 신랄함도 녹아 있지 않다.

《베니스의 상인》이 두 가지의 다른 이야기를 토대로 씌어졌다는 것은 널리 알려진 사실이다. 그 대가다운 솜씨로 상이한 두 개의 플롯을 하나로 직조해내는 과정에서 셰익스피어는 이탈리아 소설에 등장하는 벨몬트의 재치 있는 여인과 그녀가 가진 마법의 물약 내용을 모두 생략했다. 그리고 좀더 세심하게 다듬는 과정에서 음란한 부분들도 모두 던져버렸다. 그의 동시대 극작가들이었다면 욕심 사납게 음탕한 내용들을 붙잡고 그것이 좋은 결과가 됐든 최악의 결과가 됐든 작품에 써먹으려 했을 것이다. 셰익스피어는 궤짝 시험의 에피소드를 또 다른 작품에서 가져왔다.

우리는 벨몬트가 어디에 위치하는지 분명히 알 수가 없다. 그러나 바사니오가 베니스에서 배를 타고 벨몬트로 항해했고, 나중에 그곳에서 파두아로 말을 몰고 갔던 것을 미루어볼 때 우리는 포셔의 대저택이 베니스와 트리스테 사이에 위치한 프리울리 산이나 유가니안 언덕을 배경으로 푸르른 아드리아 해를 굽어보는 어느 아름다운 절벽 위에 서 있으리라 추측해 볼 수 있다. 클로드(Claude)나 푸생(Poussin)이 그려낸 꿈같은 이상향의 풍경들 중 하나를 상상해 볼 수도 있을 것이다. 셰익스피어는 이러한 풍경 속에 원래의 집주인을 내쫓고 대신 포셔를 살게 한다. 그리고 그녀에 의해 원래 거칠고 낯설며 유동적이었던 이야기의 공간은 자연스럽고 현실적이며 필연적인 공간으로 변모하게 된다. 그러므로 이러한 여인이 수수

▪ (원주) 지오반니(Giovanni)의 희곡《베네치아의 상인》(Mercantante di Venezia)에서 안토니오와 바사니오의 이야기 전체와 궤짝 이야기의 일부를 확인할 수 있다. 단 여기서는 포셔와 같은 인물은 등장하지 않는다. 궤짝 에피소드는《게스타 로마노룸》(Gesta Romanorum)에서 가져온 것이다.
(역주)《게스타 로마노룸》은 13-14세기경에 영국에서 수집된 라틴어로 된 통속 설화집이다.

께끼를 푸는 자로 선택되었다는 사실은 놀라운 일이 아니다. 그녀 자신과 그녀를 둘러싼 모든 것들은 (그녀에 대해, 그녀를 향한) 시와 낭만과 매혹의 노래를 불러댄다.

> 동서남북 할 것 없이 각지의 해안으로부터 쟁쟁한 구혼자들이 이 눈부시게 빛나는 살아 있는 성녀에게 키스하기 위해 몰려든다네. 그녀를 보기 위해서라면 히르카니아 사막과 광대한 아라비아 해도 평지와 다름없다는 거지. 하늘의 얼굴에 침을 뱉는 야심만만한 바다의 왕국도 이들 외국 구혼자들의 행렬을 막진 못한다네. 이들은 아름다운 포셔를 보기 위해 바다를 냇가 건너듯 한다지.
>
> 《베니스의 상인》(1막 1장)

남편의 친구를 구하기 위해 포셔가 즉석에서 세운 계획이나, 젊은 법학 박사로 가장하여 보여주는 행동들은 그녀가 아니었다면 작위적이고 터무니없는 것으로 보였을지도 모른다. 그러나 포셔의 경우 이러한 일들은 그녀의 성격에서 표출된 자연스럽고 명쾌한 결과로 나타난다. 그 상황에서 취할 수 있는 법리상의 이점을 단숨에 간파해내는 그녀의 기지나, 박사 연기를 하면서 보여준 모험심, 결단력, 확고함, 그리고 선의의 목적을 위해 발휘하는 지성의 힘은 완벽한 조화를 이루고 있다. 그것은 단지 극적 효과를 내기 위해 도입된 뻔한 설정들과는 전혀 다른 것이다.

포셔의 가장 훌륭한 면면은 재판 장면에서 드러난다. 그녀의 숭고한 자아가 재판정을 환하게 비추기 시작한다. 지성의 힘과 종교적 감성, 고결한 신념, 여성으로서의 가장 아름다운 감정들이 모두 그 모습을 환히 드러낸다. 무엇보다 그녀는 자신의 의도가 결국 관철되리라 확신하는 사람들이 그러하듯 내내 고요한 자기 통제력을 유지한다. 그러면서도 그녀가 긴장감으로 비명을 지르고 싶을 정도에 이르도록 재판정 전체를 가슴을 쥐어짜는 듯한 고통스러운 불확실성의 분위기로 몰고 간 것은 불가피한 일이었다. 그것은 단순히 극적 효과를 노리고 꾸며낸 것이 아니다. 그녀의 내심에는 두 가지 목표가 있었다. 남편의 친구를 구하는 것과 실제 액수의 열 배를 자기가 대신 지불해서라도 남편이 진 빚을 해결함으로써 그의 명예를 온전히 지켜내는 것이 그것이다.

포셔가 사촌 벨라리오(Bellario)가 일러준 대로 계약서상의 법리적 허점을 교묘하게 파고드는 방법이 아니라 가급적이면 다른 방식으로 안토니오를 구하고 싶었으리라는 점은 명백하다. 그것은 그녀가 마지막까지 남겨둔 최후의 카드였다.

이러한 점에서 포셔가 샤일록에게 건넨 모든 말들은 직접적으로든 간접적으로든 그의 기질과 감정을 파악하기 위한 시험이었다. 재판 장면 내내 그녀가 샤일록에게 던진 말들은 그것이 그의 마음과 표정에 미치는 효과들을 알아보기 위해서 이루어진 긴장되고 고통스러운 탐색의 과정으로 이해되어야 한다. 그 탐색의 과정은 이성의 힘이나 정서적 호소로 그 유대 상인의 마음에 자비심을 일깨우고자 하는 희망에서 행해진 것이었다. 포셔는 먼저 거부할 수 없는 설득력과 깊은 연민의 정이 배어 있는 비할 데 없이 뛰어난 달변으로 그의 마음에 자비를 호소한다. 그녀의 말 한마디 한마디가 천상에서 내린 영롱한 이슬처럼 마음 위로 떨어진다. 그러나 모두 헛수고다. 그녀의 호소는 샤일록의 귓가엔 바싹 마른 사막 위에 떨어진 이슬만큼이나 덧없고 무감각하게 울릴 뿐이었다. 다음으로 포셔는 그의 물욕을 공략한다.

자비를 베푸시오! 여기 당신이 받아야 할 돈의 세 배를 받으시오.

그리고 내가 그 계약서를 찢게 해주시오.

(4막 1장)

그 다음 그녀는 그의 심경에 전율하는 공포를 불러일으키기 위해 계산된 위협의 말들을 꺼낸다. 사건에 대한 자신의 의견을 개진하거나 판결을 지연시키는 말들을 늘어놓기도 한다. 이들 모두가 샤일록의 내면에 잠재해 있을지 모를 동정심이 스스로 깨어날 때까지 시간을 벌기 위한 것이었다. 그녀의 모든 말들이 마찬가지로 내심의 목표를 위해 계획된 것들이

재판정의 샤일록(4막 1장).

었다. 그러므로,

> 그의 칼을 위해 당신의 가슴을 준비하시오.
> 당신의 가슴을 열어 놓으시오!

(4막 1장)

이 두 마디의 말은 겉보기에 안토니오에게 한 말이지만 결국 목표로 한 대상은 샤일록의 '가슴'이었다. 떼어낸 살점의 무게를 달 저울을 가져오라는 말도 같은 의도에서 나온 것이다. 그녀는 샤일록에게 자비自費를 들여 의사를 불러와줄 것을 요구한다.

> 그럼 샤일록, 당신 쪽 비용으로 의사를 불러오시오. 출혈이 심하여 죽으
> 면 안 되니까! 상처를 치료하기 위해서요.
>
> 샤일록 증서에 그렇게 명시되어 있습니까?
>
> 포　셔 명시된 건 아니지만, 그러면 어때요? 그만한 자비쯤은 베풀어도 좋지
> 않겠어요.

(4막 1장)

낙천적이고 관대한 포셔로서는 지금까지 붙잡고 있던 모든 희망을 단념하고, 그 유대 상인에게는 인간에 대한 애정이 조금도 남아 있지 않다는 사실을 인정한다는 것이 쉬운 일은 아니었다. 그녀는 마지막 기회로 안토니오에게 최후 변론을 요청한다. 그러나 안토니오는 고상하고 당당한 태도로 자기 변론의 기회를 거절한다. 깊은 연민을 자아내는 그의 작별 인사

가 이어지고, 친구 바사니오에게 건네는 마지막 대사에서 그녀에 대한 호의적인 마음이 언급된다.

> 부인께 안부 전해 주게. 이 안토니오의 최후의 모습을 전해 주게.
>
> 내가 얼마나 자네를 사랑했는가를 전해 주고, 죽은 후에 나를 좋게 말해 주게.

(4막 1장)

이러한 대사는 재판이 진행되는 동안 포셔가 가슴 속에 억누르고 있던 감정을 거의 폭발 직전으로 몰고 간다.

드디어 위기의 순간이 시작된다. 포셔의 인내력과 여성적인 마음은 한계에 다다른다. "판결이다! 자, 각오해라." ― 샤일록이 자신의 야만적인 증오심을 만족시키기 위해 제물을 향해 달려드는 그 순간에, 마침내 그녀 안에서 억눌려온 경멸과 분노, 혐오의 감정이 재판관으로서 그녀가 취해온 객관적인 태도를 무너뜨릴 만큼 격렬한 강도로 터져 나온다. 다음 대사가 이를 잘 보여준다.

> 그러므로 자, 살을 베어낼 준비를 하시오.
>
> 피는 한 방울도 흘려서는 아니 되오. 살도 꼭 1파운드를 베어내야지,
>
> 많아도 적어도 안 되오. 1파운드보다 많거나 적거나 할 경우엔,
>
> 설사 그것이 한 푼 중 20분의 1이라 할 만큼 근소한 차이라 해도,
>
> 아니 머리칼 하나 무게 차로 저울이 기울기라도 하는 날이면
>
> 그대는 사형이며, 전 재산은 몰수될 것이오.

(4막 1장)

사일록을 연기하는 찰스 매클린(Charles Macklin), 요한 조퍼니(Johann Zoffany, 1768).

그러나 포서는 곧 냉정한 태도를 회복하며 냉소와 침착한 만족감을 동반하는 승리감을 드러낸다.

이 놀라운 장면이 지닌 박력과 극적인 아름다움을 온전히 느끼기 위해서는 샤일록의 입장에서뿐만 아니라 포서의 입장에서 사건의 흐름을 따라가 볼 필요가 있다. 우리는 그녀의 감춰진 목적과 선한 동기를 이해해야 하며 이를 마음속에 담아둔 상태에서 그녀의 내면에서 벌어지는 감정의 흐름을 상상해 보아야 한다. 샤일록이라는 인간에게서 뻗쳐오는 공포스러운 힘 — 그 소름 끼치도록 냉혹한 악의의 힘 — 은 그녀에게 압도적인 위협으로 다가왔으리라. 견디기 힘든 고통과 연민의 감정, 최악의 사태가 벌어질지도 모른다는 숨막히는 불안감으로부터 그녀를 지켜준 것은 바로 어떤 상황에서도 잃지 않았던 정신의 힘, 호기심과 통찰력이라는 두 원천으로부터 오는 지성의 빛이었다.

이제 경탄을 자아내는 지성적 능력만큼이나 그녀를 사랑스러운 한 사람의 여인이도록 하는 또 한 가지 특성에 대해 얘기할 때가 된 것 같다. 관대하고 따스한 애정의 능력, 세상을 포용하는 뜨거운 가슴이 그것이다. 애정은 지성을 녹이는 가열로와 같다. 애정이야말로 선한 목적에 맞게 지성을 길들이고 그것에 형태를 부여하며, 부드러우면서도 강한 순금으로 변환시키는 연금술의 화덕이다. 극의 초반에 서로를 잘 알지도 못하는 포서와 바사니오가 서로에게 연정을 느끼도록 한 설정은 얼마나 멋들어진 작가적 판단인가! 작가는 먼저 우리에게 이를 적절하게 암시하는 바사니오의 고백을 들려준다.

바사니오 벨몬트에 굉장한 유산을 물려받은 여자가 있다는데, 용모도 용모지만 그보다도 인품이 고귀하고 고결한 여자라네. 나는 그녀의 눈에서 무언의 정다운 말을 느꼈다네.

(1막 1장)

그리고 다음의 대화는 포셔가 이 고상하고 기사도적인 찬양자를 이미 무의식적으로 자신의 배우자로 선택하고 있음을 짐작하게 한다.

네리사 아가씨, 혹시 기억 안 나세요? 아버님이 살아계실 때 몽페라트 후작과 같이 오신 베니스인으로, 학자이며 군인이기도 한 분을.

포 셔 음, 음, 바사니오 씨 말이지? 아마 그런 이름이었지?

네리사 네, 그래요. 멍청한 이 눈으로 뵌 여러 분 중에는 그분이야말로 아름다운 아내를 맞을만한 분 같아요.

포 셔 나도 잘 기억하고 있어. 그리고 네가 칭찬한 대로 훌륭한 분이신 것 같더구나.

(1막 3장)

따라서 극의 초반부터 우리는 이들 연인에게 관심을 기울이게 된다. 그러니 바사니오가 궤짝을 선택하는 장면에서 포셔가 내뱉는 한마디 한마디의 말들, 그녀의 존재 자체이며 감성과 미와 시와 정열로 충만한 그 대사들 앞에서 무슨 말을 덧붙일 수 있겠는가. 그가 상자를 선택하기를 기다리는 그 팽팽한 긴장감 속에서, 자신이 품고 있는 깊은 사랑을 고백하기엔 너무 수줍고, 아무렇지 않은 듯 시치미를 떼고 있기엔 지나치게 솔직한 성

47

격의 포셔. 사랑과 두려움 사이의 갈등, 그러면서도 잃지 않는 처녀다운 위엄이 세상에서 가장 달콤한 혼란으로 한 여인의 뺨을 붉게 물들이며 입가에 맴도는 더듬거리는 말로 태어난다.

제발 서두르지 마시고 하루 이틀 계시다가 운명을 시험하세요, 네? 잘못 고르시는 날엔 당신과 작별하게 되니 말예요. 그러니 잠깐만 참으세요. 사랑 때문이라고 할 수는 없지만, 어쩐지 당신과 헤어지기가 싫은 것 같아요. 증오 때문이라면 절대로 그런 조언을 하지는 않을 거예요. 하지만 당신께서 제 맘을 이해 못하시지나 않을까 해서… 처녀의 맘은 생각뿐이지 말로는 못해요. 그러니 저를 위해서라도 운명을 시험하기 전에 한두 달 이곳에 머무르시게 하고 싶어요. 어떤 궤를 고르시라고 가르쳐 드릴 수도 있지만, 그건 제가 맹세를 깨뜨리게 되니 그렇게 할 수는 없어요. 그러나 내버려두면 잘못 고르실지도 몰라요. 그렇게 되면 맹세를 깨뜨렸으면 좋았을 것을, 하고 죄 되는 생각을 하게 될지도 몰라요. … 아, 원망스러워라. 당신의 그 두 눈, 그 눈에 사로잡혀서 제 맘은 두 조각이 나버렸어요. 한 조각은 당신의 것, 다른 한 조각도 당신의 것… 아니, 제 것이긴 하면서도 제 것은 역시 당신의 것.

(3막 2장)

다음과 같은 두 연인의 아름다운 대화가 이어진다.

바사니오 어서 고르게 놓아주시오. 지금 같아선 고문대에 서 있는 심정이니까요.

포 셔 고문대라구요, 바사니오님? 그렇다면 어서 자백하세요. 당신의 사랑

상자를 고르고 있는 바사니오(3막 2장).

속에 어떤 거짓이 섞여 있는지 말예요.

바사니오 거짓이라뇨. 다만 당신의 사랑을 놓치지나 않을까 하는 그 추악한 의
구심밖에는 없습니다. 내 사랑에 거짓이 있다면 눈과 불 사이에도 사
랑과 생명이 있을 겁니다.

포 셔 아! 그렇지만 그 말씀, 고문대 위에서 하시는 것 아니에요? 고문대에 서
면 무슨 말이나 해야 하니까요.

바사니오 살려주시겠다고만 약속해 주시오. 그러면 진실을 고백하리다.

포 셔 자, 그럼 고백을 하세요. 살려드릴 테니.

바사니오 고백하건대 '사랑합니다.' 이것이 내가 고백하고 싶은 것 전부입니다.

49

이 얼마나 즐거운 고문입니까. 구원될 방법을 고문자 쪽에서 가르쳐주시다니….

(3막 2장)

포셔의 성격에서 두드러지는 것 중 하나는 바로 자기 확신적인 낙천성이다. 우리는 그녀의 생각과 애정 안에서 언제나 이러한 낙천성을 발견하게 된다. 가장 숭고한 형태의 지성의 소유자이면서 동시에 희망과 활기로 가득한 신뢰의 정신을 지닌 포셔와 같은 여인을 나는 실제 삶에서 한 번도 만나본 적이 없거니와 소설이나 역사책에서조차 읽어본 일이 없다.

워틀리 몬터규* 여사는 이러한 낙천적 정신의 한 예가 될 만하다. 스타엘 부인**은 보다 훌륭한 예로 기억될 만한 또 다른 인물을 창조했다. 작자 자신의 성격이 반영된 이 코린느라는 여자는 타고난 낙천적 기질을 잘 보여준다. 의심하고 회의하며 쉽게 낙심하는 기질의 젊은이가 있다면 이는 그에게 선천적인 질병이 있다거나 그가 받아온 교육에 정신적인 것이든 육체적인 것이든 끔찍하거나 중대한 하자가 있었음을 의미한다. 반면 늙은이에게 이러한 기질은 세월이 가져다주는 질병의 첫 번째 징후를 뜻한다. 그것은 한 인간이 겪은 온갖 삶의 풍파와 슬픔이 그의 정신에 남긴 흔적을 보여주고 영혼의 노쇠를 예고하는 신호이다.

포셔의 지성은 생동하는 젊음으로부터, 존재의 풍요로움으로부터, 열정적인 상상력으로부터 그 빛깔을 취한다. 궤짝 시험 장면에서 그녀는 자

▪ Lady Mary Wortley Montagu(1689-1762). 영국의 여류 작가.
▪ ▪ Madame de Stael(1788-1817) 낭만주의 문학 이론가로서 사상사적으로 신고전주의로부터 낭만주의로 넘어가는 당시 유럽문화를 집약하는 인물이다.

신의 모든 것이 걸린 그 시험의 결과에 대해 진정으로 두려움을 느낀다. 그러나 그녀의 희망은 두려움보다 강했다.

　바사니오가 어느 상자를 고를지 생각하는 동안 그녀는 금방이라도 찾아올지 모를 비참하고 절망적인 결말의 가능성 때문에 괴로워한다.

> 이분께서 궤를 고르고 계시는 동안 음악을 연주하도록 일러줘. 그래야 실패하실 때 백조의 최후의 노래 속에서 사라지실 게 아니냐. 좀더 절실하게 비유하자면, 이 눈은 강물이 되어 이분을 위한 물 속 죽음의 자리를 마련해 드릴 테야.
>
> (3막 2장)

그러나 곧 이 놀랄 만한 긍정과 희망으로 상승하는 아름다운 영혼으로부터 새로운 감정의 파도가 일어난다.

> 하지만 성공하신다면! 그때는 음악이 무슨 역할을 할까? 그렇지, 그때 음악은 충성스런 백성들이 새로 등극한 임금을 보고 절할 때 울리는 우렁찬 나팔 소리와도 같지 않겠어. 아니면 결혼식 날 새벽, 꿈꾸는 신랑의 귓속에 살며시 찾아와서 식장으로 불러내는 저 달콤한 음악과도 같은 것이 아니겠어? 이제 고르러 나가시네. 트로이 왕이 아우성치는 바다의 괴물에게 제물로 바친 처녀를 찾으러 가는 젊은 알키데스보다 더 재빠르게, 하지만 더 큰 사랑을 품고. 그리고 난 여기 제물이 되어 서 있는 거야.
>
> (3막 2장)

　한 번도 슬픔의 손길을 받아본 적 없는 경쾌하고 낙천적인 영혼으로부터 태어나는 이 감정의 힘, 그리고 몽상 속에서 떠오르는 매혹적인 이미지들 — 결혼식 날 아침, 음악 소리에 깨어나는 신랑의 모습이라든지 바사니오를 젊은 헤라클레스에 비유한다든지 자신을 라오메돈*의 딸에 비유하는 이 모든 것들이 한 순간 포셔의 시적 상상력 속에서 펼쳐진다.

바사니오의 시선이 올바른 궤짝에 머물 때 그녀의 내면에서 터져 나오는 열광적인 기쁨의 환호는 조금 전의 절망감만큼이나 강렬한 것이었다. 그녀는 두려움과 의심을 물리칠 수 있었다. 천성적인 쾌활함이 그들에 대항해 일어섰던 것이다. 그러나 우리는 그 갑작스러운 기쁨의 힘이 그녀를 압도하여 거의 기절 직전까지 몰아갔던 것처럼 절망의 힘 역시 그녀를 죽음에 이르게 할지도 모른다고 느끼게 된다.

> 갖가지 의심이며, 경솔하게 품은 절망이며, 벌벌 떨리는 공포며, 눈이 파래지는 질투며, 모든 감정이란 감정이 어쩌면 다 이렇게 공중으로 사라져 버릴까. 아, 사랑아, 좀 진정하고 흥분하지 말아라. 기쁨의 비도 적당히 내려다오. 너무 과하지 말아다오. 행복감을 이겨내지 못할 정도라면 좀 덜어다오. 행복에 질려버리면 안 되니까!
>
> (3막 2장)

그녀가 사랑 앞에 자신의 재산과 처녀로서의 자유를, 마침내는 온 마음과 영혼을 바칠 것을 결심하는 장면은 우리에게 깊은 감동을 준다. 벨몬트의 여주인으로서 위엄을 잃지 않은 채 헌신하는 한 여인으로서 그녀가 보여준 다정함과 우아함은, 또한 긴장의 순간이 끝나고 숨겨진 모든 비밀

■ 헤시오네를 바치기로 했다가 헤라클레스와의 약속 불이행으로 죽음을 당한다.

이 환히 드러났을 때 자신의 연인에게 했던 진지하고 침착한 고백은 그녀의 특성을 가장 정확하게 보여주는 아름다운 대목이다. 재능과 능력만을 확신하던 한 여인이 자신의 내면에서 열정과 사랑을 자각하게 되는 이 순간은 진실로 매혹적이다. 바로 이 순간, 한 여인이 처음으로 열정과 사랑이 자신의 존재에 있어 얼마나 크나큰 가치인가를 느끼게 되고, 자신만의 삶을 영위하는 것은 더 이상 행복이 될 수 없으며, 자신의 운명은 다른 이의 존재 앞에 영원히 바쳐질 것이라고 고백하는 이 순간! 이 보기 드문 정신의 힘은 혁명의 첫 순간에 찾아오는 경악 — 차라리 공포라고 말하고 싶다 — 의 도취감이 가져다주는 정신적 안온함 따위와는 전혀 다른 성질의 것이다.

지성의 원천은 온갖 계산된 마음을 벗어나 감정의 원천을 증폭시킨다. 아니, 차라리 그 둘은 하나로 합쳐져 강렬할 만큼 심오한 정신의 물결이 된다. 왜냐하면 포셔는 앞과 뒤를 아우르는 넓은 통찰력을 부여받은 존재이며, 더 적게 느끼기보다는 더 많이 느끼게 되었기 때문이다. 그녀는 감정의 힘과 방향을, 그리고 그것이 가져올 결과를 지성의 높은 언덕 위에서 관조할 수 있었기 때문이다. 그녀는 자신이 처한 현재의 상황과 스스로 받아들인 모든 것의 가치를 완전히 인식하고 있다. 포셔가 바사니오의 사랑을 허락하는 순간은 그 마음의 헌신성이나, 연인에 대한 진실성과 확고한 믿음에 있어서 줄리엣이 비슷한 상황에서 여인의 섬세한 직감 외에는 어떤 것도 신경 쓰지 않고 연인의 발 앞에 자신과 자신의 운명을 내던지며,

그리고 내 모든 운명을 당신의 발 앞에 놓습니다.

그리고 세상 끝까지라도 나의 주인이여, 당신을 따르겠습니다.

《로미오와 줄리엣》(2막 2장)

라고 고백하던 그 순간에 전혀 뒤지지 않는다. 포서의 고백은 달빛이 비치는 발코니가 아니라 수행원들과 하인들이 모두 있는 자리에서 공개적으로 이루어진다. 그녀의 고백에는 줄리엣의 열정적인 자기 포기나 미랜더의 꾸밈없는 단순성은 들어 있지 않다. 대신 엄숙함을 느끼게 할 정도의 깨어 있는 의식과 따스한 진지함으로 충만하다. 그리고 그것은 줄리엣과 미랜더의 고백만큼이나 감동적이다.

바사니오님, 저라는 여자는 보시는 바와 같아요. 저 혼자만을 위해서라면 더 이상 훌륭해지길 바라진 않아요. 그러나 당신을 위해서라면 지금보다 60배는 더 훌륭한 인간이, 천 배는 더 예쁜 여자가, 만 배는 더 부자가 됐으면 싶어요. 오직 당신의 높은 평가를 받고 싶어서 덕이나 미나 재산이나 친구로서도 훨씬 더 훌륭한 인간이 됐으면 해요. 그렇지만 지금의 저로선 죄다 해봐야 별것이 없어요. 한마디로 말씀드리면 버릇없고, 교양 없고, 경험도 없는 여자예요. 하지만 다행스런 것은 성질이 온순한 만큼 모든 것을 맡기고서 당신을 저의 주인으로, 지배자로, 임금으로 섬기며, 당신의 말씀을 따를 수 있어요. 저 자신과 재산은 이제 모두 당신 것이 됐어요. 이때까지는 제가 이 집의 주인이고, 하인의 주인이고, 저 자신의 여왕이었지만 지금부터는, 지금 이 순간부터는 이 집이고, 하인들이고, 저 자신이고 모두 저의 주인이신 당신의 것이에요.

(3막 2장)

이후 그녀가 친척에게 보낸 편지에서 드러나는 달콤하면서도 염려가 섞여 있는, 그러나 침착함을 잃지 않은 애정에 또한 주목해야 한다. 그녀가 자신과 재산 모두에 대한 남편으로서의 권리를 바사니오에게 처음으로 부여하고, 친구를 위해 떠날 것을 주장하며 보여준 겸허한 자기 부정만큼이나 여성적인 부드러움을 진실하게 표현하고 있다. 이는 관조적인 이성과 온화하고 고결한 영혼이 가진 특성을 정확히 보여준다.

포셔의 예리한 통찰력, 탁월한 언변, 생기로 가득한 지성이 유감없이 드러나는 것은 비단 재판 장면에서뿐만이 아니다. 우리는 극의 초반부터 대단원에 이르기까지 그녀의 이러한 면면을 한결같이 느낄 수 있다. 시적인 영혼의 울림을 간직한 그녀의 통찰력은 가장 평범한 존재의 질서로부터, 삶의 일상적인 사건들로부터 길어올려진 것이다. 그러면서도 예리하고 심오한 힘을 간직하고 있다. 그 힘은 옛 속담이나 격언이 가진 힘이 그러하듯이 우리에게 가장 친숙하고 일상적인 지침으로 다가온다.

누가 아니래. 선행이 이론처럼 쉽다면야 조그마한 예배당도 대교회당과 같을 것이요, 오두막집도 대궐이나 다름없을 것 아니냐. 나로 말하더라도 스무 명에게 선행하라고 가르치기는 쉽겠지만, 그런 교훈을 나보고 실천하라면 손들 거야.

(1막 2장)

곁에 경쟁자가 없다면 까마귀 울음소리도 종달새 노래같이 아름답지 뭐니. 그리고 나이팅게일이라도 역시 대낮에 거위떼들 떠드는 속에서 노래한다면 굴뚝새보다 나을 게 뭐가 있겠어? 모든 것은 때와 장소가 잘 조화되어야만 정당하게 칭찬받고, 충분히 인정되는 법이야. 쉿, 조용히! 달님은 아름다운 연인 멘디온을 품

55

포셔와 네리사, 프리드리히 브록만(Friedrich Brockmann, 1849).

고 자는지 깨워봐도 일어날 것 같지 않구나.

* * *

포 셔 저기 저 불빛은 우리 집 홀의 빛이구나. 저렇게 작은 촛불이 어쩌면 이렇
게 멀리까지 비칠까! 험악한 세상이지만 착한 행동은 꼭 저렇게 빛날 거

야. 그와 마찬가지야.

네리사 　달이 밝았을 땐 저 촛불도 보이지 않았는데요.

포　셔　그와 마찬가지야. 큰 영광이 작은 영광을 희미하게 하는 것은… 왕이 없을 때는 대리자도 왕같이 빛나 보이지만, 왕이 나타나면 대리자의 위엄은 사라지고 마는 법이야. 시냇물도 대양에 삼켜지고 말잖니?

(5막 1장)

　　자신의 남편과 바사니오 간의 우정에 대한 그녀의 통찰은 그 밑에 흐르는 따스함만큼이나 깊은 의미를 지니고 있다. 같은 장의 젊은 멋쟁이로 분장한 자신의 모습을 그려 보이는 대목에서도 사람과 사물을 꿰뚫어보는 날카로운 그녀의 눈을 느낄 수 있다.

　　… 내기를 해도 좋지만, 우리가 젊은 남자 복장을 하면 내가 더 미남으로 보일걸. 칼을 차도 내가 더 모양 있고 산뜻할 걸. 그리고 어른과 아이 사이의 변성기인 것처럼 갈대 피리 같은 음성으로 말하고, 걸을 때는 사내처럼 두 발짝의 종종걸음을 한 발짝으로 걷는단 말이야. 그뿐이겠어, 멋쟁이 청년같이 허튼 소릴 탕탕 하며 싸움 얘기도 하고, 교묘하게 거짓말도 꾸며대거든. 이런 거짓말 말이지. 실은 양가집 부인네들이 내게 사랑을 고백해왔지만 거절했지, 그랬더니 병이 나서 그만 죽고 말았어. 나로선 어쩔 수 없는 일이었지. 그렇긴 해도 내가 잘못한 것 같아. 죽지 않게 할 것을. 이런 시시한 거짓말을 한 스무 가지 정도 늘어놓는단 말이야. 그러면 듣는 사람들은 날 보고 학교를 나온 지 1년은 넘었을 것이라고 단정할 것 아니겠어?

(3막 4장)

57

네리사에게 자신한테 청혼해온 여러 남자들의 됨됨이에 대해 말하는 장면에서 느껴지는 한없는 박력과 재치와 쾌활함은 또 어떠한가! 조롱 섞인 농담이 도를 넘기 직전에 그녀는 자제하면서 이렇게 덧붙인다. "사실, 남의 흉을 보는 것이 죄 되는 것쯤은 나도 알고 있지만…" 계속되었더라도 그녀 본래의 여성적이고 쾌활하며 선한 심성으로부터 일탈하거나 공격성을 드러내는 일은 결코 없었을 것이다. 그녀의 농담은 베아트리체가 멸시의 표정으로 상대를 굽어보면서 내뱉는 풍자적이고, 무자비하며, 신랄하기 짝이 없는 말들과는 전혀 다르다.

내가 보기에 포셔의 쾌활함과 베아트리체의 쾌활함만큼 뚜렷한 대조를 이루는 것도 없다. 포셔는 경쾌한 재치로 가득하지만 지극히 부드럽고 고상하다. 말하고 행동하는 모든 것이 그녀의 생기발랄하며 낭만적인 기질만큼이나 심오한 사유와 감성의 능력을 보여준다.

전에 가봤던 이탈리아의 어느 정원 풍경이 생각난다. 분수가 소나기처럼 쏟아져 내리면서 둘레에 둥그런 빛의 띠를 이루고 있었다. 그 고요한 영혼의 광채처럼 빛나는 분수 위로 갖가지 빛깔의 붓꽃들이 가지를 늘어뜨리고 있었다. 포셔의 지성은 이러한 풍경과 같아서 언제나 시의 세계에서 자신의 자리를 발견한다. 그녀의 쾌활함을 이끄는 것은 언제나 애정과 지성과 상상력이다. 그리고 우리는 이들이 그녀의 정신 안에서 쾌활성보다 항상 높은 위치를 차지한다는 사실을 분명히 느낀다.

마지막 장에 오면 샤일록과 그의 음모는 우리의 관심사에서 잊혀지게 된다. 그를 제외한 벨몬트에 모여든 모든 극중 인물들과 우리의 관심은 이제 포셔에게로 집중된다. 그리고 극은 마침내 황홀한 영감으로 가득 찬 공상을 남기며 대단원의 막을 내린다. 포셔가 반지에 대한 중의적인 말로 남편을 골탕먹이는 장면이나 폭소를 자아내는 농담들 — 그러나 그것은 예의를 벗어나기 전에 중단된다 — 은 남편이 사랑의 징표인 반지를 다른 이에게 줘버린 사실에 대해 그녀가 별로 불쾌해 하지 않는다는 사실을 보여준다. 이러한 점에서도 그녀의 밝고 쾌활한 성격이 잘 드러난다.

여독을 풀게끔 자신의 저택으로 초대한 친구들 앞에서 그녀가 그동안 있었던 사건의 전말을 들려줄 때, 그들이 무리 지어 달빛 가득한 정원에서 대리석 깔린 홀을 거닐 때, 우리의 상상력은 이들 아름답게 빛나는 젊은이들의 모습을 잠시라도 놓칠세라 뒤따르며 유쾌한 잔치와 휘황한 눈부심과 떠들썩한 웃음소리를, 그들의 사랑과 행복을 함께 느끼고 호흡한다.

실제로 이 땅에 살아가는 많은 여성들이 포셔의 이런 행복의 특질을 상당 부분 공유하고 있다. 포셔라는 존재는 '현실의 한 반영'이자 '가능태로서의 현실'이라는 점에 대해 우리는 의심하지 않는다. 그러나 우리의 실제 현실을 놓고 볼 때 도덕적·지적·감각적 능력이 그토록 완벽하게 균형을 이루며, 또한 그 내면이 외부 사회와도 자연스러운 조화를 이루는 한 인간이 존재할 수 있다고는 감히 상상할 수 없다. 설사 포셔 같은 내면을 가진 여성이 있다 해도 그녀는 머지않아 세상이 자신에게 적대적이라는 사실을 깨닫게 될 것이다. 그녀는 포셔와 같이 행복한 삶을 살아가는 대신 대중 여론이라는 이름의 무수한 폭력의 신들 앞에 화형대의 제물로 바쳐질 것이다.

그녀의 내면에서는 바깥 세계와의 갈등과 투쟁이 그치지 않을 것이다. 그녀의 본성은 소멸하여 자신을 이루는 원자들의 세계로 돌아가게 되거나, 탈출할 수도 받아들일 수도 없는 현실적 필요성이라는 굴레에 굴복하여 본래 내면의 광채를 잃어버리게 될 것이다. 이도 아니라면, 최후의 보루로 간직한 불굴의 저항 의지가 결국은 내면의 균형을 파괴해버릴 것이다. 흔들리지 않는 자기 확신은 어느덧 오만과 아집이 되고, 여성다운 부드러움과 달콤함은 생기 없는 딱딱한 엄격성으로 변해갈 것이다. 그러한 영혼에게 어떤 안식처가 주어질 수 있겠는가? 이 세상 어디서 피난처를 찾을 수 있겠는가? 자신을 다스릴 영혼의 힘을… 저 세상에서가 아니라면?

필립 매신저*의 희곡 《명예로운 처녀》(*Maid of Honour*)(1621)의 주인공 카미올라(Camiola)는 포셔에 비견되는 여성으로 평가받는다. 그리고 카미올라의 실제 이야기 ─ 그녀는 역사상 실재했던 인물이다 ─ 는 매우 아름답다. 그녀는 14세기 초 메시나(Messina)에서 살았던 인물로서 그 시기는 페트라르카의 작품에 등장하는 조안나(Joanna) 여왕과 보카치오가 살던 시대적 배경과 겹쳐진다.

어느 날 시실리 왕의 동생이자 아라곤의 왕자인 올랜도(Orlando)가 함대를 이끌고 나폴리를 공격한다. 그러나 함대는 패퇴하고 그는 부상을 입은 채 사로잡혀 조안나 여왕의 아버지인 로버트(Robert)에 의해 그의 가장 튼튼한 성들 가운데 한곳에 갇히게 된다. 나폴리인들에 대한 적개심과 그들을 상대로 벌인 전쟁에서 거둔 혁혁한 전과로 이름이 높은 자였으므로 그에 대한 감시는 그 어느 때보다 삼엄했고, 로버트는 그의 몸값으로 터무니없는 엄청난 돈을 요구했다. 동생에 대한 미움의 감정을 품고 있었던 시실리 왕은 몸값을 지불할 생각이 없었고 함대의 패배를 물어 동생의 석방 협상을 거절해버린다.

■ Philip Massinger (1583-1640), 영국의 극작가.

재판정 장면(4막 1장), 프레드릭 홀딩(Frederick Holding, 19세기 중엽).

훌륭한 인격과 물러서지 않는 용맹으로 명예를 떨치던 왕자 올랜도는 이제 여생을 어두컴컴한 지하 감옥에서 허비해야 할 운명에 놓인 것 같았다. 그러나 그때 막대한 유산의 상속녀인 시실리의 카미올라 튜링가(Camiola Turinga)라는 여인이 나타나 전 재산의 절반을 들여 그를 감옥에서 구해낸다. 이러한 행위는 자칫 자신을 세상의 악의적인 소문의 희생양으로 몰고 갈 위험이 컸으므로, 그녀는 그를 구출해 주는 대가로 자신과 결혼해야 한다는 조건을 달았다. 왕자는 기쁘게 그 제안을 받아들였으며, 자신이 서명한 결혼계약서를 그녀에게 보내기까지 했다. 그러나 자유의 몸이 되자마자 그는 계약 이행을 거부하고 자신을 구해준 은인과의 관계마저 완전히 부인하고 만다.

재판소에 그를 고발한 카미올라는 계약서의 필사본을 증거로 제시하면서 이 후안무치한 인간이 자신에게 진 계약상의 책무에 대해 낱낱이 설명한다. 판결은 왕자의 유죄였고, 당시의 전쟁법에 따라 그는 이제 그녀의 법적 남편이 되어야 할 뿐만 아니라 그녀가 돈을 들여 구입한 일종의 재산으로서 그녀에게 귀속되어야 했다. 그리고 결혼식 날짜가 잡혔다. 올랜도는 화려하게 차려 입은 시종들을 이끌고 식장에 등장한다. 그 다음 신부복을 입고 곱게 치장한 카미올라가 나타난다. 그러나 남편에게 자신의 손을 내미는 대신 시종들과 하객들이 모두 지켜보고 있는 가운데 맹세를 저버린 그의 후안무치함을 나무라며 비열함에 대한 경멸을 노골적으로 드러낸다. 그리고 거리낌 없이 그의 비열한 영혼에 걸맞은 선물로 자신에게 진 빚을 면제해 주겠노라고 선언한 후 돌아서 나가버린다.

그녀는 자신의 몸과 마음을 하늘에 바치기로 결심한다. 왕을 비롯한 식장의 하객들 모두가 그녀의 마음을 돌리려 애썼지만 그녀의 결심은 확고했다. 결국 그녀는 수녀가 되었고 올랜도는 신념을 저버리고 기사의 명예를 더럽힌 인간이라는 오명 속에서 여생을 보내다 외롭게 숨을 거둔다.

《명예로운 처녀》의 카미올라는 포셔와 마찬가지로 부모로부터 막대한 부를 물려받았고 수많은 구혼자들에 둘러싸여 있었으며 무엇보다 스스로를 다스릴 줄 아는 여왕의 힘을 지닌 여인이었다. 탁월한 지적 능력과 관대한 성품, 여성적인 따스함을 갖췄다는 점에서도 포셔와 다르지 않았다. 그러나 고통과 불안, 기대하지 않았던 불쾌한 일들로 인해 야기된 변화들이 이 달콤한 여인의 존재에 어두운 그림자를 드리웠고, 그녀의 행복에 찬 아름다움을 손상시켰다.

하지만 무엇보다도 카미올라의 아름다움이 손상된 원인은 그녀의 초상 자체가 애초부터 부정확하게 그려졌다는 점에서 찾아야 할 것 같다. 왜냐하면 매신저는 자신의 구상대로 처음부터 끝까지 완벽한 일관성을 유지하며 카미올라라는 캐릭터를 형상화할 수 있을 만큼 예민한 여성적 감수성을 갖추지는 못한 것으로 보이기 때문이다. 매신저는 작품을 개작하면서 올랜도가 포로로 잡히기 이전에 카미올라와 이미 서로 사랑하는 사이였던 것으로 설정하였고, 카미올라를 향한 올랜도의 수많은 사랑의 맹세들을 대본에 첨가시켰다. 그렇다고 해도 카미올라가 올랜도를 구하기 전에 결혼서약서를 요구한다는 설정은 받아들이기가 힘들다. 그것은 그녀가 사전에 그의 올곧지 못한 마음과 배반의 가능성을 염두에 두고 있었다는 의미가 될 것이기 때문이다. 참으로 궁색하고 비참한 변명이다. 고결한 영혼을 가진 여인이 어떻게 자신을 배반할지도 모르는 남자를 사랑할 수 있다는 것일까? 그게 아니라면, 사랑한다면서 남자의 배신에 대비해 자신을 지킬 방책을 마련해 두려는 생각을 어찌 감히 할 수 있다는 것일까?

　셰익스피어와 자연의 진리는 결코 이러한 실수를 범하지 않는다. 카미올라는 배신당하기 전에 이미 의심을 품었다. 사랑에 대한 그녀의 믿음은 조악한 수준에 머물러 있다. 포셔의 지성이 고결하고 관대한 본성에서 오는 것이라면, 카미올라의 지성은 계산적인 마음의 산물이다. 그녀의 지성에서는 회계사무소의 분위기가 난다. 포셔가 고상한 혈통을 타고난 귀족적인 여인인데 반해 카미올라는 상인의 딸이었다는 점에서 이러한 차이가 어느 정도 설명될 수 있을지도 모른다. 그렇다고 해서 그것이 카미올라라는 캐릭터에 내재한 모순을 완전히 해명해 줄 수 있는 건 아니다. 다음 대사들은 이 두 여인 간의 대조적인 차이를 잘 드러낸다.

　카미올라 베르톨도님이 포로가 되셨다는 소문은 들었겠지요. 그리고 그분의 형

님인 시실리 왕은 몸값을 지불할 생각이 없대요. 하긴 5만 크라운이나
되니까요. 맙소사, 내 전 재산의 절반이에요! 하지만 전 그분을 너무나
사랑해요 — 이건 당신에게만 고백하는 거지만 — 그분이 형님에게서
버림받고 자신의 희망에게서도 버림받게 될 때, 제가 그분을 구해드릴
겁니다.

《명예로운 처녀》(3막)

포 셔 유대인한테 진 빚은 얼마나 되죠?
바사니오 3천 더커트요. 나 때문에 진 빚이오.
포 셔 뭐라구요! 겨우 그것뿐이에요? 6천 더커트를 지불하고 증서를 말소시
키지요. 아니, 그 두 배, 세 배를 지불해서라도 그 친구분 머리칼 하나
라도 당신 실수 때문에 잃게 해선 안 돼요. — 그까짓 것 스무 배라도
갚을만한 돈을 드릴게요.

《베니스의 상인》(3막 3장)

  카미올라는 시실리 사람이지만 그녀가 암스테르담에서 태어났다 해
도 달라지는 건 별로 없었을 것이다. 반면에 포셔는 오직 이탈리아에서만
존재할 수 있다. 포셔의 경쾌함에는 깊이가 있다. 카미올라는 분별 있는
여자지만 너무 설교적이다. 그렇기 때문에 자신의 위엄을 세상에 알리는
데는 매우 성공적이었다고 할 만하다.
  그러나 나는 단 한 순간도 카미올라처럼 자신의 위엄을 증명해 보여
야 할 필요가 생길 정도로 포셔의 존재적 탁월성이 축소된 모습을 상상할
수가 없다. 《명예로운 처녀》에서 카미올라를 따르는 인물로 등장하는 백
치 실리(Sylli)는 고대의 추악하게 뒤틀린 난장이를 연상시킨다. 이 인물의

64

존재가 그 작품의 완성도나 심미성에 묵인할 수 없을 정도의 타격을 입히고 있다. 셰익스피어라면 자신의 작품 안에서 앤드류 에이규치크(Andrew Aguecheek) 경*과 같은 인물을 포셔 같은 여인과 많든 적든 관련지으려는 생각은 꿈에도 해보지 못했을 것이다.

마지막으로 지적하고 싶은 것은 카미올라에게는 시적인 매력이 완전히 결여되어 있다는 점이다. 포셔의 빛나는 언어와 화려한 우아미, 쾌활함의 정신과 나란히 놓고 보면 카미올라의 아름다움은 다소 싱겁고 틀에 박힌 것으로 보일 정도다. 비록 매신저의 묘사가 지닌 위엄 깃든 아름다움과 카미올라의 고결한 자기 헌신의 가치를 인정하고 경탄하는 바이지만, 우리에게 전해 주는 심오함이나 즐거움의 측면에서 봤을 때 카미올라를 포셔에 견준다는 것은 어불성설에 지나지 않는다.

＊ ＊ ＊

대조를 이루면서도 작품 전체의 조화와 균형을 유지하기 위해 포셔의 지성적인 아름다움이 극중 다른 여인들에게도 일정 부분 반영되어 있다는 점은 주목할 만하다. 포셔를 적절히 보조하는 인물인 제시카(Jessica)는 확실히 가장 아름다운 이교도 여자이자, 가장 사랑스러운 유대인이라 할 수 있다. 그녀는 스케치처럼 단순하게 형상화되지 않았다. 설사 그녀가 스케치처럼 묘사됐다고 할지라도 그것은 루벤스의 일곱 가지 무지개 빛깔의 팔레트에서 나온 눈부신 색채의 스케치화일 것이다. 동방 태생의 여자답

■ 《십이야》에 등장하는 어리숙한 기사.

제시카, 사무엘 필즈 경(Sir Samuel Luke Fildes, 1888).

게 그녀의 주위에는 늘 풍요로운 동양의 색채가 감돌고 있다. 그녀는 어느 희곡 작품에 등장하든지 《베니스의 상인》에서 포셔의 친구 역할 이상으로 탁월한 아름다운 여주인공 역할을 할 수 있었을 것이다. 그녀와 로렌조(Lorenzo)의 사랑만큼 — 가령 축복 어린 달빛 아래서 그들이 밀어를 나누는 장면만큼 — 시적인 환상과 고전적인 우아함을 간직한 장면은 찾기 힘들다. 그녀가 고백하는 감정 하나하나가 커다란 매력으로 우리를 끌어당긴다. 이교도로 분장한 채 도망하는 장면에서 그녀가 스스로를 책망하며 내보이는 수줍음의 감정은 특히 매력적이다.

마침 다행히도 밤이군요. 이렇게 변장한 것이 부끄러운데, 당신께서 보지 못하실 테니 말예요. 하지만 사랑은 장님이라 애인들은 자신이 저지른 어떠한 어리석은 짓도 알아보지 못한다잖아요. 그걸 알아보는 날에는, 이렇게 남장을 한 걸 보고는 큐피드조차도 낯을 붉힐 거예요.

(2막 6장)

그리고 그녀가 포서의 탁월한 아름다움과 업적들을 열광적인 기쁨과 애정으로 증명하는 장면에서 우리는 그녀만의 고유한 아름다움을 느끼게 된다.

가령 두 신이 천상에서 무슨 내기를 하신다고 쳐요. 그리고 그 내기에는 지상의 두 여자를 건다고 해요. 그중 하나가 포서라면 다른 쪽 여자한테는 뭘 더 갖다 보태야 될 거예요. 빈약하고 초라한 이 세상에는 포서에 견줄 만한 여자는 없으니 말예요.

(3막 5장)

그러나 그토록 무정하게 자신의 아버지를 속인 그녀의 행위는 쉽게 묵인될 수 없는 것이다. 다만 그녀의 아버지가 딸보다 자신의 재산을 더 소중하게 생각하는 작자였다는 사실은 참작해 두기로 하자.

제기랄, 그년이 내 발밑에서 죽어버려도 좋으니 그년 귀에 단 보석이나 남아 있었으면! 내 발 밑에서 그년이 관 속에 들어가도 좋으니 돈이나 그 속에 들어 있었으면!

(3막 1장)

네리사는 평범한 인물의 훌륭한 표본이 될 만하다. 그녀는 총명하고 믿음직스러운 하녀다. 그녀에게도 주인 아가씨의 아름다움과 낭만적 특성이 어느 정도 배어 있다. 그녀는 생기발랄하고 유쾌하며, 사랑에 빠지고, 주인 아가씨를 따라 자신의 운명을 궤짝 시험에 걸기도 한다. 그녀는 쾌활하고 수다스러운 그라치아노(Gratiano)와 한 쌍을 이룬다. 그리고 그들은 포셔와 바사니오만큼이나 참으로 잘 어울리는 한 쌍이다.

2장
고결한 순백의 불꽃

《법에는 법으로》의 이자벨라

포셔의 언어처럼 이자벨라의 언어 역시 잠언적인 아름다움을 보여준다. 그러나 두 여인의 존재적 차이만큼이나 그들의 언어는 뚜렷이 구별된다. 포셔의 언어가 친숙한 일상으로부터 길어올려진 즉각적이고 현실적인 통찰력과 시적인 상상력의 결합을 보여준다면, 이자벨라의 언어는 심오하지만 꾸밈없는 도덕성과 깊은 종교성, 그리고 어떤 우수 어린 감정을 드러낸다. 그녀가 말하고 행동하는 방식에서는 수녀원 작은 독방에서의 고독과 침묵의 시간으로부터 길러진 어떤 진실성과 고결함이 느껴진다.

MEASURE·FOR·MEASURE.Act.5.Sc.4.

《법에는 법으로》의 한 장면(5막 4장), 토머스 핸머 경(Sir Thomas Hanmer, 1744).

시적 묘사의 측면에서 봤을 때 이자벨라는 포셔만큼 복합적인 인물은 아니다. 그리고 언뜻 보기에도 두 인물 간의 차이는 너무나 명백한 것이어서 그들의 성격이 동일한 본질적 요소로 이루어져 있다고는 믿기 힘들 정도다. 그러나 그들을 이루는 본질적 요소는 같다. 그들은 똑같이 지혜롭고 우아하며, 젊고 아름답다. 고귀한 원칙과 내면의 확고함, 사유의 깊이와 설득력 있는 말솜씨, 겸허한 자기 부정과 애정의 능력에 이르기까지 그들의 인격적 특성은 별다른 차이를 보이지 않는다. 그러니 이러한 동일한 특성들을 바탕으로 완전히 다른 개별적인 캐릭터를 창조해내는 작가의 경이로운 능력에 우리는 경탄하지 않을 수가 없다.

숭고한 도덕성, 성자 같은 우아함, 수녀다운 순결성으로 대변되는 이자벨라의 존재적 특성은 포셔와는 분명히 구분되는 고유한 개성으로 나타난다. 이러한 특성으로 인해 이자벨라가 포셔보다는 덜 매력적인 인물로 다가올지는 모르지만, 그녀로부터 퍼져 나오는 고결한 위엄의 광채는 포셔의 그것을 능가한다. 말 그대로 이자벨라는 '엄격한' 미인이다. 그녀 앞에 선 자라면 누구도 감히 속된 생각이나 욕망을 품을 수 없을 정도로 그녀는 사람들에게 커다란 경외심을 불러일으킨다. 물론 안젤로(Angelo)와 같은 사람은 예외로 하고 말이다.

오, 교활한 적이여! 성자를 잡기 위해

성자를 낚싯밥으로 쓰려는구나. 《법에는 법으로》(2막 3장)

그녀의 이러한 인상은 방탕한 건달인 루치오(Lucio)가 그녀를 대면하
는 첫 장면에서부터 명백히 드러난다. 여인네를 희롱하며 거칠고 뻔뻔스
런 농담을 서슴없이 내뱉는 그도 그녀 앞에서는 입을 다물고 만다. 그녀에
게서 느낀 경외감을 루치오는 다음과 같이 표현한다.

나는 말이오, 푸른 도요새처럼 아가씨들한테 농도 잘하고 마음에도 없는 허튼소
리도 잘하는 그런 나쁜 버릇이 있기는 하지만 누구에게나 그러는 건 아닙니다.
당신은 이미 하늘에 오른 성스러운 천사입니다. 현세를 버리고 불멸의 정령이
되신 분이니 나도 성자한테 하듯 성실하게 말해야죠.

(1막 4장)

이자벨라와 포셔의 성격에서 나타나는 뚜렷한 차이점은 그들이 놓인
환경의 차이에서 비롯된다. 포셔는 고귀한 혈통을 타고난 여지주이며, 스
스로의 내면을 다스리는 여왕이자 대저택과 하인들의 주인으로서 누군가
에게 명령을 내리는 일에 익숙하다. 물론 이자벨라에게도 포셔 이상으로
선천적으로 타고난 위엄의 광채가 서려 있다. 그러나 그녀는 세상의 즐거
움이나 화려함과는 완전히 동떨어진 삶을 살아왔다. 그녀는 아시시의 성
녀 클라라(St. Clare)의 길을 걷는 견습 수녀였기 때문이다.

그러므로 남에게 복종을 요구하거나 은혜를 베풀거나 하는 일에 대해
서 전혀 아는 바가 없다. 포셔는 자신감과 희망, 기쁨의 충만함으로 눈부

시게 빛난다. 그녀는 황금빛 열매가 주렁주렁 달리고 화려한 꽃들이 만개한 오렌지 나무와 같다. 그녀의 아름다움은 하늘의 다정한 손길을 받으며 햇빛과 이슬의 보살핌으로 키워진다.

반면 이자벨라는 비바람에도 꺾이지 않고 자신의 청정함을 잃지 않는 알프스 산정의 고고한 소나무와 같다. 그녀는 고난과 자기 부정의 혹독한 수련을 통과해온 사람의 인상을 풍긴다. 또한 어떤 우울함의 매력이 그녀 내면의 선천적인 쾌활성을 길들여놓은 것처럼 보인다. 그녀의 정신은 높이 고양되어 이미 성스러운 하늘에 속하는 존재인 양 세상을 굽어보고 있는 듯하다. 그러나 내적으로 경멸하는 속세와 접촉하게 될 때면 그녀는 금욕적 삶의 수련생다운 수줍음을 보이며 뒤로 움츠러든다.

이처럼 이자벨라는 은자적인 태도와 자연스러운 기품, 수줍음에 가까울 정도의 겸손함과 예의 바른 관대함, 확고한 도덕적 신념이 그 안에 공존하는 인물로 아름답게 형상화되어 있다. 그런 까닭에 대리관에게 오빠의 구명을 호소해야 하는 처지에 놓였을 때 그녀가 최초로 느낀 감정은 두려움이며, 자신의 능력에 대한 불신이었다.

이자벨라 아, 이 일을 어쩌지. 구해야 하는데… 그런데 내게 무슨 힘이 있어야죠.
루치오 있는 힘을 다해서 해봐야죠.
이자벨라 내 힘이요! 아, 그게 될까요?

(1막 4장)

안젤로와의 첫 대면에서 이자벨라는 오빠에 대한 사랑과 그의 죄에 대한 인식 사이에서, 그리고 자긍심과 처녀다운 부끄러움 사이에서 갈등

73

한다. 그녀의 탄원은 기대와 절망 사이를 오가는 망설임으로 시작된다. 그리하여 안젤로가 법을 내세워 판결의 정당성과 대리관으로서 자신의 의무를 옹호하자 그녀의 본능적인 도덕적 엄격성과 원칙에 대한 믿음이 그녀의 내면을 압도하게 된다. 그녀는 탄원을 포기한다.

> 아, 법은 공정하나 냉혹하군요!
> 그렇다면 제 오라버니는 이미 죽은 사람이에요.
> 아무쪼록 직무를 소중히 하시기를…. (퇴장하려 한다)
>
> (2막 2장)

본래의 소박한 마음과 루치오의 격려에 고무되어 용기를 얻은 이자벨라는 다시 한번 대리관 설득에 도전한다. 대화가 진행될수록 그녀의 내면에서는 보다 강한 열정과 진실성이 솟아난다. 그것은 오히려 직면한 고통으로부터 솟아나는 것이다. 그녀는 보다 강해지고 침착해진다. 드디어 그녀의 웅변은 클라우디오(Claudio)가 이전에 언급했던 대로 탁월한 호소력을 발휘하기 시작한다.

> 어쩌면 희망이 있을지도 몰라. 누이동생은 젊으니까 남자를 움직일 수 있는 침묵의 웅변이라는 것도 있고, 더구나 남을 설득하는 특출한 재주가 있으니 틀림없이 성공할 수 있을 걸세.
>
> (1막 2장)

포셔가 샤일록에게 자비를 베풀 것을 주장하면서 내세우는 논거와 이자벨라가 안젤로에게 제기하는 논거가 정확히 일치한다는 사실은 상당히 흥미롭다. 그러나 각각의 주장으로부터 드러나는 두 여인의 차이는 얼마나 아름답고 진실한가! 그들은 그토록 같으면서도 또 그토록 다른 것이다. 자비를 찬양하는 포셔의 연설은 천상의 수사학을 떠올리게 한다. 그것은 엄숙하고 정교한 조화의 음률로 귀에 울린다. 흡사 인간들에게 메시지를 전하기 위해 지상에 내려온 천사의 목소리인 듯이. 그녀의 연설은 사전에 치밀하게 준비된 것은 아니더라도 최소한 미리 생각해 둔 계획의 일부로써 행해진 것이었다.

반면 이자벨라의 호소는 더듬거리는 언어이며, 한 사람의 삶과 죽음이 자신의 말에 달려 있다고 느끼는 자의 기교 없는 절실함과 충만함으로 넘쳐흐른다. 그들의 말을 나란히 놓고 직접 읽어보는 것이 그 차이를 이해하는 최상의 방법이 될 것 같다.

> 포 셔 자비라는 건 강요될 성질의 것이 아니오. 그것은 하늘에서 이 지상에 내리는 은총의 비와 같은 것이오. 자비는 이중의 축복이오. 자비를 베푸는 사람에게 축복이 가고, 자비를 받는 사람에게도 축복이 있으니 말이오. 자비야말로 최고 권력자의 가장 위대한 미덕이라 할 것이며, 군왕을 더욱 군왕답게 하는 것은 왕관보다 이 자비이오. 군왕이 가진 홀은 지상 권력의 상징이요, 위엄의 표지로 외경을 의미할 뿐이오. 그러나 자비는 권력의 지배를 초월하여, 군왕의 가슴 속 옥좌에 앉아 있는 법이오.

《베니스의 상인》(4막 1장)

이자벨라 너무 늦었다구요? 아니에요. 말을 할 수 있다면 그 말을 취소할 수도
　　　　 있잖아요? 하실 수 있어요. 높으신 어른들의 신분을 나타내는 표식도,
　　　　 임금님의 왕관도, 공작 대행님의 대검도, 대원수의 관장(官杖)도, 법관
　　　　 의 법복도 결코 자비심처럼 그 신분에 어울리는 것은 없을 거예요.

《법에는 법으로》(2막 2장)

포 셔 생각해 보시오. 정의의 심판 앞에서는 우리 중 그 누구도 구원 받지 못
　　　 할 것이오. 우리는 하느님께 자비를 기원하지만 이 기원은 곧 우리들
　　　 상호간에 자비를 베풀 것을 가르치는 것이오.

《베니스의 상인》(4막 1장)

이자벨라 아아, 무정도 해라. 누구나 이 세상에 인간으로 태어난 이상 한 번은 법
　　　　 을 어기게 마련이에요. 그런데 신께서는 벌주시려면 얼마든지 줄 수도
　　　　 있었지만 오히려 구원을 주셨습니다. 만약 최고의 재판관이신 신께서
　　　　 현재의 각하를 심판하신다면, 각하는 어떻게 될지 아시나요? 오, 그것
　　　　 을 생각하면 각하의 입술에선 새로 태어난 사람처럼 자비스런 말씀이
　　　　 새어 나와야 할 거예요.

《법에는 법으로》(2막 2장)

　　포셔의 언어처럼 이자벨라의 언어 역시 잠언적인 아름다움을 보여준
다. 그러나 두 여인의 존재적 차이만큼이나 그들의 언어는 뚜렷이 구별된
다. 포셔의 언어가 친숙한 일상으로부터 길어올려진 즉각적이고 현실적인
통찰력과 시적인 상상력의 결합을 보여준다면, 이자벨라의 언어는 심오하

지만 꾸밈없는 도덕성과 깊은 종교성, 그리고 어떤 우수 어린 감정을 드러 낸다. 그녀가 말하고 행동하는 방식에서는 수녀원 작은 독방에서의 고독 과 침묵의 시간으로부터 길러진 어떤 진실성과 고결함이 느껴진다.

… 거인의 힘을 가지셨으니 참으로 훌륭하십니다. 그러나 그 힘을 거인같이 함부 로 남용하는 건 포악한 일입니다.

높은 자리에 계신 분들이 모두 제우스신처럼 천둥벼락을 내린다면 제우스신은 잠시도 쉴 틈이 없으실 겁니다. 하찮은 벼슬아치까지도 하늘을 소란하게 할 테니 까 말이에요. 온 천지가 천둥벼락밖에 없는 세상이 되고 말 테지요. … 아, 자비로 우신 신이여! 당신께서는 그 날카롭고 무서운 번갯불로 쐐기도 안 들어가는 옹투 성이의 떡갈나무도 쪼개 놓고 맙니다마는, 연약한 도금양挑金孃 꽃나무는 손대지 않으십니다. 그런데 인간은, 거만한 인간은 잠시 동안의 조그만 권력을 등에 업고 서 자신이 유리알처럼 부서지기 쉬운 인간이란 것도 모르고 성난 원숭이처럼 드 높은 하늘을 향해 별의별 괴상한 장난을 다 부려 천사들을 울려 놓습니다.

우린 자기를 중심으로 남을 재판할 수 없습니다. 높은 지위에 있는 분이 성자를 조롱하면 재치 있는 농담이 되지만, 서민이 그러면 신성모독이 되니까요. 장교들 은 홧김에 함부로 말해도 그만이지만, 졸병들이 하면 불경죄가 되지요. 권좌에 계 신 분들은 과오를 범하더라도 보통 사람과는 다릅니다. 권력의 힘으로 교묘히 뭉 개버릴 수 있거든요. 각하께서도 자기 가슴의 문을 두드려 제 오라버니와 같은 불미스런 생각을 갖고 있지 않나 물어보세요. 만약 만의 하나라도 있으시다면 제 오라버니의 생명을 빼앗겠다는 말씀은 아예 입 밖에도 내지 마소서.

(2막 2장)

77

《법에는 법으로》의 한 장면(2막 1장), 로버트 스머크(Robert Smirke, 1752–1845).

제가 진정으로 아무것도 모르는 숙맥이라는 것은 잘 알고 있습니다. 그것만을 하느님의 은총으로 알고 있음이 하나뿐인 장점으로 알고 있나이다.

(2막 4장)

죽음이란 그것을 상상할 때가 가장 무서운 거예요. 우리들이 짓밟아 뭉개는 하찮은 벌레도 죽을 때의 고통은 거인이 죽을 때와 다를 것이 없어요.

(3막 1장)

이 세상에서 가장 흉악한 자가 안젤로처럼 결점이 없는 사람처럼 보일 수도 있습니다. 그래요, 저 안젤로가 아무리 훌륭한 복장에다 훈장을 달고 높은 칭호에 예절을 갖춘다 해도 희대의 악한이듯이 말이에요.

(5막 1장)

그녀의 언어가 지닌 설득력, 어떠한 궤변이나 유혹의 말로도 꺾을 수 없는 정직과 순수성은 안젤로와 두 번째로 대면하는 장면에서 더욱 잘 드러난다.

안젤로 당신은 어떻게 하겠소?

이자벨라 아무리 불쌍한 오라버니 때문이라고 해도 제게 안 될 일은 할 수 없어요. 제가 비록 사형선고를 받는다 해도 무서운 매질로 맺힌 상처 자국도 루비 보석을 몸에 지닌 걸로 여기고, 죽음에 임해서도 가슴 태우며 기다리던 잠자리에 드는 것처럼 생각하겠어요. 그러나 절대로 이 몸만은 더럽히지 않겠어요.

안젤로 그렇다면 오라버니는 죽어야 하오.

이자벨라 그것이 백 번 낫지요. 오라버니를 구하려는 누이동생이 영원히 죽는 것보다는 오라버니가 단번에 죽는 것이 낫습니다.

안젤로 그렇다면 당신이 비난한 사형선고 못지않게 당신도 잔인한 것이 아니오?

이자벨라 수치스런 방법으로 몸값을 치르는 것과 공명정대한 사면은 본질적으로 전혀 다릅니다. 정당한 자비와 더러운 구제는 같을 수가 없습니다.

안젤로 지금까지 당신은 법률을 포악하다고 비난하며 오라버니의 잘못이 죄악이라기보다는 환락에 지나지 않는다고 변호해 오지 않았소?

79

이자벨라　부디 용서해 주소서, 각하. 우린 갖고 싶은 것을 손에 넣을 욕심으로 마음에도 없는 말을 담는 실수를 가끔 범합니다. 제가 가장 미워하는 것을 변호한 것도 진심으로 사랑하는 오라버니를 위해서였습니다.

(2막 4장)

　도덕적 엄격성은 이자벨라의 성격에서 두드러지는 특성 가운데 하나이다. 오빠가 저지른 죄 앞에서 오빠를 살리고 싶은 마음 대신 자신의 도덕적 양심을 선택하는 모습에서 우리는 그녀의 도덕적 엄격성을 잘 느낄 수 있다. 극의 후반부에서 이러한 도덕적 엄격성의 좋은 예가 될 만한 또다른 장면을 발견할 수 있다. 공작이 안젤로에게 사형을 명하자, 그의 부인인 마리아나가 그녀에게 남편이 사형을 면할 수 있도록 공작을 설득해 달라고 간청하는 장면이 그것이다.

　이자벨, 내 편을 들어줘요. 나를 위해 무릎을 꿇고 청원해 주세요. 내 한평생 당신을 위해 목숨 바쳐 보답하겠어요.

　이자벨라가 여전히 침묵을 지키고 있자 마리아나는 다시 한번 간청한다.

　이자벨, 제발 부탁해요. 이자벨, 내 옆에서 무릎 꿇고 잠자코 청원의 손동작만 해줘요. 말은 한마디도 안 해도 돼요. 오, 이자벨! 제발 당신의 무릎을 내게 빌려줘요.

(5막 1장)

마리아나, 단테 가브리엘
로세티(Dante Gabriel
Rossetti, 1868-70).

이자벨라는 마침내 침묵을 깨고 공작을 설득하기 시작한다. 그러나 그녀의 말은 애원이나 감정적 호소가 아닌 엄숙한 논리로 전개된다. 그녀의 언어에서는 고결한 겸손과 깨어 있는 의식의 힘이 느껴진다. 그리고 바로 이런 점에서도 그녀만이 지닌 고유한 특성이 잘 드러난다.

인자하신 공작님, 저분의 선고를 제 오라버니가 살아 있다고 생각하시고 재고해
주십시오. 그분은 절 보기 전까지는 직분을 충실히 해왔다고 사료되옵니다. 그
러하오니 사형만은 거두어 주십시오. 제 오라버니는 죽을죄를 저질렀으니 당연
히 받아 마땅한 처벌을 받았을 뿐입니다. 안젤로 경께선 사심을 품기는 했지만

실행하지는 못했습니다. 그러니 그냥 묻어두시는 것이 가당할 것입니다. 마음에 품은 생각은 사실이 아니요, 뜻은 생각에 불과한 것이옵니다.

(5막 1장)

여기서 이자벨라의 도덕적 엄격성은 사랑과 연민의 힘에 의해 초월된다. 사랑과 연민의 힘만이 정의를 자비 속으로 녹아들게 하기 때문이다.

이자벨라가 여성의 연약함에 대해 말하는 대목은 여성적 부드러움의 아름다움과 정당성을 유감없이 드러내는 보기 드문 예이다. 그녀는 한 사람의 여성으로서 느끼는 진실한 연민을 품고서 여성의 연약성에 대한 세상의 비난을 받아들인다. 그러나 우리는 다음과 같은 대화에서, 연약성을 초월하는 어떤 우월성이 자신에게 존재한다는 것을 알고 있는 사람으로부터 풍겨 나오는 위엄을 그녀에게서 느끼게 된다.

안젤로   아니, 여자도 약하오.
이자벨라   그렇습니다. 자기 모습을 바라보는 유리 거울처럼 약하죠. 자태를 비추는 것도 그것을 부수는 것도 아주 쉬운 거울처럼. 불쌍한 여자! 오, 하느님! 남자들은 여자를 이용하고 여자를 망쳐 놓고 맙니다. 그래요, 여자는 열 배나 약해요. 우리 여자들은 마음이 살결처럼 부드러워서 잘 믿고 잘 속아 넘어가지요.

(2막 4장)

이제 관객들에게 보다 깊은 관심을 불러일으키게 하는 그녀의 또 다른 성격적 특성에 대해 언급해야겠다. 그것은 극이 전개됨에 따라 명시적으로 표현되기보다는 은연중에 드러난다. 그녀의 성격에 있어서 완벽히 자연스러운 일면이지만, 처음에는 그녀에게 내재해 있다는 사실을 우리는 예상치 못한다. 그것은 바로 이 고요하고 성자 같은 침착함을 지닌 존재의 내면을 흐르는 열광적인 열정의 물결이다. 소박하고 은자적인 아름다움의 이면에 강렬한 감정과 고결한 분노의 능력이 숨겨져 있다.

그녀의 성격이 지닌 이러한 대조적 효과는 매우 강렬하게 우리의 상상력에 각인된다. 실제 우리의 삶 속에서도 확인할 수 있듯 그 원인이 외부적인 것이든 선천적인 기질이든 간에 내면에서 일어나는 자연스러운 감정과 충동을 스스로 억제하려는 의지가 강한 사람일수록, 그 억제력을 잃게 되었을 때 표출되는 감정의 강도는 그만큼 더 강렬하다는 사실을 우리는 알고 있다. 이런 측면에서 이자벨라가 표출하는 분노의 강렬함을 이해할 수 있다.

안젤로의 음흉한 의도를 처음으로 깨닫게 되었을 때 그녀가 내뱉은 대사는 거의 비명에 가까운 격분의 감정을 드러낸다.

> 오, 이럴 수가! 명예를 헌신짝처럼 버린 사람을 어떻게 믿는단 말씀입니까. 그 음흉한 마음은 무서운 위선이에요, 위선… 제가 이 사실을 세상에 떠들어댈 테니 두고 보시지요! 자, 오라버니의 사면장에 서명하세요. 그렇지 않으면 악을 써가며 큰소리로 당신이 어떤 사람이라는 걸 세상에 외치겠어요.
>
> (2막 3장)

자신을 기만하는 이 인간이 겉으로는 고고한 성자인 양 행세하는 대리관 나리라는 사실에 그녀의 감정은 다시 폭발한다.

오, 달려가 그 자의 눈알을 빼놓겠어!

불쌍한 오라버니! 비참한 이자벨라, 매정한 세상, 가증스럽고도 가증스런 안젤로!

(4막 3장)

그녀는 자신의 고결한 정신에 비추어 불의에 굴복하지 않은 오빠의 굳은 마음과 고결한 정신에 강한 믿음과 자신감을 갖고 있었다.

… 오라버니한테 가야지. 오라버니는 한 번의 불타는 정욕 때문에 그런 잘못을 저질렀지만, 높은 기품을 지닌 분이니 목숨이 스무 개 있어 스무 번 사형당할 망정 자기 동생이 그렇듯 더러운 치욕을 당하게는 안 할 거야.

(2막 4장)

그러나 일시적인 흔들림으로 오빠가 자신의 믿음을 배반하고 목숨을 구걸하는 모습을 보면서 그녀는 거의 공포스러울 정도의 격분과 쓰디쓴 고통이 담긴 비난의 말을 오빠에게 퍼붓는다. 다음의 대사는 그녀가 느끼는 분노와 고통의 극단을 보여준다.

《법에는 법으로》의 한 장면.
월터 패짓(Walter Paget, 1863-1935).

84

오, 이 짐승만도 못한 인간! 염치도 없는 비겁자! 어쩌면 그렇게도 파렴치할까. 오빠는 나한테 불미스런 짓을 시키고도 사내대장부가 되겠다는 건가요? 자기 누이동생을 욕보이게 하고도 살겠다는 게 근친상간과 다를 게 뭐가 있어요? 아, 이 일을 어쩌면 좋아. 어머니는 아버지를 배신한 일이 없었는데, 아버지 핏줄에 이런 사악한 철부지가 태어나다니… 오라버니, 이제 우린 끝이에요. 죽어버려요. 썩어 없어져요. 내 굴욕으로 오라버니의 운명을 구제할 수 있다 하더라도 난 그렇게는 못해요. 오라버니의 죽음을 위해선 천 번 만 번 기도하겠지만, 오라버니를 구해 달라고는 한 마디도 안 할 거예요.

(3막 1장)

같은 장에서 이자벨라가 클라우디오와 나누는 대화들은 시적인 면에서나 감성적인 면에서나 말할 수 없이 탁월하다. 그리고 극 전체가 이러한 문장들로 가득하다. 그러나 이러한 문장들도 그 안에 고갈되지 않는 매력과 신선함과 생명력이 존재하지 않았더라면, 지금까지 수없이 인용되고 일상적으로 사용되어 오는 동안에 벌써 진부한 것으로 전락하고 말았을 것이다.

《법에는 법으로》의 이야기는 오래 전부터 전해져 내려온 구비문학으로서, 셰익스피어 이전에 이미 몇 가지 이본異本의 설화나 희곡의 형태로 존재해왔다. 여러 공통점이 발견된다는 이유에서 조지 웨스턴*이 쓴 형편없는 작품 《프로모스와 카산드라》(*Promos and Cassandra*)(1578)가 셰익스피어 극의 원형을 제공한 것이라 추측되기도 한다. 그러나 이자벨라라는

■ Geroge Whestone(1551?-1587). 영국의 시인, 극작가.

캐릭터는 그것이 표상하는 개념이나 미적 성취를 놓고 볼 때 온전히 셰익스피어만의 것이다. 주석가들은 《법에는 법으로》의 플롯에 근거를 제공한다고 생각될 만한 온갖 자료들을 모으는 데 열심이면서도 셰익스피어가 창조한 이자벨라라는 탁월한 캐릭터에 대해서만은 침묵하거나, 침묵하는 것보다 못한 말들을 할 뿐이다.

존슨(Samuel Johnson)을 비롯한 대부분의 평론가들은 한마디의 언급도 없이 이자벨라를 외면해버린다. 자비를 베풀어 여기서 그 이름을 밝히지는 않겠지만, 어떤 한 평론가 — 여류 평론가이기도 하다 — 는 이자벨라를 천하고 입정 사나운 여자로 매도한다. 헤즐릿(William Hazlitt)은 그 특유의 신랄한 지성과 비뚤어진 감정과 심미안의 결핍이 섞여 있는 어조로 이자벨라에 대해 다음과 같은 짤막한 언급을 남겼을 뿐이다. "우리는 그녀의 도덕적 엄격성으로부터 별다른 매력을 느낄 수가 없을 뿐더러 다른 사람의 희생을 무릅쓰고라도 지켜져야 하는 그 숭고한 미덕이라는 것이 과연 미덕인지도 확신할 수 없다."

이런 비평들에 대해 어떻게 답해야 할까? 어떤 근거 하에 읽어야 이자벨라의 천사 같은 순수함을 의심하거나 그 가치에 대해 미심쩍게 생각하게 되는 것일까? 이런 근거 없는 불신은 이유 없이 하늘의 빛을 부정하는 것과 다르지 않다.

지금껏 지상을 더럽힌 것도 모자라
성스러운 사원마저 조각조각 내어
거기에 우리의 악을 덧붙이려는가

86

리처드슨(William Richardson) 교수는 이자벨라에 대해 '온화하고 종교적이고 지성적이며, 확고한 신념과 탁월한 언변을 지닌 여인'이라고 요약한 바 있는데, 이는 앞서의 평론가들보다는 공정하지만 여전히 피상적이다.

슐레겔의 비평도 너무 짤막하고 추상적이어서 이자벨라와 다른 캐릭터들 간의 변별성을 드러내기엔 미흡하다. 그에겐 좀더 시간을 두고 그녀를 연구해 볼 만한 여유가 없는 모양이다. 그래도 작품의 전체적 의미에 대한 다음과 같은 그의 통찰은 매우 훌륭하다. "《법에는 법으로》는 사실 잘못된 제목인데, 왜냐하면 이 작품은 정의의 엄격성에 대한 자비의 승리를 그려내고 있기 때문이다." 또한 "그러나 작품의 주제 안에는 우리가 진심으로 이 작품을 사랑하지 못하게 방해하는 어떤 근원적인 죄악이 존재한다"는 그의 지적도 참이다.

등장인물들 가운데 유일하게 이자벨라만이 우리의 공감을 얻는다. 극의 결말은 그녀의 승리였지만, 기꺼운 방식으로 이뤄진 승리는 아니었다. 그 과정에는 지나치게 많은 속임수와 우회로들이 존재해서 관객을 자연스럽게 예견된 대단원으로 이끄는 데 실패하고 만다. 그 결과 공작은 처음부터 끝까지 극의 결말을 이끌어내는 필수불가결한 존재가 된다. 이 공작이란 인물은 정의를 위해 온갖 정의롭지 못한 속임수와 반계反計를 사용하기 좋아하는 듯하다. 실제로 공작은 루치오가 풍자적으로 묘사한 대로 '어딘가 음침한 면이 있는 괴상한' 인간이라 할 만하다. 반면 이자벨라의 순수한 단순성은 언제나 흔들림이 없다. 공작이 제안한 계획에 따라 자신이 해야 할 거짓 연기에 대해 이자벨라는 본능적으로 거부감을 보인다.

그렇게 돌려서 말하는 건 질색이에요. 난 직접 사실을 말하겠어요.

(4막 6장)

그러나 결국 그녀는 수사로 분장한 공작의 명령에 마지못해 순종하게 되는데 이는 견습수녀로서 자신의 위치와 수사라는 그의 신분, 복장, 정신적 지도자로서의 권위가 그녀에게 희생을 요구하고 있었기 때문이다. 대단원에 이르러 이자벨라의 삶은 수녀원에서 공작의 왕실로 이동하게 된다. 우리는 이러한 변모에 대해 고상한 존재로서 그녀가 응당 있어야 할 자리를 찾은 것이라고 느끼게 된다. 물론 비엔나의 공작부인으로서의 이자벨라가 성 클라라의 견습수녀로서의 이자벨라보다 우리에게 더 큰 존경심을 불러일으키는 것은 아니지만, 그녀처럼 헌신적인 애정과 지적 능력을 지닌 여인에게는 수도원의 담장 안에서보다는 유용성과 자비심의 측면에서 훨씬 운신의 폭이 넓은 왕실이 더 어울린다고 보아야 할 것이다. 극의 도입부에 나오는 공작의 철학적인 통찰은 이러한 우리의 생각을 뒷받침해 준다.

인간의 마음이 아름답게 만들어진 까닭은 아름다운 결과를 낳게 하기 위함이오. 자연이라는 그 뛰어난 힘을 우리 인간에게 아주 조금만 빌려 주는 경우에도 자연의 여신은 본래 인색하여 채권자의 특권으로 사례는 물론 이자까지도 받아내고야 만다오.

(1막 1장)

이 통찰에 담겨 있는 심오하고도 아름다운 정서는 이자벨라의 성격과

88

운명 속에 그대로 구체화된다. 그녀는 자기 자신에 대해 "가슴이 허락하는 일이라면 무엇이든 행동할 수 있는 영혼을 지녔다"고 말한다. 그리고 우리는 그녀의 가슴이 허락하는 일이 무엇인지 알고 있다.

수녀원 — 이는 이자벨라와 같은 유형의 여인이 처할 수 있는 어떤 비좁고 어두운 존재 상태를 의미하는 시적 상징일 수도 있다 — 에서 계속 살았더라도 그녀의 삶이 불행해지지는 않았을 것이다. 그러나 그녀가 행복해지기 위해서는 자신의 정신적 능력을 집중시키고 노력을 기울일 어떤 특별한 목표를 찾아야만 했을 것이다.

성 데레사가 그토록 보기 드문 성인이 될 수 있었던 것도 헌신에의 압도적인 열망이 하나의 목표로서 그녀의 지성, 애정, 탁월한 웅변, 지칠 줄 모르는 행위의 능력을 이끌어 주었기 때문이다. 성 데레사와 마찬가지로 이자벨라는 수녀원의 규율이 충분히 엄격하지 않다는 점에 불만을 느낀다. 그녀는 자신의 지적 능력과 열정적인 상상력, 넘쳐흐르는 감성에 대해 인식하고 있었기 때문에, 혹은 자신의 삶을 가두는 존재적 굴레들을 의식하는 데서 오는 내적 갈등의 고통으로부터 벗어나기 위해 스스로에게 보다 엄격한 구속을 요구한 것인지도 모른다.

이자벨라 수녀원에서는 그것 말고 다른 특권은 없나요?

프란치스카 그만하면 충분하지 않은가요?

이자벨라 네, 그래요. 제가 말한 것은 특권이 더 있으면 하는 것이 아니라 좀더 엄격한 계율이 있었으면 해서예요.

(1막 4장)

89

데스데모나나 오필리아였다면 수녀원에서 여생을 보낸다 해도 이자벨라처럼 보다 엄격한 규율을 열망하거나 성 데레사처럼 수녀원의 개혁을 목표로 삼지는 않았을 것이다. 그녀들에겐 규율이 존재한다는 것 그 자체로 충분했을 것이기 때문이다. 이자벨라가 속세로부터는 어떠한 헌신의 대상도 찾을 수 없는 수녀원에서 삶을 계속 이어갔더라면 억압을 통해 결국 자아 포기와 같은 체념에 도달하거나 종교적 광신도가 되었을 것이다.

한편 공작부인이라는 고귀한 지위는 이자벨라의 고결하고 올곧은 정신에 비추어볼 때 다만 행동하고 의지하며 도전할 수 있는 존재 조건의 확장으로 그녀에게 다가왔을 것이다. 그녀는 자신의 삶을 나타내는 외적 표지가 될 터인 지위와 권력의 부산물들, 보석 박힌 왕관이나 화려한 모피 옷들을 닳게 만들어서 견습수녀 시절의 수녀복만큼이나 소박한 것으로 바꿔놓았을 것이다. 그녀가 어떤 옷차림으로 이 영광스러운 세상을 살아가게 되든지 그녀의 본성은 변하지 않는다. 그녀는 언제나 우리에게 빛의 천사와도 같은 존재로 남을 것이다.

이자벨라, 프랜시스 윌리엄 토펌(Francis William Topham, 1888).

3장
생동하는 정신의 웃음소리

《공연한 소동》의 베아트리체

베아트리체의 언어가 담고 있는 것은 의미가 아니라 바로 삶의 기쁨에서 터져 나오는 웃음이다. 재치를 두드러진 특징으로 하는 캐릭터임에도 불구하고 베아트리체가 우리를 매혹시키는 가장 큰 요인은 그녀의 재치 있는 말들보다는 오히려 그녀가 존재하는 방식 그 자체다. 우리를 매혹시키는 것은 단순히 화려한 말재주나 영리한 농담 같은 것이 아니라 그녀의 존재 전체를 형성하는 명민한 영혼과 쾌활한 정신이며, 이는 그녀의 반짝이는 눈과 입술에 떠도는 조롱기 어린 미소를 통해 발산된다.

《공연한 소동》의 4절판 표지(1600년).

셰익스피어는 베아트리체를 통해서 자신이 살던 시대의 귀부인상像을 생생히 복원해내는 데 성공했다. 그녀의 행동, 언어, 예절, 인용구 등은 특정 시대 특정 계층의 삶을 반영한다. 반면 인물의 밑바탕을 이루고 있는 탁월한 개인적, 극적 특성은 시대적 한계를 초월하는 보편성을 획득하고 있다. 그녀의 내면은 높은 지성과 생기로 충만한 정신의 만남을 보여준다. 그리고 이 두 가지 존재적 특성은 마치 불과 공기처럼 서로에게 작용한다. 통찰력과 상상력에 비해 재치가 두드러지는 여성들이 종종 그러한 것처럼 그녀의 재치 — 그녀의 재치는 눈부시지만 상상력과는 관계가 없다 — 에는 얼마간의 오만함이 깃들여 있다. 뿐만 아니라 그녀에게는 사납고 입이

■ Philip Sidney (1554-1586). 엘리자베스 시대의 정치가 · 군인 · 시인. 정치 · 무예 · 과학 · 예술 등의 다양한 분야에 깊은 조예를 지녔으며 당대의 이상적인 신사상을 대변하는 인물이다.

거친 여성의 기질이 녹아 있다. 그녀는 대상의 고하를 막론하고 누구에게든 한결같이 불경스러우며 독설이 담긴 익살스런 말들을 퍼붓는다.

이러한 성격을 관객이나 독자들이 수용하고 공감하기 위해서는 그만큼 여성에 대한 깊은 이해가 필요할 것이다. 하지만 분명한 건 베아트리체가 고집은 세지만 그렇다고 안하무인격의 인간은 아니라는 점이다. 그녀의 이러한 성격은 몰상식이 아니라 쾌활성에서 비롯된 것이다. 그녀는 재치와 쾌활함으로 넘칠 뿐만 아니라 뜨거운 가슴과 충만한 영혼과 정신의 힘을 간직하고 있다. 재치라고 해봐야 머리를 위로 치켜들고, 부채를 팔랑거리며, 손수건이나 흔드는 것으로 자신의 뾰로통해진 마음을 표시하는 능력이 전부인 현대 익살극의 여성 캐릭터들과 베아트리체를 비교하는 건 곤란하다. 그것은 우리 시대의 댄디(dandy)들을 필립 시드니 경*에 비교할 수 없는 것 이상으로 명백한 사실이다.

베아트리체의 시적 특성은 극 전반에 부드러움을 더할 뿐 아니라 익살스러움의 효과를 배가시키기도 한다. 우리는 베아트리체의 경멸하는 듯한 표정이나 독설로 가득한 농담, 잘난 체하는 태도에 대해 너그러운 관용을 베풀게 된다. 아니, 오히려 그것은 우리를 즐겁게 한다. 그녀가 아이 같은 단순함으로 앞뒤 재지 않고 사랑의 함정에 덥석 걸려드는

베아트리체, 월터 패짓(Walter Paget, 1863-1935).

모습을 볼 때면 특히 더 그렇다. 자신에게 어울릴 만한 남자는 이 세상에 없으며, 그런 '제멋대로 생긴 흙덩이'＊에게 평생을 바치는 건 수치스러운 일이라고 거침없이 말하던 한 여성이 그 경멸스러운 흙덩이를 감내하고자 함은 물론이거니와 세상의 보통 여자들처럼 몸을 웅크리고, 오만한 기질을 숨기고, 사나운 마음씨를 길들여가면서 한때는 경멸하고, 비웃고, 욕하던 한 남자에게서 사랑의 손길을 기다리게 되었으니 말이다.

결정적으로 사촌 동생 헤로(Hero)에 대해 보이는 그녀의 온화하고도 열정적인 애정은 우리의 마음을 완전히 그녀에게로 향하게 만든다. 자신의 딸이 부정한 짓을 벌였다는 이야기를 그대로 믿는 아버지와 일말의 동정심도, 의심도 없이 결혼식장에서 자신의 아내가 될 사람에게 공공연히 수모를 가하는 헤로의 연인 클라우디오(Claudio), 주례 신부는 침묵을 지키고, 사람 좋은 베네디크(Benedick)조차 무슨 말을 해야 할지 몰라 머뭇거리고 있는 그 상황에서, 베아트리체는 확고한 애정과 내면에서 솟구치는 여성적인 마음의 부름에 따라 사촌 동생에게 가해진 비난과 부정의 혐의가 이치에 닿지 않으며 부당하다는 사실을 직감적으로 간파한다.

아, 내 영혼을 걸고 말하건대 동생은 누명을 쓴 거예요!

《공연한 소동》(4막 1장)

《공연한 소동》에 관해 언급한 슐레겔의 글을 보면 셰익스피어의 캐릭터들이 우리에게 주는 그 특유의 현실감을 설명해 주는 재미있는 예가 하

＊ 신이 흙으로 인간을 빚었다는 점에 착안한 비유.

나 나온다. 마치 개인적으로 베아트리체와 베네디크를 잘 알고 있는 것처럼 슐레겔이 말하기를, 한 치의 양보도 없이 그토록 아옹다옹 가시 돋친 말싸움을 계속하는 것은 그들의 마음속에 서로에 대한 호감이 자라나고 있음을 증명한다는 것이다.

충분히 그럴듯한 생각이다. 더 나아가 그들은 극이 시작되기 이전부터 서로에 대해 호감을 가지고 있었다는 추측도 가능하다. 베아트리체가 극에서 내뱉은 첫 번째 대사가 베네디크가 전쟁에서 돌아왔는지에 대한 질문이었음을 상기하자. 물론 늘 그랬듯이 무례함이 가득 담긴 어조이긴 하지만 말이다.

> 이보세요, 그 칼잡이 양반도 돌아오셨을까요?
>
> 그 사람, 이번 전쟁에서 몇 명이나 죽이고 잡아먹었대요? 몇 명이나 죽었을까?
>
> 그 사람이 죽일 수 있는 정도라면 내가 모조리 먹어 치우겠다고 약속했었는데.
>
> (1막 1장)

그리고 그가 없는 자리에서도 별다른 이유 없이 사람들에게 그의 흉을 본다거나 그에게 가해지는 독설의 집요함과 지독함의 정도로 미루어볼 때, 그녀 스스로는 인정하기 싫겠지만 베네디크가 마음속에 매우 큰 자리를 차지하고 있다는 사실을 추측해 볼 수 있다. 마찬가지로 베네디크의 언행에는 그가 이 매혹적인 맞수에게 자신도 모르게 호감을 느끼고 있다는 사실이 언뜻언뜻 드러난다. 다음과 같은 대사는 그녀를 아주 무관심하지만은 않은 시선으로 바라보고 있음을 보여준다.

왜 그 여자의 사촌 언니 있지? 그 여자가 그악스런 성깔만 없다면 미인으로선 한 수 위지. 오월 초하룻날이 동지섣달 그믐날보다 나은 것처럼 말야.

(1막 1장)

전편에 흐르는 유머와 더불어 작가의 더할 나위 없는 솜씨를 통해 이 명랑한 두 젊은이는 그 이상 잘 맞는 짝을 찾을 수 없을 정도로 어울리는 환상적인 커플을 이룬다. 하지만 베아트리체보다 베네디크가 더 유쾌하게 그려지는 건 사실인데, 이는 그들 모두에게 공통되는 독립심과 쾌활한 무관심, 사랑과 결혼을 거부하는 익살스러운 말들, 자유분방한 풍자적 표현 등이 여성적 성격보다는 남성적 성격에 더 어울리는 것이기 때문일 것이다.

여성이라면 누구든지 베네디크 같은 젊은 기사와 사랑에 빠지고 싶을 것이다. 그에게서는 언제나 용기와 재치, 쾌활함의 매력이 우아하게 풍겨 나온다. 사랑의 힘을 조롱하던 그의 경박한 말들은 이 아름다우나 별종 같은 사내를 사랑 앞에 굴복시키는 일에 보다 짜릿한 효과를 더해 준다.

하지만 베아트리체 같은 여인과의 만남 앞에서는 어떤 남자든 몸을 움츠릴 수밖에 없으리라. 그녀에 대한 충분한 '적응 교육'을 받지 못한 남자라면 말이다. 베아트리체의 재치는 베네디크의 재치에 비해 유쾌함이 떨어지는 것이 사실이다. 혹은, 성별의 차이가 그렇게 느끼도록 하는 요인이 될 것이다. 그들의 말싸움을 들여다보면 언제나 우위를 차지하는 것은 베아트리체이고 상대적으로 베네디크는 너그러움을 베풀며 싸움의 흥취를 돋우는 역할을 하고 있음을 알 수 있다.

현실의 관계를 역전시키는 이러한 힘의 역학관계는 (이런 식의 표현을 써도 된다면) '우리의 기질에 반하여' 우리에게 즐거움을 준다.˙ 만나기만 하면 기세를 올리는 쪽은 베아트리체다. 그녀 앞에 서면 정정당당히 전투에 임하지 못하는 사람처럼 베네디크의 재치는 우물쭈물대기만 할 뿐이다. 말싸움을 시작하고 끝맺는 것도 항상 베아트리체이다. 가령 그들이 처음 만났을 때 베아트리체는 다음과 같은 말로 개전開戰을 선언한다.

> 참 이상하시네. 언제까지 지껄이실 거예요, 베네디크 씨.
> 아무도 듣고 있지 않은데.
> 베네디크 난 또 누구라구? 콧대 센 아가씨 아니오! 아직 살아 계시군?
> 베아트리체 베네디크 씨 같은 군침 도는 음식이 푸짐한데 이 콧대가 죽을 수 있
> 나요. 당신의 얼굴만 보면 정숙함이 오만함으로 변한단 말예요.
>
> (1막 1장)

자신을 무시하는 꼴은 단 한 순간도 참아내지 못하는 베아트리체에 비해, 베네디크는 그녀의 조롱 앞에서도 그나마 인내심을 보여준다. 베네디크의 어떠한 공격도 베아트리체의 공격이 지닌 짓궂은 악의에 동등하게 맞설 만큼은 되지 못한다. 그는 여성에 대한 본능적인 배려심에 의해 어느 정도 제한을 당하거나 — 물론 그녀는 항상 그러한 관용의 범위를 넘어서는 위치를 고수한다 — 그녀의 달변에 압도당한다. 그도 복수를 하기는 하지만, 그녀가 옆에 없을 때에 그렇다는 얘기다. 그는 다채롭고 익살스러운 독설로 그녀를 비방하고 일부러 멍청하고 과장된 제스처로 그동안의 억눌

˙ 남성의 공격성과 여성의 수용성을 도치시켰다는 점에서 이러한 관계는 우리의 본성이나 기질과 반대된다는 뜻이다.

려왔던 울분을 토해내는데, 이는 그가 그녀에게서 겪은 수난의 상처가 얼마나 깊었는가를 보여주는 것이기도 하지만, 실제로는 그녀에게 아무런 적의도 없다는 것을 증명해 주는 것이기도 하다.

두 사람의 불꽃이 튀기는 날렵한 재치의 대결 한가운데서 우리는 기실 그들 서로가 자신에 관해 좋게 말해 주기를 갈망하며, 내색은 않지만 상대방이 자신을 비웃는 것을 견디지 못한다는 것을 알게 된다. 그래도 확고한 자기 확신을 가진 베아트리체가 그나마 무심한 태도를 견지하는 편이다. 이런 그들이 서로를 사랑하게 됨으로써 생겨나는 희극적 효과는 매우 강력하다. 그리고 그것은 이미 충분히 예상했던 자연스러운 결과이긴 하지만 여전히 우리에게 일종의 놀라움으로 다가온다. 그들의 사랑 고백 장면은 가장 그들다운 독특한 대화로 이루어진다.

베네디크 이 칼에 걸고 맹세하지만 당신은 날 사랑하고 있습니다.

베아트리체 그런 맹세를 하시다가는 식언이 될지도 몰라요.

베네디크 정말 이 칼에 두고 맹세하지만 당신은 분명히 날 사랑하고 있어요. 그리고 내가 당신을 사랑하지 않는다고 하는 자가 있다면 나도 이 칼 맛을 보여주리다.

베아트리체 그 말을 도로 삼키지나 마세요.

베네디크 아무리 좋은 양념을 쳐도 다시 삼킬 순 없소. 진정 당신을 사랑하오.

베아트리체 그럼 하느님, 절 용서해 주세요.

베네디크 무슨 죄를 졌기에?

베아트리체 때마침 제 말을 잘 가로막아 주셨네요. 당신을 사랑한다고 말할 뻔했어요.

베네디크 자요, 진정을 쏟아보세요.

베아트리체 진정을 다 바쳐 당신을 사랑하다 보니 가슴에 남은 게 없어요.

(4막 1장)

　　그러나 여기서도 주도권은 베아트리체에게 있다. 그녀는 자신의 연인에 비해 상대적으로 덜 진지해 보이는 태도를 유지한다. 베네디크는 그의 온 마음을 그녀를 향한 새로운 열정에 바친다. 그의 내면에서 일어난 감정적 변화의 급격함 자체가 애정을 더욱 극단적으로 흘러넘치게 만드는 요인이 된다. 반면 베아트리체의 경우 그녀의 내면을 다스리는 것은 여전히 그녀의 기질이다. 베네디크가 사랑을 입증하기 위해 그녀의 요구대로 절친한 친구에게 결투를 신청하는 반면, 그녀는 사랑하는 사람이 그런 생명을 건 싸움에 나서는 것을 막을 생각도 하지 않으니 말이다.

　　헤로의 성격은 베아트리체의 성격과 좋은 대조를 이루며 이들이 서로에게 보이는 애정은 매우 아름답고 자연스럽다. 그들이 함께 있을 때, 헤로는 스스로 말하는 법이 거의 없다. 베아트리체가 정신적인 안내자로서 그녀에게 원칙을 제시하고, 의식의 우월성으로 압도하며, 놀리는 말로 무안케 하고, 지시하고, 대신 대답하고, 자신의 확신에 찬 생각들로 이 마음씨 고운 사촌 동생을 감화시키려 들기 때문이다.

　　그럼요. 머리를 조아리며 "아버님만 좋으시다면요"라고 말하는 것이 자식 된 자의 도리겠죠. 헤로, 그건 잘생긴 남자일 때만 그러는 거야. 그렇지 않을 땐 한 번 더 머리를 조아리고 "아버님, 제가 좋아야죠" 하고 야무지게 말해야 해.

(2막 1장)

그러나 셰익스피어는 그 캐릭터의 개성적 효과를 조금도 손상시키지 않으면서 한 캐릭터를 다른 캐릭터에 종속시키는 방법을 잘 알고 있었다. 그리고 다정다감한 여주인공답게 우아함과 부드러움을 지닌 헤로는 그녀만의 지적인 아름다움을 간직하고 있다. 베아트리체를 사랑의 함정에 빠트리기 위해 하녀 어슐라(Ursula)와 사전에 약속된 대화를 주고받는 과정

《공연한 소동》의 한 장면(3막 1장).

에서 그녀는 사촌 언니의 오만한 성격과 거침없는 말솜씨를 진지하지만 생생하고 우아한 필치로 묘사해 보임으로써 일방적이었던 그동안의 관계를 멋지게 되갚는다. 사촌 언니에 대한 묘사는 설교적이며 다소 과장된 것이었는데, 이는 베아트리체가 자신의 말을 엿듣고 있다는 걸 알고 일부러 그렇게 했던 것이다.

> 그렇지만 언니처럼 거만한 여자는 이 세상에 없어. 언니는 언제나 사람을 경멸하고, 보는 것마다 조소의 눈빛으로 얕보기가 일쑤고, 자기 재능을 과대평가하다 보니 다른 건 모두 우습게 보는 걸. 그러니까 언니는 남을 사랑할 수 없어. 사랑을 나타낼 수도 없고, 사랑의 마음을 가질 수도 없는 거고⋯ 자기 자신만을 사랑하는 거야.

어술라 확실히 그렇게 허물만 찾는 건 칭찬할 수 없는 일이지요.

헤 로 물론이지. 베아트리체 언니처럼 매사에 괴팍하고 뒤트는 건 정말 좋지 못해. 그렇지만 누가 감히 언니한테 그런 충고를 할 수 있겠어? 내가 하면 콧방귀나 뀌고 말 걸. 아냐, 오히려 날 비웃으며 재담을 퍼부어 날 납작하게 만들 테지. 그러니까 베네디크 경한테는 재에 덮인 불씨처럼 한숨이나 내뿜으며 가슴을 태울 수밖에 없다고 할 수밖에. 그게 차라리 조롱거리가 돼서 죽느니보다 낫지 않겠어? 간질여서 죽는 거나 다름없으니 말이야.

(3막 1장)

정자 안에서 몰래 사촌 동생과 어술라의 대화를 엿듣고 나온 후로 베아트리체는 그녀의 독백이 말해 주듯 더 이상 예전과 같은 우월한 입장에

서 있지는 못하게 된 듯하다. 그녀는 자신에 대한 신랄한 평가를 다 듣고
난 후 절규하듯 외친다.

아아, 귓속에서 불이 활활 타는 것 같구나! 정말 그럴까? 내가 그렇게까지 오만
한 여자라고 비난을 받고 있나?

(3막 1장)

상처받은 허영심은 쓰디쓴 비탄의 감정에 섞여 잊혀진다. 그리고 그
녀가 진정으로 충격을 받게 된 이유는 자신에 대한 비난의 말 때문이 아니
라 그들이 베네디크를 매우 훌륭한 사내라고 칭찬했다는 것, 그리고 그들
의 말에 의하면 그가 전부터 자신을 연모하고 있었다는 사실 때문이었다.
이 사랑의 속임수가 거둔 즉각적인 성공은 자기 확신과 오만으로 가득한
그녀의 성격을 감안해 볼 때 매우 자연스러운 결과라 하지 않을 수 없다.
그녀는 언제나 자신이 다른 사람들에게 주도권을 행사한다고 믿는 사람이
었기 때문에 행여나 자신을 노리는 덫이 있을 거라고는 절대 상상도 할 수
없었던 것이다.
　　오만하고, 난폭하며, 쉽게 흥분하는 기질은 베아트리체의 또 다른 특
성이다. 그러나 그녀의 격렬함은 열정이라기보다는 일종의 충동에 더 가
깝다. 헤로의 결혼 장면에서, 온순하고 고운 마음씨의 사촌 동생이 자신의
눈앞에서 비난당하고, 버림받고, 세상의 수치스러운 오명을 뒤집어쓰게
되자 격정적인 분노에 휩싸여 동생의 복수를 갈망하는 그녀의 모습은 ―
그녀는 헤로가 자신과는 전혀 다른 기질을 가지고 있기 때문에 더욱 그녀
를 사랑한다 ― 이전의 다른 모습들과 마찬가지로 거침없고, 맹렬하며,

충동적이지만, 그것은 응어리진 마음이나 원한에 사무친 감정에서 오는 것이 아니다. 그녀가 다음과 같은 말로 격분을 토할 때 —

최고의 악당이잖아요? 제 동생을 중상하고 조롱하고 모욕했잖아요? 아, 내가 남자였다면! 결혼식 직전까지 잠자코 있다가 식 도중에 여러 사람들 앞에서 갑자기 비방하고 나서며 엉뚱한 일을 떠들어대고 앙심을 퍼붓다니… 아아, 내가 남자라면 저잣거리 한복판에서 그 자의 심장을 물어뜯어 주겠어!

(4막 1장)

《공연한 소동》의 한 장면(4막 2장).

그리고 자신의 연인에게 사랑을 증명하는 첫 증표로 '클라우디오를 죽일 것'을 명령할 때의 그 과장된 태도 — 실제 그녀의 선한 성품과 과격한 언어 사이에서 일어나는 이 같은 대조의 효과는 진지함과 우스꽝스러움을 뒤섞어 놓으며 살아 있는 희극적 효과를 유발시킨다.

베아트리체의 언어가 그토록 매섭고 생기발랄함에도 불구하고 정작 그중에서 우리의 기억 속에 뚜렷이 각인될 만큼 보편성을 담고 있는 내용들은 거의 없다는 사실은 주목할 만하다. 기실 그녀의 언어가 담고 있는 것은 의미가 아니라 바로 삶의 기쁨에서 터져 나오는 웃음인 것이다. 재치를 두드러진 특징으로 하는 캐릭터임에도 불구하고 베아트리체가 우리를 매혹시키는 가장 큰 요인은 그녀의 재치 있는 말들보다는 오히려 그녀가 존재하는 방식 그 자체다. 우리를 매혹시키는 것은 단순히 화려한 말재주나 영리한 농담 같은 것이 아니라 그녀의 존재 전체를 형성하는 명민한 영혼과 쾌활한 정신이며, 이는 그녀의 반짝이는 눈과 입술에 떠도는 조롱기 어린 미소를 통해 발산된다.

그녀는 삶의 충만함으로 우리 앞에 살아 움직인다. 결국 베네디크와 베아트리체의 결혼 약속을 끝으로 그들의 무대를 떠나오면서 우리가 느끼는 것은 그들의 결혼에 대한 공감이나 축하의 감정보다는 차라리 즐거움의 감정이다. 우리는 이러저러한 근거로 볼 때 그들이 평화로운 가정을 이룰 것이라고 섣불리 예측하기보다는 그저 그들이 참으로 잘 어울리는 한 쌍이라고 생각하는 것으로 그친다.

베네디크가 주장한 대로 그들이 둘 다 "너무 똑똑해서 사랑을 마음놓고 호소할 수도 없다"고 한다면, 거기다 이런 말을 덧붙여야 할 듯싶다. 그들은 둘 다 너무 영리하고 재치가 넘치고 고집이 센 나머지 평화로이 함께 살아가기는 그른 것 같다고.

베아트리체에 대한 약간의 오해가 있다. 가령 가련한 베네디크의 얼굴엔 미리 결정된 운명에 따라 손톱으로 할퀸 자국이 가실 날이 없으리라는 걱정 같은 것 말이다. 그것은 이전에 베네디크 자신이 이 영리하고 쾌활한 여인을 신부로 맞게 될 사내에 대해 언급했던 예언이다. 그러나 베아트리체의 재치와 오만한 기질과 더불어 그녀의 대범한 성품이 온갖 이기심과 소소한 줄다리기로부터 그녀를 자유롭게 해줄 것이라는 점을 생각해 본다면, 그리고 그녀의 무례하기 짝이 없는 독설과 유창한 언변 속에 관대한 애정이, 여성적인 덕성과 명예에 대한 고상한 감각이 숨겨져 있다는 점을 감안해 본다면, 우리는 그들의 미래에 대해 훨씬 더 밝은 전망을 내릴 수 있을 것 같다.

때로 우리의 베네디크 씨는 자신의 사랑을 거듭 맹세하려 할 것이고 우리의 숙녀 베아트리체 양은 이에 잔소리로 응수하려 들지도 모른다. 그렇지만 그들의 선량한 본성과 상대방에 대한 정확한 이해, 그리고 서로에 대한 평가에 명백히 덧붙여질 그들의 존재가 지닌 미덕이 이 사랑스러운 한 쌍의 연인이 이루게 될 가정의 행복을 약속해 주는 든든한 마법의 물약이 될 것이다. 그런 희망을 품은 채로 이제 그들을 떠나보내기로 하자.

4장
숲의 노래, 기쁨의 노래

《뜻대로 하세요》의 로잘린드

환상적인 분위기에 감싸여 있는 로잘린드의 내적 특성을 파악하고 그것을 분명한 틀 속에 고정시키는 작업에는 상당한 어려움이 따른다. 그녀는 너무나 가벼운 여러 향기의 정수가 혼합되어 빚어진 매혹적인 향수를 연상시킨다. 그런 까닭에 그 모습을 분석하려고 시도하는 순간 그녀의 본질은 휘발되어 우리의 손에서 빠져 나가버리는 듯하다.

로잘린드, 제임스 샌트(James Sant, 1820-1916).

이제 로잘린드에 대해 살펴볼 차례가 되었다. 베아트리체에게 뒤지지 않는 지성과 재치를 지녔으며 동시에 빼어난 부드러움과 감성을 겸비한 로잘린드는 여성적인 매력에 있어서 분명 베아트리체를 능가한다. 그러나 캐릭터의 측면에서 평가한다면 로잘린드는 베아트리체에 비해 그 강렬함이 떨어지는 게 사실이다. 로잘린드의 초상은 말할 수 없이 다채롭고 섬세한 여성적 특성들을 표현하고 있지만, 상대적으로 깊고 강한 맛이 떨어진다.

베아트리체의 주요한 내적 특성들을 포착해내는 작업은 그리 어렵지 않다. 그러나 환상적인 분위기에 감싸여 있는 로잘린드의 내적 특성을 파악하고 그것을 분명한 틀 속에 고정시키는 작업에는 상당한 어려움이 따른다. 그녀는 너무나 가벼운 여러 향기의 정수가 혼합되어 빚어진 매혹적인 향수를 연상시킨다. 그런 까닭에 그 모습을 분석하려고 시도하는 순간 그녀의 본질은 휘발되어 우리의 손에서 빠져 나가버리는 듯하다.

그 매혹적인 자태를 무엇에 비유해야 할까? 가만히 올려다보고 있으면 그 미묘한 색조와 형태를 변화시키며 공기로, 빛으로, 혹은 무지개의 소나기로 녹아드는 여름날의 은빛 구름에? 활짝 열린 자신의 가슴이 부끄러워 발그레하게 물든 장밋빛 이슬과 이른 새벽 깨어난 새들의 지저귐으로 가득한 저 오월의 아침에? 혹은, 양치기 소년들이 그늘 속에 누워 풀피리로 연주하는 저 시골 처녀를 향한 연가의 야성적인 음률에 비할까? 하늘을 거울처럼 비추며 햇빛에 반짝이는 저 계곡물의 고요한 수면에? 차라리 햇빛 그 자체라고 해야 할까? 그녀의 다정한 시선이 머무는 곳이면 어디든 아름다움과 생명의 박동이 소생하니 말이다.

《뜻대로 하세요》의 한 장면, 월터 패짓
(Walter Paget, 1863-1935).

그러나 이러한 인상이 우리에게 처음부터 즉각적으로 주어진 것은 아니다. 이러한 인상은 캐릭터 성격의 완전한 전개에 따라 형성되어, 마침내는 우리의 상상 공간 전체를 차지하게 된다. 그녀의 첫인상은 흥미롭지만 강렬한 것이라고 보기는 어렵다. 처음 우리 눈에 비친 그녀의 모습은 마치 포로인 양 자기 아버지의 지위와 권력을 찬탈한 숙부의 저택에 매여 있는 예속적인 한 소녀의 모습이다. 그녀의 다정다감한 정신은 그녀가 처해 있는 상황과 숙부에 의해 추방된 아버지에 대한 아픈 기억으로 인해 완전히 억눌려 있다. 그녀 본래의 쾌활한 성격은 일시적인 암흑 속에 묻혀 있다.

제발, 로잘린드 언니, 명랑한 얼굴 좀 해봐.

《뜻대로 하세요》(1막 2장)

사촌 동생의 이러한 간청은 로잘린드가 자유의 몸으로 푸르른 나무들이 우거진 숲속을 거닐게 되는 순간 더 이상 필요치 않게 된다. 연약하며 수심에 잠겨 있는 듯한 로잘린드의 첫인상은 나중에 드러날 그녀의 장난기 많고 쾌활한 인상에 더욱 아름답고 환상적인 효과를 부여한다.

공주라는 신분과 — 그녀는 본래 아르카디(Arcady)의 공주이다 — 첫 장면에서 그녀가 보여주는 우아한 매력에도 불구하고, 우리의 상상 속에서 로잘린드는 궁정 생활이나 그녀의 신분에 딸려 있는 온갖 인위적인 부속물들과는 거의 관계가 없어 보인다. 가령 그녀는 모든 것을 갖춘 포셔처럼 화려한 궁궐 안에 기거하면서 자신의 영지를 다스리는 그런 식의 삶을 사는 게 불가능한 존재라 할 수 있다. 그녀는 본래부터 천공의 자유로운 공기를 호흡하며 숲속에서 뛰노는 존재의 운명을 타고났다. 그녀는 무분별한 방탕함으로 둘러싸인 세상을 견뎌내질 못한다. 이자벨라처럼 불행한 운명의 공격 앞에서 숭고한 행위와 열정으로 맞서 싸우는 존재도 아니다. 그녀는 황금시대의 인간들처럼 한가롭게 거니는 존재이다. 그녀는 귀족들과 더불어 재치 있는 말들을 주고받거나 베아트리체처럼 거만하며 호전적인 기사들과 어깨를 나란히 하여 궁정식의 걸음걸이로 활보하는 그런 존재는 될 수 없다. 그녀는 풀밭 위에서 춤추며 신선한 냇물의 졸졸거리는 소리로 노래하는 존재이기 때문이다.

베아트리체와 마찬가지로 로잘린드의 주요한 존재적 특성은 쾌활함이지만, 우리는 기질적인 면이나 지성적인 면에서 그녀가 베아트리체보다 포셔에 훨씬 더 가까운 존재라고 느끼게 된다. 그녀의 내면은 포셔처럼 낙천적이고 경쾌한 톤을 유지한다. 사랑 앞에서 주저 없이 자신의 모든 것을 내던지는 열정 또한 다르지 않다. 그러나 그들의 성격적 차이는 그들이 놓여 있는 극적 배경의 차이만큼이나 뚜렷한 것이다.

포셔가 존재하는 시대, 양식, 주변 환경 등은 극의 개연성과 무관하지 않다. 아니, 그것은 확고한 현실성과 지방색을 띤다. 우리는 그녀를 라파엘로(Raffaello)나 아리오스토의 '광란의 올랜도'와 동시대를 살아가는 인물로 상상한다. 그녀를 생각할 때면 우리 눈앞에는 푸르른 바다의 베니스, 그곳의 상인들과 귀족들, 시장市場과 기나긴 수로水路가 펼쳐진다. 반면 로잘린드는 순수한 이상과 상상의 세계에 둘러싸여 있다. 따라서 이 경우 현실성은 그녀가 위치한 공간적 배경이나 상황이 아니라 그녀의 성격과 정서 속에서 발견되는 것이다.

■ Aroisto(1474-1533). 이탈리아의 시인. 《광란의 올랜도》(Orlando Furioso)는 1516년에 아리오스토가 쓴 서사시이다.

포셔는 고상하고, 화려하며, 낭만적이다. 로잘린드는 장난꾸러기 같고, 목가적이며, 손에 잡힐 듯 생생하다. 이들은 모두 최고의 시적인 아름다움을 보여주지만, 전자가 서사시적이라면 후자는 서정시적인 특성을 보인다. 로잘린드를 둘러싼 모든 것들이 청춘의 절정 속에서 숨쉬고 있다. 로잘린드는 아침처럼 신선하고 이슬에 젖어 있는 꽃처럼 달콤하며, 꽃을 희롱하는 미풍처럼 경쾌하다. 그녀는 베아트리체만큼이나 재치로 넘치고 수다스러우며 명랑하다.

그러나 그것이 표현되는 방식의 측면에서 이 둘은 뚜렷이 구별된다. 가령 그들의 재치는 모두 무의식적인 것이라는 점에서 유사하지만, 베아트리체의 재치가 섬광처럼 우리를 눈부시게 하고 깜짝 놀라게 만드는 것이라면 로잘린드의 재치는 분수처럼 방울져 내리고 반짝반짝 빛나면서 주위에 신선한 생기를 불어넣는다. 로잘린드의 수다스러운 말은 새의 지저귐을 연상시킨다. 그것은 삶, 사랑, 기쁨, 애정의 충동으로 흘러넘치는 가슴으로부터 온다. 그녀는 환희로 가득한 만큼 따스한 애정으로 충만하다. 그녀가 아무리 거침없는 농담을 내뱉는다 하더라도 그 속에는 언제나 여성적인 부드러움이 깃들여 있으므로 그녀의 말은 파리 한 마리 다치게 하지 않는다.

쾌활성에도 불구하고 그녀에게서 느껴지는 여성적인 섬세함의 인상은 조금도 약화되지 않는다. 그런 까닭에 남자의 옷을 입고 있을 때조차 그녀의 섬세한 아름다움은 의심의 여지없이 뚜렷하게 드러난다. 셰익스피어는 여성적인 아름다움을 표현하는 데 있어서 옷차림에 의존하지 않는다. 이런 점은 앞으로 살펴보게 될 비올라나 이모젠 같은 여인들에게서도 확인될 것이다.

로잘린드의 내면은 더블 릿*이나 호즈 같은 것들과는 조금도 관계가 없다. 하인들이 입는 거친 조끼 안에서 그녀의 심장은 얼마나 힘차게 고동쳤던가! 올랜도를 향한 그녀의 사랑은 얼마나 깊었던가! 짓궂은 농담과 애정 어린 조바심으로 위장할 때에도 그녀의 사랑은 한결같이 느껴진다.

그리고 시골 청년으로 가장한 로잘린드가 올랜도의 피 묻은 손수건을 보고 기절하는 그 아름다운 장면에서 느껴지는 그녀의 깊은 사랑은 얼마나 감동적인가! 충격에서 깨어나

올랜도와 로잘린드의 거짓결혼,
월터 하웰 데버렐(Walter Howell Deverell, 1853).

마음의 안정을 회복한 다음 자신이 여자라는 사실이 탄로날까봐 재빨리 기지를 발휘하여 내뱉은 다음의 대사 —

제발 당신 동생께 가거든 내가 연극을 잘하더라고 얘기해 주세요….

(4막 3장)

■ 르네상스 시대 남성들이 입었던 몸에 밀착되는 웃옷.

그리고 자연스럽게 이어지는 장난기 어린 그녀의 말들은 긴밀한 통일성을 유지하며 극에 유쾌한 효과를 더해 준다. 시골 청년으로 가장한 그녀와 올랜도 사이에서 오가는 대화는 또 얼마나 아름다운가! 여성적인 아름다움을 전혀 포기하지 않으면서도 그녀는 얼마나 그럴듯하게 건방진 시골 청년 역할을 해냈던가! 그녀의 재치 어린 말들은 얼마나 거침없이 흘러나왔던가! 그 말들은 그토록 자유로우면서도 또 얼마나 적절한 것들이었던가!

로잘린드나 베아트리체의 대사 가운데 일부는 지나치게 방약무인한 것이 아니냐고 비난하려는 자가 있다면, 그러한 문제의 책임은 셰익스피어나 그녀들에게 있는 것이 아니라 대개는 우리가 사는 시대에 있다는 점을 상기시키고 싶다. 포셔, 베아트리체, 로잘린드 등은 말보다는 실체에 더 많은 중요성을 부여했던 시대를 살았다. 반면 우리의 시대는 실체보다는 언어를 더 중요하게 여기는 듯하다. 덕분에 우리가 언어적 도덕성에 의해 구원받을 수 있게 된다면, 이 극단적으로 세련된 화술의 시대를 살아가는 것도 행복일 수 있을 것이다. 하지만 우리의 세련된 언어는 우울한 제이퀴즈(Jaques)*의 냉소적인 언어에 침범당한 지 오래다. 그런 까닭에 우리는 로잘린드의 언어에 손을 들어줄 수밖에 없다.

쾌활함과 섬세한 감성, 그리고 (우리의 언어로 더 나은 표현을 찾을 수가 없으므로) 프랑스인들이 naïveté라고 칭하는 요소가 하나로 결합되어 있는 이 로잘린드라는 여인이 우리의 마음속에 남기는 인상은 한 줄기의 달콤한 선율과도 같다. 그녀에게는 깊은 기쁨과 그 기쁨을 매혹적으로 표현해

■ 《뜻대로 하세요》에 등장하는 인물로 세상사를 조롱하는 냉소적인 인물이다.

제이퀴즈와 상처 입은 수사슴(2막 1장),
윌리엄 호지스, 조지 롬니, 소리 길핀(William Hodges, George Romney, Sawrey Gilpin, 1788-89).

내는 섬세한 언어가 있다. 그러나 우리는 곧 그녀의 말들이 전체적인 흐름 속에서 아름다움과 적절성을 획득하며, 따라서 문맥으로부터 특정한 부분을 따로 떼어낼 경우 그 부분은 더 이상 예전의 언어적 효과를 발휘하지 못하게 된다는 사실을 깨닫게 된다.

로잘린드의 언어는 매우 매력적이고 또한 유머러스하기도 하다. 그러나 그녀의 대사들은 우리에게 금언이 아닌 시구로, 보편적인 진리나 심오한 의미를 지닌 문장이 아니라 표현적인 아름다움이나 몽상의 길로 안내하는 상징으로 다가온다. 몇 가지 예를 들어보겠다.

피타고라스 시대 이후로 내가 노래의 주인공이 되어보긴 이번이 처음이야. 그때 나는 아일랜드의 쥐였단다. 지금엔 도무지 기억에 없지만.

* * *

어쨌든 난 심약한 여자야! 내가 남자처럼 꾸미고 있다지만 마음속까지 남자의 조끼와 바지를 입고 있는 줄 아니?

우린 여기 숲 언저리에서 살고 있죠. 페티코트로 말하면 단 장식 같은 곳에서 말이죠.

사랑이란 광증에 지나지 않아요. 그러니 미치광이처럼 캄캄한 집에 가두고 매질을 해야 해요. 그런데 사람들을 매질로 치료하지 않는 이유는 광증이 하도 흔한지라, 매질하는 사람들까지도 사랑의 광증에 빠져 있으니 그럴 수가 없는 거죠.

(3막 2장)

인생의 나그네시라! 당신이 우울해 하는 것도 무리가 아니군요. 당신은 남의 땅을 구경하려고 자기 땅을 팔아버린 사람 같습니다. 그러니 본 건 많고 가진 건 없으니 결국 눈요긴 됐으되 손은 째지게 가난하거든요.

■ (원주) 셰익스피어 시대의 아일랜드에는 주술적인 효과를 발휘하는 노래를 불러 쥐를 꾀어내 잠든 쥐잡이들이 있었다고 한다. 벤 존슨(Ben Jonson)이 쓴 어떤 희극 작품에 "아일랜드의 쥐들에게 하듯, 가락으로 그들을 죽음에 이르게 하라"라는 대사가 있다. 로잘린드는 연인 올랜도가 숲속의 나뭇가지에 걸어둔 자신을 찬미하는 시구들을 보면서 유머러스하게 자신의 처지를 아일랜드의 쥐에 비유하고 있다.

안녕히 가세요, 나그네 양반. 되도록이면 말은 외국말로 하고, 야릇한 외국산 옷을 입고, 제 나라의 좋은 점을 모두 헐뜯고 자기가 태어난 고향에 대해 한탄이나

올랜도와 작별하는 로잘린드와 실리어, 작자 미상(1840년대).

해보세요. 그리고 타고난 용모를 하느님께 원망도 해보고 그러세요. 그러지 않고서야 당신이 베니스에서 곤돌라를 타보았대도 곧이듣지 않겠어요.

사랑의 약속시간을 한 시간이나 어길 수 있어요? 사랑 때문에 일 분을 천 분의 일로 나누고 또 그것의 몇 분의 일이라도 어기는 그런 남자는 큐피드가 어깨나 스쳐간 처지지 심장에 사랑의 화살이 꽂힌 사람은 아닐 거예요.

남자들이 차례로 죽어 구더기의 밥이 되어 왔어도 사랑 때문에 죽은 남자는 한 명도 없다구요.

(4막 1장)

아 남장 체면에 낯 뜨겁긴 하지만 여자처럼 엉엉 울고 싶다. 하지만 조끼와 바지가 치마 앞에선 용기를 보여야 하듯이 나도 연약한 여자를 격려해 줘야지.

(2막 4장)

로잘린드에게는 포셔와 같이 인상적인 달변의 능력도 이자벨라처럼 달콤한 지성의 능력도 찾아볼 수 없다. 긴 대사는 그녀 언어만의 진정한 아름다움을 드러내는 데 적합하지 못한 것으로 보인다. 그녀가 피비(Phebe)를 꾸짖는 말은 피비가 그녀를 묘사하는 말보다 아름답지도 정교하지도 않다. 사실 이 대목에선 피비의 말이 더 진정성이 있다고 느껴진다.

로잘린드의 사촌 동생 실리어(Celia)는 그녀에 비해 더 조용하고 소극적인 인물로 그려진다. 그러나 실리어는 로잘린드의 빛에 가려졌다기보다는 자진해서 언니의 품속으로 뛰어들어 안겨 있는 듯하다. 실리어는 자신

120

의 재치를 뽐내는 경우가 별로 없지만 사랑스럽고 친절하며, 재치가 있고 지적이며, 감수성이 예민하다. 그녀는 미모에 있어서나 재주에 있어서나 언니만 못한 여인으로 묘사된다. 그녀의 아버지 프레데릭 공작은 딸아이의 마음속에 사촌 언니에 대한 질투심을 불러일으키려는 목적으로 다음과 같은 말을 한다.

이 어리석은 것아. 저 애가 네 명성을 가로채고 있어. 저 애가 없어져야만 너의 재능과 미덕이 더욱 빛나게 될 거야. 그러니 애비 말을 수굿이 들어야 한다.

(1막 3장)

그러나 이러한 말은 오히려 실리어의 온화한 마음속에 언니에 대한 애정과 동정심을 늘려줄 뿐이었다. 셰익스피어는 실리어의 몫으로 이 작품에 등장하는 대화들 가운데 가장 생기발랄하고 인상적인 몇몇 대목을 할당해 놓았다. 가령 그녀와 로잘린드 사이의 우정에 관한 다음과 같은 훌륭한 대사들.

그땐 언니를 이곳에 있게 해달라고 간청하지 않았어요. 그건 아버님 스스로의 호의였고 동정심 때문이었어요. 그때 전 너무나 어려 언니의 인품을 몰랐어요. 이젠 알 만해요. 만약 언니가 반역자라면 저 역시 그래요. 우리 두 사람은 같이 자고 같이 일어나 공부도 놀이도 식사도 같이 할 뿐 아니라, 어딜 가나 우리 두

■ (원주) 루소(Rousseau)는 로잘린드와 같은 성격의 캐릭터를 묘사할 수 있었지만, 묘사과정에서 로잘린드에게 부여된 만큼의 일관된 통일성을 유지하는 데는 실패했다. "너의 경쾌함의 매력은 바로 너의 심장에서 뿜겨져 나오는 게 아닐까? 너의 짓궂은 농담 속에는 칭찬의 말보다 더 따스한 애정이 담겨 있다. 너는 장난치면서 애무한다. 너는 웃지만, 너의 웃음은 우리의 영혼을 꿰뚫는다. 너는 웃지만, 너에 대한 애정으로 우리는 눈물짓는다." 《엘로이즈》(Héloïse)

사람은 주노(Juno) 여신의 전차를 끄는 두 마리의 백조처럼 항상 짝지어 다녔고,
한시도 떨어질 줄 모르는 사이였으니까요.

(1막 3장)

첫 장면에서 실리어가 보여준 사촌 언니에 대한 이러한 애정과 경탄
의 감정은 대단원에 이르기까지 변함없이 지속된다. 우리는 이 사랑받기
에 충분한 여인 실리어의 말에 귀기울인다. 그리고 그녀의 침묵은 유창한
웅변 이상의 것을 표현한다.

피비는 바람둥이 시골 처녀의 전형이라 할 만하다. 그녀는 한 편의 전
원시를 연상시킨다. 오드리(Audrey)는 순박한 아낙네이다. 양치기로 가장
한 두 명의 공주(로잘린드와 실리어)가 보이는 양치기다운 솔직하고 자유

터치스톤과 오드리와 광대, 토머스 헨리 니콜슨(Thomas Henry Nicholson, 연대 미상).

로운 태도와 진짜 양치기 처녀 피비의 새침하고 쌀쌀맞은 태도는 매우 흥미로운 대조적 효과를 발휘한다.

피비의 대사, 그리고 피비와 그녀를 연모하는 시골 청년 실비어스 (Sylvius) 간의 대화를 통해 셰익스피어는 이탈리아 목가극의 아름다움을 남김없이 재현하고 있다. 이러한 아름다움은 타쏘와 구아리니°의 전형적인 목가극을 능가하는 것이다.

피비의 대사들 가운데 가장 시적인 대목은 실비어스에게 야멸차게 쏘아붙이는 말과 남장한 로잘린드의 풍모에 대한 묘사이다. 그리고 후자는 아나크레온°°이 묘사하는 바실루스(Bathyllus)의 초상을 능가하는 아름다움을 보여준다.

° Tasso(1544-1595). 이탈리아의 시인. Guarino Guarini (1624-1683). 이탈리아의 작가 · 건축가 · 수학자.
°° Anacreon(BC. 582?-485) 고대 그리스의 서정시인.

2부
열정과 상상력의 여인들

1장
열정과 사랑의 화신

《로미오와 줄리엣》의 줄리엣

사랑은 격렬하거나 깊이 침잠하고, 대담하거나 수줍고, 질투하거나 확신한다. 사랑은 불안이면서 겸허한 인내이기도 하고, 희망적이거나 절망적이기도 하다. 그러나 '수많은' 사랑은 없다. 오직 '하나의' 사랑만이 있다. 셰익스피어가 창조해낸 여인들은 모두 본질적으로 사랑하거나, 사랑했던, 혹은 사랑할 능력이 있는 여성들이다. 반면 줄리엣에게 사랑은 어떤 하나의 능력이 아니다. 그녀는 사랑 그 자체이다.

보이델 셰익스피어 갤러리(The Boydell Shakespeare Gallery)의 파사드, 존 소운 경(Sir John Soane, 1810).

오, 사랑! 그대, 삶의 교사여. 오, 비탄! 우리를 길들이는 자여. 그리고 시간, 마음의 치유자여! 그대들의 깊고 엄숙한 비밀을 드러내시라! 티 없이 자유로운 젊음의 몽상을, 사라져간 희망을, 태어나지 않은 기쁨의 그림자를, 그리고 존재의 기쁜 새벽빛을 펼쳐 보이시라!

오, 가능하기만 하다면 자연과 예술의 빛이, 그 보물 같은 기억들이, 부드럽고 섬세한 이미지들, 사랑스러운 모든 형태들, 신성한 목소리와 매혹적인 음률들이, 햇빛 찬란한 하늘과 맑은 대기가, 이탈리아의 달빛이, 부드러운 남풍의 숨결이 나의 상상 속에, 오, 나의 마음속에 다시 한번 되살아나기를! 열정과 힘과 아름다움을 기다리는 온갖 영감들로 둘러싸이게 되기를, 그리하여 무례함 없이 고요하게 달빛 비치는 줄리엣의 내실과 미랜더의 환상의 섬을, 저 깊은 셰익스피어의 사원 안을 거닐게 되기를!

* * *

나는 특별한 애정의 표현 없이 줄리엣이라는 존재에 대해 이야기할 수가 없다. 그리고 이미 셀 수 없이 많은 아름다운 글들이 그녀를 위해 씌어졌다. 그 글들의 탁월한 아름다움을 능가할 수 있는 것은 줄리엣 그녀 자신밖에 없다고 할 정도다. 그러므로 내가 이들보다 더 아름답게 말한다는 것은 불가능하다. 하지만 그들과는 다른 무언가에 대해 말하는 건 가능할 듯도 싶다. 사실, 줄리엣의 단순성, 진실성, 사랑스러움과 같은 특성 안에는 언뜻 봐서는 포착할 수 없는 복합성과 깊이와 다양성이 있다. 우리는 그녀에게서 하나의 통합된 존재적 특성으로서 열정의 강도, 목적의 단일성, 전체성, 시적 효과의 완벽성을 느낀다.

그리고 우리의 영혼과 감각에 전해져오는 이러한 인상을 분석하는 것은, 마치 반쯤 벌어진 장미꽃의 향기를 맡으려 하는 것과 같아서 그 꽃의 형태와 향기를 완전히 느끼기 위해서는 꽃잎을 하나하나 잡아당겨 떼어놓아야 한다. 이런 방법이 아니고서야 어찌 그 형태의 경이로움을 드러낼 수 있을 것이며, 그 아름다움을 빚어낸 천상의 손길이 지닌 솜씨를 온전히 평가할 수 있을 것인가.

《로미오와 줄리엣》의 토대를 이루는 사랑은 열정에서 태어난 사랑이다. 로슈푸코의 전언이 옳다면, 수천의 다양한 사랑의 형태가 존재할지라도 결국 사랑은 하나일 것이다. 그러나 그 감정의 무늬 자체는 그것이 영혼의 한 부분으로서 형태가 지워지듯 여러 다양한 형상으로 존재한다. 그 모습은 개인의 성격이나 기질은 물론이고 환경이나 기후에 따라서 달라진다.

　고요한 사랑이 또 다른 순간엔 격렬한 사랑이 되기도 한다. 남부 유럽의 야성적이고 격정적인 사랑이 북구 유럽의 깊은 관조적 사랑으로 변화할 수도 있다. 연적을 독살하거나 연인을 위해 스스로 자신의 가슴을 찌르는 스페인이나 로마의 여인이 있다. 사랑에 배신당하거나, 떠나간 혹은 죽어버린 연인 때문에 어서 죽음의 안식이 찾아오기를 갈망하는 독일이나 러시아의 여인도 있을 것이다. 사랑은 격렬하거나 깊이 침잠하고, 대담하거나 수줍고, 질투하거나 확신한다. 사랑은 불안이면서 겸허한 인내이기도 하고, 희망적이거나 절망적이기도 하다. 그러나 '수많은' 사랑은 없다. 오직 '하나의' 사랑만이 있다.

줄리엣과 유모,
단테 가브리엘 로세티(Dante Gabriel Rossetti, 1852).

　셰익스피어가 창조해낸 여인들은 모두 본질적으로 사랑하거나, 사랑했던, 혹은 사랑할 능력이 있는 여성들이다. 반면 줄리엣에게 사랑은 어떤 하나의 능력이 아니다. 그녀는 사랑 그 자체이다. 열정은 그녀의 존재 그 자체이다. 열정이 사라지는 순간 그녀는 더 이상 존재할 수 없다. 열정은 '그녀의 형태를 이루는 모든 원자들과 뒤섞여' 있다. 열정은 그녀의 영혼 안의 영혼이며, 심장의 박동이며, 혈관을 흐르는 생명의 피다. 포셔의 그토록 순결하며 고결한 사랑, 미랜더의 공기처럼 경쾌하며 두려움 없는 사랑, 페르디타의 한 점 의혹 없는 순정한 사랑, 로잘린드의 쾌활한 사랑, 이모젠의 한결같은 사랑, 데스데모나의 헌신적인 사랑과 헬렌의 격렬한 사랑, 비올라의 온화하기 그지없는 사랑 — 이 모든 사랑의 특징들이 줄리엣의 사랑 속에서 발견된다. 그 모든 사랑의 무늬들로부터 우리는 줄리엣을 떠올리게 된다.

그러나 줄리엣을 생각할 때 우리에게 떠오르는 것은 오직 그녀의 사랑스러운 자아뿐이거나, 그렇지 않다면 보카치오의 기스문다(Gismunda), 리세타(Lisetta), 피아메타(Fiametta)와 같은 여인들일 것이다. 이들은 줄리엣과 하나의 공통점으로 연결되는데, 성격이나 환경적인 면에서가 아니라 진정한 이탈리아인의 정신이라는 측면에서, 그 작열하는 민족적 기질에 있어서 그러하다.[**]

이탈리아의 한 화가는 검정색 바탕에 흰색을 칠하거나, 흰색 바탕에 검정색을 칠할 때 얻게 되는 색채적 효과의 비밀에 대해 말한 바 있다. 셰익스피어는 이러한 색채적 효과의 비밀을 얼마나 완벽하게 이해하고 있던 것인가! 그리고 그 효과는 줄리엣에게서 얼마나 아름답게 구현되고 있는가!

---

[*] Rochefoucauld(1613-1680). 프랑스의 작가·사상가.

[**] (원주) 바이런 경은 자신의 경험을 토대로 이탈리아 여성들이 그토록 즉흥적이면서도 지속적일 수 있는 정열을 가진 유일한 존재이며, 이러한 특성은 세계의 다른 어떤 나라나 민족에게도 발견되지 않는다고 언급한 바 있다. 또한 무어(Moor)는 그 원인이 그들의 천성에 있든 사회적 위치에 있든 간에 이탈리아 여성들은 열정의 충동에 쉽게 빠져들며 이후로도 처음의 열정을 간직하고, 그것에 헌신하는 강한 성격적 특성을 지니고 있다는 점을, 그리고 이러한 특성은 일반적인 마음의 연약한 흐름과 완벽히 상반되는 것이라는 점을 지적하고 있다. (무어의 《바이런의 삶》 2권, p.303, p.338.)

주위의 여자들을 압도하는 그녀의 모습은 까마귀떼 속에 섞여 있는 눈처럼 하얀 비둘기 같구나.

《로미오와 줄리엣》(1막 5장)

줄리엣과 그녀의 연인은 그들 주위의 모든 것들과 뚜렷한 대조를 보인다. 그들은 적의와 증오에 에워싸인 사랑 그 자체다. 불협화음과 반목의 암흑 속에서 태어난 한 줄기 조화로운 음률이다. 닳을 대로 닳아버린 생명력 없는 삶의 풍경 한복판에 존재하는 순수한 영혼이다.

포셔와 마찬가지로 줄리엣은 화려하고 부유한 집안의 딸로 태어났다. 그녀는 아름다운 도시의 궁전 같은 저택에서 자랐다. 보석으로 치장된 옷을 입었고 곱게 땋은 머리에는 무지갯빛 진주 가루가 반짝였다. 그러나 그녀의 내면 자체는 주위의 화려한 장식물들과 별다른 관련을 맺고 있지 않다. 관련이 있다 하더라도 그것은 가령 아름다운 화초들이 자라나는 온갖 조각들과 황금빛으로 장식된 온실이 응당 일종의 에덴동산과도 같은 이국적인 분위기를 풍기는 것과 같은 정도에서 그친다.

그러나 줄리엣과 주변 세계 간의 이러한 생생한 대조적 인상 속에는 단절되거나 거칠게 이어진 흔적을 전혀 찾아볼 수 없다. 주인공과 주변 인물들은 모두 하나의 아름다운 시詩의 날실들로 짜여 있다. 시의 날실로 짜인 공통된 복장으로부터 오는 일관된 진실성과 개개인이 그려내는 뚜렷한 행동의 윤곽들은 눈부신 대조의 효과를 일으키면서도 동시에 완벽한 조화를 이룬다.

로미오와 줄리엣이 존재하는 공간은 결코 지루하고 무미건조한 세계가 아니다. 그들은 《발렌슈타인》(*Wallenstein*)* 에서의 테클라(Thekla)와 막스(Max)처럼 천박하고 혐오스러운 인간성의 가장 어둡고 거친 세계 한가운데를 방황하는 빛의 천사와 같은 인물들이 아니다. 오히려 그들을 둘러싼 상황과 주변 인물의 성격은 모두 작품의 주제에 맞는 감정적 색채를 띠는 방향으로 전개된다. 또한 그 이상은 불가능할 정도의 풍요로운 시적 상상력이 등장인물들 속에 녹아들어 있다. 그들의 형상은 천재적인 재능이 아낌없이 발휘된 눈부신 이미지들로 가득하다. 그리하여 모든 것들은 태양이 작열하는 화창한 대기처럼 환해진다. 마치 셰익스피어 자신이 실제 이탈리아에 머물며 그곳의 상냥한 대기에 한껏 도취되어 있는 듯하다.

"로미오와 줄리엣은 서로 사랑한다. 그러나 사랑 때문에 고뇌하지는 않는다"는 말은 참으로 옳다! 마치 자신이 셰익스피어라도 된 것처럼 우리에게 로미오에 관한 애가哀歌를 들려주려는 자들은 얼마나 터무니없는 생각을 하고 있는 것인가! 그토록 고상하고, 남자다우며, 정열적이고, 대담함과 재치로 넘치는 로미오에 대해 말이다. 로미오에 대한 우리의 판단은 줄리엣에게도 똑같이 적용된다. 가령 사랑과 열정에 사로잡힌 줄리엣으로부터 창백한 우울감에 잠겨 사랑 때문에 죽어가는 《십이야》(Twelfth Night)의 그 연약한 소녀의 그림을 상상한다는 것은 불가능하다.

줄리엣의 가슴 속에서 사랑은 꺼지지 않는 불면의 불길처럼 이글거리다 열광으로 타오르고, 타오르는 열광은 정열이 되고, 정열은 마침내 영웅적인 행위가 된다. 극의 전체적인 정서는 애처롭거나 창백한 것이 아닌 그와는 완전히 다른 색채로 나타난다. 그것은 남부 유럽의 상냥한 정신으로 물들어 있다.

■ 독일의 극작가 실러(Friedrich Schiller)의 희곡.

《로미오와 줄리엣》에는 젊음이 있다. 젊음의 골수와 삶의 깊은 맛이 들어 있다. 물론 실제의 삶 속에서 우리는 사악한 운명과 험난한 세상에 맞서 사랑을 지키기 위한 투쟁과 갈등을 겪는다. 고통, 비탄, 번민, 두려움, 절망이 존재한다. 쓰디쓴 작별, 상심, 어긋난 사랑의 형언할 수 없는 고통, 그토록 빠르게 죽음을 맞이하는 희열과 진실, 그리고 따스함. 그러나 천상의 축복은 그 모든 고통을 아우르며 여전히 빛나고 있다. 이탈리아의 푸르른 하늘은 언제나 그 모든 것들을 굽어보고 있다.

이러한 전체적인 분위기 속에서도 줄리엣의 영혼을 사로잡는 열정의 풍경은 단연 모든 것을 압도한다. 그것은 형언할 수 없는 달콤함과 완벽한 우아함을 드러낸다. 그것은 힘과 신속함과 저항할 수 없는 감정의 격렬한 흐름을 지닌다. 그러나 줄리엣은 수면의 작은 파문에도 떨며 반응하는 물가의 버드나무처럼 부드럽고 유연하며 섬세하다. 그녀의 열정은 결코 길을 잃지 않는다. 그것은 언제나 유일하며, 동일한 것으로 남아 있다. 그런 한편으로 줄리엣의 성격적 특징들은 다양하고도 뚜렷하게 발전되어 그녀만의 독자적인 개성으로 완성된다.

줄리엣의 내적 단순성은 미랜더의 그것과는 매우 다르다. 그녀의 순수함은 무인도의 순수함이 아니다. 그녀가 보여주는 에너지는 이자벨라의 도덕적 숭고미나 포셔의 지성적 능력과도 전혀 다르다. 그것은 인물의 성격적 힘에서가 아니라 열정의 힘에서 나온다. 그것은 필연적이기보다는 우연적이며 느낌이나 내적 충동의 물결로 태어나고 가라앉는다.

줄리엣의 로맨스는 페르디타의 목가적 로맨스나 비올라의 환상으로 가득한 로맨스가 아니다. 그녀의 로맨스는 따스한 가슴과 시적 상상력의 소산이다. 그녀의 미숙성은 결코 무지함을 의미하지 않는다. 그녀로서는 상상도 할 수 없겠지만, 세상엔 온갖 거짓들이 존재한다는 사실도 그녀는 들은 바대로 알고 있다. 어머니와 유모로부터 세상의 온갖 거짓된 아첨과 사내들의 변덕을 조심하라는 경고를 수도 없이 들었으리라. 혹은 '사랑받았으나 결국 버림받은 올림피아에 대해서, 그리고 늙음에 대한 아리스토텔레스의 이야기'에 귀기울인 적도 있을 것이다. 그러므로 느껴지기가 무섭게 마음 밖으로 물리친 것이긴 하지만, 그토록 갑작스럽게 찾아온 로미오의 사랑에 대해 한 순간이나마 의심의 감정이 떠오를 수 있다는 것도 충분히 납득할 만하다.

아, 정다운 로미오!
절 사랑하신다면, 진실하게 말씀해 주세요.

또한 자신의 사랑 고백을 로미오가 엿들었다는 것을 깨닫자 그 고백을 부정하고 싶은 부끄러운 마음이 생기기도 한다.

제 낯이 이렇게 한밤의 가면으로 가려져 있으니 망정이지, 그렇지 않으면 이 볼은 수줍은 처녀의 마음으로 새빨개져 있을 거예요. 오늘밤 당신이 제 말을 엿들었으니까요. 전 체면도 차리고 싶고, 입밖에 낸 말을 주워 담고도 싶어요.

그러나 그녀의 천진스런 단순성이 담긴 다음과 같은 대사가 이어진다.

너무 쉽게 저를 손에 넣었다고 생각하시나요? 그렇다면 전 심통도 부리고, 찌푸린 얼굴로 당신을 거절할래요. 그래도 다시 사랑을 애원해 주셔야 해요. 그렇지 않으면 안 돼요, 절대로. 그리운 몬타규님, 진정 저는 당신을 사랑하고 있어요. 어쩌면 당신은 저를 경박한 여자라고 생각하실 거예요. 하지만 믿어줘요. 새침한 척 농간을 부리는 여자들보다는 제가 훨씬 더 진실한 여자임을 보여 드리겠어요.

이어지는 대사는 연정을 들켜버린 한 여인의 한없는 수줍음과 당당함이 뒤섞여 있는 섬세한 마음의 결을 잘 드러낸다.

그러니 절 용서하시고, 행여나 들뜬 사랑에서 이처럼 말을 허락한 것이라고 꾸짖지는 마세요. 밤의 어둠 때문에 도리어 탄로난 사랑이니까요.

(2막 2장)

다음으로 그녀가 연인에게 건넨 여성적인 단순성과 섬세함의 매력이 녹아 있는 제안 속에는 필시 도덕적 가르침과 교육으로부터 내면에 자리 잡게 되었을 여성으로서의 명예에 대한 동경이 존재한다. 하지만 그녀는 로미오의 진실성에 대해 추호도 의심하지 않으며 사랑을 위해 자신을 헌신하는 데 일말의 망설임도 없다. 사실 그녀는 로미오의 대답을 기다리고 있지도 않았던 것이다.

줄리엣   ⋯ 하지만 진심이 아니시라면, 청혼은 없었던 일로 해주시길 바래요. 그리고 절 저의 슬픔 속에 내버려두세요.
로미오   천지신명께 맹세코⋯.
줄리엣   그럼 천 번이고 안녕히!

마음의 순수한 울림과 처녀다운 두려움 사이에서 벌어지는 이 모든 갈등들은 점차 사라지고, 잊혀지고, 흡수되어 마침내 사랑의 확신에서 오는 깊이와 희열 속으로 삼켜진다.

제 마음은 바다와 같이 한이 없고 사랑 또한 바다와 같이 깊어요. 당신께 드리면 드릴수록 제게는 더 많아져요. 당신에게 드린 사랑과 제가 가진 사랑 모두 무한 하니까요.

(2막 2장)

이 얼마나 황홀한 젊음의 심장인가! 그것은 희망과 사랑 속에서 어떠한 한계도, 최후도 보지 못한다. 그도 그럴 것이 오직 세파를 헤쳐가며 얻게 되는 경험, 그러나 그녀가 아직 가져본 적 없는 그 인생의 쓰디쓴 경험이 아니라면 그 무엇으로 줄리엣의 가슴에서 분출되는 이 전율하는 기쁨의 물결을 일정한 한계 안에 가두거나 측정할 수 있겠는가? 그녀에게는 낯설고 이해할 수 없는 대상일 뿐인 삶에 대한 무관심 외에 그 무엇이 그녀의 가슴이 처음으로 맛본 이 기쁨의 열광적인 맛을 약화시킬 수 있을 것인가? 그녀가 한번도 느껴본 적 없는 삶의 절망감이 아니라면 그 무엇으로, 그녀의 가슴 속에서 솟구치는 이 희망과 믿음을, 이 불변성에의 찬미를 꺾을 수 있을 것인가?

바이런 경의 하이디(Haide)는 동양의 옷을 입힌 줄리엣이라 할 만한 인물이지만, 캐릭터의 성격 전개는 극적이기보다는 서사시적이다. 나는 실러의 작품 《발렌슈타인》의 테클라를 제외하고 줄리엣이라는 캐릭터에 비견될 만큼 강렬한 강도로 목표를 향한 내면의 단일성과 온 마음과 영혼을 바치는 헌신성의 이미지를 구현해낸 극적 인물을 떠올릴 수가 없다. 테클라는 독일의 줄리엣이라 할 수 있다. 물론 서로 많이 다르지만, 본질적으로는 동일한 정신적 혈통을 지니고 있다. 나는 비평가들이 이 두 여인을 비교하는 작업을 행한 적이 있는지, 혹은 실러가 테클라라는 캐릭터를 묘사할 때 그의 상상 속에 영국식, 아니면 이탈리아식의 줄리엣을 떠올리고 있던 것은 아닌지 알 수가 없다. 열정적 성격에 있어서도 엄연히 존재하는 민족적 기질의 차이에서 오는 테클라의 고유한 운명적 색채에도 불구하고 이 두 여인에게서는 놀라운 몇 가지 공통점이 발견된다는 것은 사실이다.

　테클라 공주는 줄리엣과 마찬가지로 고귀한 신분과 엄청난 부의 상속녀이다. 처음에 그녀는 다이아몬드로 장식된 화려한 드레스를 입고 등장하지만, 그러한 휘황찬란한 복장도 그녀에게서 우리가 느끼는 부드러움과 단순성의 인상을 손상시키지는 못한다. 그런 까닭에 우리는 그런 외적인 장식들에 마음을 쓰지도 않으며 그녀의 연인의 다음과 같은 불평 어린 대사에도 공감할 수가 없다.

　　보석들의 눈부신 번쩍임이
　　그대 주위를 온통 채워
　　내게서 나의 사랑하는 여인을 감추는구려.

　우리는 그녀의 말을 직접 듣기 전에 이미 그녀의 대답이 어떠할지 알고 있다고 느낄 정도이다.

　그렇다면 당신은 가슴이 아닌 눈으로 보고 있었던 겁니다!

첫 장면에서 나타나는 그녀의 수줍음, 떨림으로 가득한 침묵, 그녀가 어머니에게 건넨 몇 마디의 말들로부터 우리는 줄리엣의 첫 등장에서 느꼈던 자연스러운 천진성을 다시금 떠올리게 된다. 그러나 이 둘의 인상은 차이가 있다. 테클라의 천진성이 수줍은 제비꽃과 같다면 줄리엣의 그것은 아직 만개하지 않은 장미꽃과 같다.

테클라와 막스 피콜로미니(Max Piccolomini)는 로미오와 줄리엣과 마찬가지로 그들의 아버지들 간의 증오로 인해 분리되어 있다. 막스의 죽음과 그로 인한 테클라의 돌이킬 수 없는 절망 역시 로미오와 줄리엣을 닮아 있다. 그리고 테클라의 완전한 헌신성, 솔직하면서도 위엄을 잃지 않는 꾸밈없는 애정의 표현, 그리고 이처럼 남김없이 속마음을 드러내고야 마는 자신에 대해 연인에게 사과하는 모습은 줄리엣이 보여준 바로 그것이다.

> 당신에게 제 마음을 숨기고
> 조금은 덜 솔직해야 했는지도 모르지요.
> 세상의 예의범절이 그렇게 하라고 말하니까요.
> 하지만 당신이 제 입술에서 진실을 발견할 수 없다면
> 그외의 어떤 장소에서 그것을 찾으실 수 있겠어요?

신뢰, 순수성, 사랑의 열정은 이 두 여주인공의 같은 특징이다. 그러나 상대적으로 봤을 때 줄리엣의 사랑은 보다 열정적인 반면 테클라의 사랑은 보다 고요하며 평온한 태도를 견지한다. 줄리엣의 사랑이 우리에게 무한성을 연상케 한다면 테클라의 사랑은 영원성을 느끼게 한다. 줄리엣의 사랑이 바다를 향해 몰려가는 강물처럼 점점 더 커다란 물결이 되어 굽

이친다면 테클라의 사랑은 바위처럼 불변적이고, 영속적인 모습으로 서 있다. 테클라의 가슴 속에서 연인은 마치 보금자리 안에서 휴식하듯 조용히 숨쉬고 있다. 반면 줄리엣의 가슴 속에서 그는 제위에 오른 왕처럼 군림한다.

극적 인물로서가 아니라 한 사람의 여성으로서 그녀들은 사랑과 여성의 권리를 구분한다. 우리의 이해가 깊어지면 깊어질수록 실러와 셰익스피어 간의 유사성을 찾아보려는 노력은 '무분별하고 부질없는' 행위라는 사실이 명백해질 것이다.[*] 테클라가 독일적인 정신을 구현하는 하나의 탁월한 '개념'이라면 줄리엣은 그 사랑스러움이 손에 잡힐 듯 생생하게 느껴지는 구체적인 인물이다. 실러가 테클라에게 부여한 창백하고, 우울하며, 모호한 색채는 줄리엣만의 강력한 개성과 삶에 대한 풍요로운 열정, 생동하는 현실감과 비교된다.

특히 언제나 내게 명백한 대조적 차이를 느끼게 하는 한 장면이 있다. 막스와 테클라가 처음으로 대화를 나누는 장면이 그것인데 여기서 테클라는 아버지의 천문 관측실에 대해 묘사하고 막스는 그에 대한 대답으로 별들의 운행이 인간에게 미치는 영향에 대해 이야기한다. 이 장면의 대사들은 그 자체로 훌륭한 시라고 할 만큼 아름답긴 하지만 셰익스피어라면 그의 연인들의 입에서 이처럼 그들과는 관계없는 이질적이고 생경한 내용의 대사를 내뱉게 하지는 않았을 것이다.

로미오와 줄리엣은 오직 그들 자신에 대해서만 말한다. 이 우주 안에서 그들이 바라보는 유일한 대상은 그들 자신이다. 그외의 모든 것들은 무

■ (원주) 코울리지, 《발렌슈타인》서문에서.

의미하게 느껴질 뿐이다. 시적인 울림으로 가득한 대사라 할지라도, 이 세상의 가장 눈부신 이미지들로 그려진 묘사나 정서의 표현이라 할지라도, 그들과 직접적인 관련이 없거나 그들의 상황 혹은 그들을 매혹시키는 감정에 관한 것이 아닌 한 그들은 어떤 말도 하지 않는다.

그리고 또 한 가지 지적할 것은 테클라는 물론이고 대부분의 비극작품에서 여주인공들이 보여주는 열정은 입체성을 결여하고 있다는 점이다. 그것은 기껏해야 적대적인 환경과 내면 간의 갈등구조를 보여줄 뿐이다. 아무리 개성적이고 섬세하게 창조된 인물일지라도 이 점에서는 예외가 없었다.

반면 줄리엣에게서 열정은 온갖 차원의 형태로 드러난다. 그녀로부터 우리는 여성의 내면에서 벌어질 수 있으리라 여겨지는 온갖 감정들의 섬세한 윤곽들을 선명하게 느낀다. 그것은 프리즘에 비친 장미꽃과 같아서 우리는 그로부터 퍼져 나오는 온갖 색채의 분광들을 분명히 보고 느낄 수 있지만, 프리즘 뒤의 장미꽃은 여전히 예전과 동일한 장미꽃으로 남아 있는 것이다.

나는 앞서 줄리엣이 등장하는 첫 장면에서 우리의 눈앞에 마치 스며들듯이 다가오는 그녀의 고요한 태도에 대해 언급한 바 있다. 그녀는 아직 깨어나지 않은 감정과 자신에게 잠재해 있는 열정의 힘들에 대해 전혀 무지한 상태로, 평온하고 우아한 소녀의 모습으로 우리에게 다가온다. 그녀의 침묵과 자식으로서 부모에게 보이는 순종적인 태도는 매력적이다.

보고 정이 드는 거라면 정이 들도록 잘 보겠어요.
그렇지만 어머니가 승낙하신 만큼의 깊이로만요.

그 이상으로는 안 보겠어요.

(1막 3장)

우리는 의식적이라기보다는 오히려 무의식적으로 로미오가 줄리엣을 처음 봤을 때 그녀의 비할 데 없는 사랑스러움에 대해 말했던 다음의 대사에 공감하게 된다.

그 아름다움은 쓰자니 너무나 값지고, 속세의 것이 되기엔 너무나 아깝구나!

(1막 5장)

그리고 그 사랑스러움은 '죽음의 어두운 궁륭을 빛으로 가득한 향연의 공간'으로 바꾸어 놓는다. 구체적인 묘사가 없어도 우리는 깊고 맑은 우물의 고요한 수면 위로 비치는 하나의 반짝이는 별처럼 연인의 가슴 속에 오롯이 떠오르는 줄리엣의 모습을 눈앞에 있는 것처럼 생생하게 그려 볼 수 있다. 로미오의 시선은 열광적인 기쁨과 함께 '그녀의 손에서 빛나는 순백의 경이'에, '처녀다운 순수함과 겸손함으로 마치 양 입술이 스스로의 입맞춤에 부끄러워하는 듯 붉게 물들어 있는' 그녀의 입술에, 그리고 '천상의 가장 아름다운 두 개의 별처럼 빛나는' 그녀의 두 눈에 머문다. 줄리엣이 누워 있는 묘지 앞에서 로미오가

아, 사랑하는 줄리엣! 당신은 왜 아직도 이렇게 아름답소?

라고 탄식하는 장면에는 삶과 죽음, 아름다움과 공포, 희열과 고통이 한데

142

어우러져 있다. 줄리엣이 걸어오는 모습을 보면서 로렌스 신부는

오, 저토록 가벼운 걸음걸이엔 저 억겁의 바닥돌이 조금도 닳지 않으리!

라고 찬탄한다. 그녀의 아버지가 내뱉는 비탄에 젖은 대사에서도 줄리엣의 사랑스러움을 잘 느낄 수 있다.

지상에 핀 가장 달콤한 꽃 위에 내린 영겁의 서리 모양
죽음이 네 위에 누워 있구나

이 모든 이미지들이 한데 녹아들어 젊고 경쾌하고 섬세하며 여성적인 달콤함과 귀족적인 우아함으로 빛나는 한 아름다운 여인의 그림을 이룬다.

줄리엣의 사랑스러움과 섬세한 감성에 대한 우리의 인상은 로미오가 그녀를 처음 본 순간 느낀 사랑의 감정이 이전에 그가 다른 여인에게 품고 있던 연정을 압도한다는 점에서 더욱 강화된다. 접근을 허락하지 않는 차가운 미인 로잘린(Rosaline)을 향한 로미오의 몽상적인 열정은 다만 뒤에 이어지는 진정한 격정을 예고하는 프롤로그, 혹은 그 문턱에 지나지 않는다.

셰익스피어는 《로미오와 줄리엣》의 토대가 되는 원래 이야기에 있던 로잘린에 대한 로미오의 사랑이라는 이 에피소드를 동일한 감정과 판단 하에 그대로 살려두었다. 극 초반에 로미오에게 부여된 이러한 변덕스러움의 표시는 결코 작품의 색채에 어긋나는 미학적 실패가 아니며, 우리로

하여금 로미오에 대한 편견을 갖게 만드는 요인도 아니다. 오히려 그것은 극적인 아름다움으로 기능하여 젊은 연인의 초상에 생생한 진실성을 더해 주는 역할을 한다.

로미오와 줄리엣 역의 그리지(Giuditta Grisi)와 슈츠-오이도지(Amalia Schutz-Oidosi), 아농(Anon, 1831).

요컨대 당사자인 줄리엣에겐 아무런 문제가 되지 않는데 왜 우리가 못마땅하게 여겨야 하는가? 원래 이야기에 의하면 처음 줄리엣이 로미오에게 끌렸던 것은 오히려 무심한 한 여인을 향한 그의 몽상적인 열정과 창백한 우수에 잠겨 있는 그 모습 때문이었던 것이다. 우리는 이제 갓 세상에 나서려는 당시의 젊은이들이 대개 기사도적인 열정에 빠져 자신의 환상 속 여왕으로 선택된 한 여인을 위해 헌신하기를 열망했다는 사실을 기억해야 한다. 아름다운 여인일수록, 그리고 가망 없는 사랑일수록 그 사랑에 예속된 노예로서의 젊은이의 명예는 더욱 커지는 것이었다.

스피드(Speed)가 유머러스하게 표현한 것처럼 '한 여인에게 반해 얼이 빠지는 것', 칼끝으로 그녀의 지고한 아름다움을 주장하는 것, 한숨 쉬기, 팔짱 낀 채 걸어 다니기, 세상에 무관심하며 우울해 하기, 외곬의 외로움을 과시하기가 그 시대의 유행이었다.

유명한 로맨스의 기사들은 그 당시 비범한 젊은이들이 바라보며 자신의 옷매무새를 매만지던 거울이었다. 그들은 사내다움을 가르치는 환상의 학교였으며 기사도 시대의 마지막 유산이었다. 그리고 이러한 유행이 특히 번창한 곳이 바로 이탈리아였다. 셰익스피어는 이런 세태를 여러 지면에서 익살스러운 풍자로 조롱한 바 있다. 그러나 그는 그것이 우스꽝스러운 만큼이나 나름의 진지함을 지니고 있다는 사실을 보여주고자 했다. 그러므로 로미오가 입고 있는 복장은 그 시대의 풍속을 완벽히 재현하고 있는 것이라 하겠다. 사랑을 거부하는 차디찬 미인 로잘린을 향한 환상적인 열정과 몽상의 포로로서, 로미오는 자신의 친구에게 그 시대의 스타일과 취향을 그대로 드러내는 짤막한 어구들로 그녀의 매력과 무정함에 대해, 그리고 사랑의 위력에 대해 다음과 같이 노래한다.

아, 싸우는 사랑, 사랑하는 미움,
본래 무에서 생겨난 유라!
아, 무거운 가벼움, 진지한 허망함,
그럴듯해 보이나 잘못 생겨난 혼돈이라!

■ (원주) 《베로나의 두 신사》에서.

사랑이란 한숨으로 된 연기일세.

화창할 땐 연인들의 눈 속에서 번쩍이는 불이요
흐릴 땐 연인들이 흘린 눈물로 생긴 바다라네.

(1막 1장)

그러나 그가 줄리엣을 보게 되는 순간, 그녀의 부드러운 시선으로부터 희망과 사랑의 감로를 단숨에 들이켜게 되는 순간, 이전의 공기처럼 가벼웠던 온갖 몽상들은 영혼을 송두리째 빨아들일 듯 강렬한 실재 앞에서 자취도 없이 사라져버리는 것이다. 심장 주변에서 어른거리던 불꽃들은 이제 심장의 한가운데서 타오르기 시작한다. 이제 더 이상은 선별된 시구들로 자신의 한탄을 장식하거나 친구에게 괴로운 속마음을 털어놓거나 하는 로미오의 모습을 볼 수 없게 된다. 그는 더 이상 페트라르카가 노래하는 애가들의 주인공이 아니며 이제 그의 모든 감정과 표현은 집중된 의식과 진지함, 그리고 환희로 충만하다. 예를 들어 줄리엣을 향한, 혹은 줄리엣에 관한 그의 열정적인 대사들에 인용된 다음과 같은 눈부신 구절들과 이전의 대사들을 비교해 보라.

천국은 바로 이곳,
줄리엣이 살고 있는 곳이에요!

* * *

146

아, 줄리엣. 당신과 내 기쁨의 양이 같다면, 그리고 당신이 그것을 나보다 더 잘 표현할 수 있다면, 제발 당신의 속삭임으로 이 근처 공기를 향기롭게 해주오. 그리고 지금 이렇게 만나 서로 맛보는 꿈같은 행복을 당신의 음악과 같은 혀로 풍요롭게 말해 주오.

* * *

어떠한 슬픔이 닥쳐오더라도 그녀를 만나는 짧은 한 순간이 주는 기쁨과는 비교할 수 없습니다.

(2막 6장)

얼마나 다른가! 이러한 대조를 이끌어내는 솜씨는 또 얼마나 탁월한가! 로미오가 지닌 최초의 열정은 걸어다니는 꿈처럼 몽상적이고 탐닉적인 것이었다. 그것은 침울하고 게으르며 환영과 같은 것이었다. 이제 그의 두 번째 열정은 그를 천국으로 고양시키며 또한 절망의 심연으로 이끈다. 그것은 온갖 방해물과 위험을 뚫고 본래의 목표로 쇄도하며 마침내는 당당한 승리로 그토록 사랑했던 여인의 품안에서 자신의 무덤을 찾는다.

따라서 이전의 로잘린에 대한 로미오의 집착은 몽상적인 감정과 실제적인 감정 사이의 차이를 드러냄으로써 이 작품의 주제인 열정에 보다 다양한 색채를 부여하도록 고안된 설정인 것이다. 그것은 줄리엣의 아름다움에 깊이를 부여하는 효과를 준다. 이러한 설정으로 인해 우리는 극 초반부터 따뜻하고 낭만적인 이 젊은 청년에 대해 관심을 갖게 된다. 그 시대의 정신이 투영됨으로써 로미오라는 캐릭터는 극적 인물을 넘어 하나의 역사적 인물로 각인될 만큼 보다 개성적인 현실성을 획득한다.

    포셔의 경우에도 그랬지만, 독자들은 이야기의 흐름에 따라 차츰 발전되어 나타나는 줄리엣의 성격적 특성들을 이미 그 이전에 모두 알고 있었던 것 같은 느낌을 받게 된다.

    그녀의 과거에 대한 우리의 인상은 그녀의 현재와 미래에 대한 우리의 관심과 겹쳐져 나타난다. 그녀가 어머니나 유모와 대화를 나누는 장면을 보고 있노라면 우리의 눈앞에는 그 시대의 교양 교육과 어릴 적 그녀의 모습이 손에 잡힐 듯 생생하게 떠오른다. 우리는 한편으로 엄격한 부모에게 진지하게 순종하는 그녀를 보면서도 또 한편으로는 어리숙하고 늙은 유모의 귀여움을 받으며 온갖 응석을 다 부리며 자라온 그녀를 본다.

    그리고 이러한 장면은 그 시대의 풍경에 정확히 부합되는 것이다. 마찬가지로 등 뒤로 늘인 검은 두건을 쓰고 부채와 묵주를 들고 벨벳 천으로 된 긴 옷자락을 끌며 위풍당당하게 걸어오는 캐퓰릿(Capulet) 부인의 모습은 15세기 이탈리아의 거만한 귀부인의 모습을 그대로 재현해내고 있다. 티벌트(Tybalt)의 죽음에 대한 복수로 로미오를 독살시키자는 그녀의 제안은 그 시대 이탈리아의 특징적인 기질의 일면을 그대로 드러낸다.

    그러나 그녀는 자신의 딸을 사랑했다. 딸을 향한 그녀의 비탄 어린 말에는 후회로 가득한 애정이 담겨 있다. 그리고 그것은 줄리엣의 연약한 부드러움과 그녀가 처했던 예속적 상황의 가혹함에 대한 우리의 인상을 한층 더 강화시킨다.

■ (원주) 이 글을 쓰고 난 이후에 토마스 무어(Thomas Moore)의 《피츠제럴드 경의 삶》이라는 매우 흥미로운 책에서 이와 유사한 견해들이 언급되어 있는 것을 발견했다.

아가, 불쌍한 아가! 가련하고 사랑스러운 아가,

내게 유일하게 기쁨과 위안을 주던 너,

잔인한 죽음이 너를 내게서 앗아가고 말았구나!

(4막 5장)

성미가 급하고 원기 왕성한 노인이자 완고하며 전제군주 같은 아버지로 그려지는 캐퓰렛 — 그에게 딸은 일종의 재산이자 저택에 딸린 부속 영지이거나 자신의 명예를 위한 수단에 불과했다 — 역시 그 시대의 전형적인 모습 가운데 하나이다.

하지만 이들도 탁월한 판단력과 경이로운 필치로 빚어낸 유모라는 캐릭터 앞에서는 빛을 잃는다. 소박한 윤곽과 환상적인 색채의 결합을 보여주는 이 캐릭터는 우리에게 그 투박함으로 인해 마치 우리를 현실로 되돌려 보내는 듯한 놀라운 몇몇 네덜란드 화가의 그림들을 환기시킨다. 그 나이에 걸맞는 노망기와 성마름, 아첨하는 성격, 의뭉스러움, 고상한 원칙이나 일반적인 정직성의 전체적인 결여 등과 같은 특성들이 상스럽고 익살스러운 수다와 결합되면서 우리의 눈 앞에 생생한 현실감으로 육박해오는 것이다.

이들 엄격하거나 상스러운 인물들 가운데 줄리엣이 존재한다. 귀족적인 부모와 하층민인 유모의 존재는 아름다운 대조를 이루면서 줄리엣의 부드럽고 우아한 본성을 더욱 부각시킬 뿐만 아니라 그녀의 행위들에 일정한 원인과 근거를 제공한다. 줄리엣은 그녀의 엄격한 어머니와 폭력적인 아버지 앞에서 두려움으로 몸을 떨면서도 한편으로는 유모에게 어리광 부리는 아이처럼 칭얼대거나 이것저것 명령한다. 그녀가 속마음을 털어놓

줄리엣과 유모(2막 5장),
제임스 파커(James Parker, 1797)

는 유일한 대상은 바로 이 늙은 유모이다. 줄리엣의 어린 시절을 소중한 추억으로 간직한 이도, 그녀의 비밀 결혼을 도운 것도 바로 유모다. 만약 셰익스피어가 줄리엣 곁에 유모가 아닌 그저 평범한 하녀를 배치시켰더라면 줄리엣이라는 존재에 대한 우리의 인상은 크게 약화되지 않았을까?

포셔의 영리한 하녀 네리사도 데스데모나의 하녀 에밀리아(Emilia)도 이 유모라는 캐릭터를 대신하지는 못하리라. 줄리엣이 자신의 속마음을 털어놓을 수 있는 이 유모라는 존재 덕분에 그녀의 달콤한 매력과 고귀함은 온갖 로맨스와 맹목적인 열정의 한가운데에서도 온전히 보존되는 것이다.

순종과 독립이라는 두 극단이 이루는 자연스러운 결과가 극이 전개됨에 따라 줄리엣의 성격 속에서 조금씩 모습을 드러낸다. 우리는 고집스러움과 수줍음, 강인함과 허약함, 대담성과 자제심의 결합 속에서 그것을 확인한다. 또한, 이 세상에서 가장 빠른 번쩍거리는 날개를 단 사랑의 전령마저도 느려터진 것처럼 느끼는 매혹된 소녀의 제멋대로인 열성 속에서, 유모를 보채는 모습 속에서, 우리로 하여금 대단원을 앞두고 최고조에 이르게 될 열정의 강도에 대비케 하는 열광적인 감정의 폭발 속에서, 티벌트가 죽었다는 소식을 들었을 때 로미오에게 퍼부었던 그녀의 저주의 말 속에서, 맞장구치는 유모의 말에 터트리는 그녀의 격분 속에서, 그리고 이 흔치 않은 자기모순에 대항하여 일어나는 그녀의 기질 속에서 우리는 그 것을 보게 된다.

　유 모　빌어먹을 로미오란 놈!
　줄리엣　그런 악담을 하는 유모의 혓바닥이나 빌어먹으라지.
　　　　　그인 그런 악담을 받을 분이 아니야.

로미오에 대한 비난의 마음은 곧 강렬한 감정의 역류를 겪으며 이제 는 그의 명예와 미덕에 대한 커다란 승리감의 환호로 바뀐다.

　악담도 그이 이마 위에 앉기는 부끄러워 얼씬도 못할 거야.
　그 이마는 명예가 온 세상의 으뜸가는 제왕으로 군림하게 될 옥좌니까!

그리고 그녀의 감정은 이제 로미오를 향한 애정의 토로와 자책의 감 정으로 이어지는데, 이러한 급격한 감정의 변화는 그녀의 특징적인 기질 을 보여준다.

　아, 가여운 내 님, 세 시간 전에 당신의 아내가 된 내가 당신의 이름을 더럽혔으 니 그 어떤 혀가 당신의 명예를 회복시킬 수 있을까요?

　　　　　　　　　　　　　　　　　　　　　　　　　　　　(3막 2장)

마찬가지로 자신을 옥죄며 다가오는 두려운 운명의 그림자 앞에서 그녀가 보인 최초의 당혹스러운 표정은 그녀의 본래 기질과 자연스럽게 부합된다. 풍요롭고 사치스러운 환경에서 자라온 한 소녀에게 좌절이란 끔찍스럽고 낯설기만 한 대상이다. 그녀는 지금까지 자신의 힘을 시험해 볼 어떠한 역경도 경험해 본 적이 없었던 것이다.

아, 아, 하늘도 무정하셔라. 이렇게 연약한 사람을 함정에 빠트리시다니!

자신을 둘러싼 불행의 그림자들 속에서 줄리엣은 파국의 시간을 조금이라도 미루기 위해 아버지에게, 다음엔 어머니에게 호소한다.

아버님, 이렇게 무릎을 꿇고 빌겠어요. 부디 참으시고 제 말을 한마디만 들어주세요.

　　　　　　　　　　　* * *

아, 자애로운 어머님, 절 버리지 마세요!
한 달 동안만 이 결혼을 미뤄주세요, 아니 일주일만요!

아버지, 어머니 모두에게 거절당한 줄리엣은 절망적인 무력감에 빠져 마지막으로 언제나 자신의 편이 되어주었고 믿어 의심치 않는 애정의 대상이었던 유모에게 매달린다.

오, 하느님! 오, 유모! 이 일을 어쩌면 좋지?

제발 위안될 만한 말이라도 해줘요, 유모!

(3막 5장)

자신의 본분에 충실한 이 늙은 여인은 로미오와 줄리엣의 비밀 결혼에 자신이 연루되어 있다는 사실이 탄로날 것을 두려워한 나머지 그녀에게 로미오를 잊고 파리스(Paris)와 결혼하라고 충고한다. 믿어왔던 유모의 비열함과 연약함이 눈앞에 드러나는 이 순간은 줄리엣에게 또한 자기 자신의 모습이 드러나는 순간이기도 했다. 그녀는 비난의 말조차 하지 않는다. 화를 낼 수조차 없다. 도저히 믿기지 않는 경악의 감정이 그녀의 마음을 온통 점령하고 있었기 때문이다. 그리고 그 감정은 깊은 경멸과 혐오감으로 이어진다. 그 순간 그녀는 자신의 모든 우월성을 분명히 인식하게 된다. 그녀는 절망의 힘 안에서 자신의 위엄을 되찾는다.

줄리엣 진정 마음에서 나온 말인가요?
유 모 네, 내 영혼에서 나온 말이기도 하지요 ― 거짓이라면 마음과 영혼 모두
　　　에 천벌이 내리기를!
줄리엣 아멘!

유년 시절의 정다웠던 오랜 유대의 끈이 마침내 끊어진다.

사라져버려, 유모.
유모와 나는 이제 남남이야.

153

그리고 고요하며 단호한 힘이 드러나는 다음의 대사에는 숭고한 비애
가 들어 있다.

딴 길은 몰라도 스스로 죽을힘은 내게 있어.

(3막 5장)

유모의 사악하고 기회주의적인 조언의 말보다 자신의 연인을 험담하
는 말에 줄리엣이 훨씬 더 큰 충격을 받았다는 사실에서 우리는 그녀를 지
배하는 열정의 본질을 또 한 번 분명히 확인할 수 있다.

이 위기의 장면으로부터 우리는 줄리엣이라는 인물의 새로운 면모를
발견하게 된다. 제멋대로이고, 성마르며, 수줍기만 하던 소녀는 이제 한
사람의 아내이자 여인이 된다. 그녀는 고통으로부터 영웅주의를, 자신을
내리누르는 억압의 힘으로부터 날카로운 지각 능력을 배운다. 진심을 감
추고 부모에게 거짓 순종했다는 점에서 그녀를 비판하는 것은 온당치 못
한 처사다. 보다 높고 숭고한 의무가 부모에 대한 자식으로서의 의무의 자
리를 대신 차지하고 있기 때문이다. 신성한 결속의 힘은 다른 모든 것들을
물리친다.

혹시나 줄리엣의 부모에 대해 동정심을 갖게 된다 하더라도 그들이
어떤 사람들인가를 잠시만 생각해 본다면 그 동정심이 두 연인에 대한 우
리의 연민의 감정에 조금도 영향을 미치지 못할 것이라는 점은 분명하다.
줄리엣의 내면에는 자식으로서의 의무와 아내로서의 의무 사이의 갈등이
존재하지 않으며, 존재할 수도 없다. 그녀는 망설임 없이 자신의 정신적
안내자인 신부가 제시하는 계책을 받아들인다.

154

로렌스 신부와 함께 있는 로미오와 줄리엣, 헨리 윌리엄 번버리(Henry William Bunbury, 1792-96).

그러면 이제 집으로 돌아가거라. 파리스와 결혼하겠다고 기쁜 얼굴로 말하거라.

(4막 1장)

그녀는 '부끄러움 없는 아내'로 살기 위한 것이라면 어떤 끔찍한 일이라도 일말의 두려움이나 망설임 없이 받아들일 준비가 되어 있었다. 그리고 그녀가 이제 의지하게 될 그 교묘한 계책은 우리가 느끼는 그녀의 아름다움을 전혀 손상시키지 않는다. 우리는 고통과 연민의 감정을 품고 그녀가 처한 상황에서 오는 자연스럽고 불가피한 귀결로 그 계략을 받아들이게 된다. 그녀의 용기와 마찬가지로 그 속임수는 열정에서 생겨난 것이지만, 동시에 그것은 진실한 원칙에 의해서만 정당화된다는 사실을 잊지 말아야 한다.

> 내 남편은 이 세상에 살아 있고, 나의 맹세는 하늘에 가 있어요. 그가 이 세상을 떠나 하늘로 가서 다시 보내주지 않는 한 그 맹세가 어떻게 이 세상에 되돌아올 수 있겠어요?

그녀는 삶의 진리에 어긋나지 않는 올바른 해결책을 찾기 위해 아버지, 어머니, 유모, 신부에게 호소했다. 그리고 이제 신념을 더럽히는 불명예를 겪지 않기 위한 마지막 수단으로써 그녀의 손에는 단검이 쥐어진다.

> 하느님은 제 마음과 로미오의 마음을 맺어주시고, 신부님은 저희들의 손과 손을 맺어주셨어요. 신부님에 의하여 그이께 바친 이 손이 딴 짓에 보증 역할을 하거나 또는 제 순정이 곁눈을 팔거나 하느니 차라리 이 검으로 손과 마음 모두를 베어버리겠어요.

(4막 1장)

열정과 두려움의 거센 소용돌이 속에서도 그녀의 도덕적이며 여성적인 위엄이 빛을 잃지 않는 것은 바로 이러한 고귀한 원칙의 존재 때문이다. 그것은 우리가 느끼는 감동의 울림에 조화로운 음률을 더한다. 그리하여 이 두 연인에 대해 우리가 느끼는 연민 속에는 어떠한 비난의 감정도

섞여 있지 않다.

별도의 고찰을 요하는 극의 결말에 대한 논의는 나중으로 미루기로 하고 지금부터는 초반으로 돌아가 줄리엣의 성격에서 두드러지는 또 다른 성격적 특성에 대해 살펴보기로 하겠다.

줄리엣이 지닌 놀랍도록 생동하는 상상력, 그리고 그것이 그녀의 행동, 언어, 작품의 정서에 미치는 영향의 측면에서 봤을 때 그녀는 포셔를 닮아 있다. 그러나 이 유사성 안에는 커다란 차이가 존재한다. 포셔의 경우 상상력의 힘은 언제나 지적, 도덕적 능력과 결합되어 있어서 그것이 비록 고도로 전개된 것이라 할지라도 우리에게 극단적인 이미지로 다가오지는 않는다. 그녀의 상상력은 언제나 지성의 빛에 의해 인도된다. 그것은 그녀의 감정을 노래하고 고양시키는 하나의 수단이다.

반면 줄리엣에게 있어 상상력은 남부 유럽인의 성격을 이루는 한 요소이자, 자신의 성격 전체를 지배하고 변형시키는 존재적 특성이다. 감성에서 태어난 그녀의 상상력은 열정에 의해 거대한 격류가 된다. 세차게 흐르는 상상력의 물결은 기쁨을 일깨우고, 슬픔을 절망의 어둠 속으로 침잠케 하며, 두려움을 증폭시키고 마침내는 이성을 압도한다. 언뜻 보아도 줄리엣에게 있어 상상력은 열정을 표현하는 매개체이다. 상상력은 열정을 표현하고 표현된 열정은 다시 상상력에 불을 붙인다. 그녀의 언어가 그토록 생생한 시적 향기를 지닐 수 있는 것은 그것이 상상력의 힘을 통과하여 발화되기 때문이다. 그녀의 모든 감정과 느낌은 풍요로운 이미지의 형태로 나타난다.

그리고 우리는 그 이미지의 거울을 통해 그녀의 내면을 들여다본다. 여기서 결코 시詩는 등장 인물을 그럴듯하게 꾸며주기 위해 고안된 미사

157

여구가 아니다. 시는 줄리엣이라는 존재의 발현 그 자체이며, 그녀의 본질과 한 몸을 이룬다. 시와 인물은 여름의 밤하늘과 그 공간을 채우는 은은한 달빛처럼 분리될 수 없다. 줄리엣의 언어를 개별적으로 분석하는 것은 불가능하다. 그녀의 언어 전체가 하나의 풍요로운 이미지의 흐름을 이루기 때문이다. 그녀는 그림의 형태로 말한다. 그리고 그 언어의 그림들은 아래의 발코니 장면에서처럼 여러 겹으로 중첩되어 나타나기도 한다.

> 오늘밤의 이 맹세는 싫어요.
> 어쩐지 너무나 무모하고, 너무나 경솔하고 갑작스러워서
> '저것 보라'고 말할 사이도 없이
> 사라져버리는 번개 같으니까요.
>
> 이 사랑의 꽃봉오리는 여름의 숨결을 받으며 부풀다가
> 우리가 다음에 만날 때 예쁘게 피어날 거예요.

그리고

> 매 사냥꾼의 목소리로
> 저 수매를 다시 불러들일 수만 있다면!
> 갇힌 이 몸, 큰소릴 지를 수도 없고,
> 차라리 메아리의 요정이 잠들어 있는 동굴을 흔들어
> 그녀의 공기같은 혀로 내 목소리보다 더 크게, 목이 쉴 때까지
> 로미오의 이름을 부르게 할 수 있었으면.

이 6행의 대사 속에는 3개의 이미지가 존재한다. 같은 장면에서

제 얼굴은 한밤의 가면으로 가려져 있다는 걸 아시지요?

(2막 2장)

로 시작되는 22행의 대사에는 오직 '밤의 가면' 이라는 하나의 은유적 표현만이 들어 있다. 그리고 확실히 우연한 것만은 아닐 이 함축적인 표현의 의도에 대해 우리가 굳이 캐묻지 않더라도, 문맥 속에서 이 대사를 읽는 사람이라면 누구나 그 표현의 단순성이 상황에 매우 적절하다는 사실을 이해할 것이다. 그 이유는 당시 줄리엣이 느꼈던 감정 상태에 기인한다. 다시 말해서 그 순간 그녀의 내면을 사로잡았던 혼란, 난처함, 열렬한 자기 방어의 감정이 몰입하고 유희하는 상상력의 작동을 억제시키고 있었던 것이다.

다음은 2막에서 로미오에게 결혼 의사를 물으러 보낸 유모가 늦게까지 돌아오지 않자 그녀가 투덜거리며 내뱉는 독백이다.

아이, 절름발이 같은 유모! 역시 사랑의 심부름엔 사념을 보내야 해. 생각은 산 너머로 그림자를 쫓아내는 햇빛보다 열 배나 빠르거든. 그기에 사랑의 수레는 날개도 가벼운 비둘기가 끌고, 바람같이 빠른 큐피드에게도 날개가 있는 거지.

얼마나 아름다운가! 행간의 상상력은 감정에 호응하며 고양되어 허공을 떠돌아다니기 시작한다. 그녀는 계속한다.

159

유모에게 정열과 끓는 젊은 피가 있다면 공처럼 빨리 왔다갔다 할 텐데. 그러면 내 말은 그이한테 날아가고, 그이 말은 내게 날아오고 할 텐데! 늙은이들은 마치 송장 같아. 다루기 힘들고, 느리고, 둔하고, 납덩이처럼 푸르고.

(2막 5장)

"불붙은 발굽을 가진 준마들아, 어서 달려가거라. 피버스 신神이 머물 숙소를 향해"라는 그녀의 유명한 독백은 황홀한 이미지로 충만하다. "어서 오렴, 밤아! 어서 오세요, 로미오님. 밤을 낮처럼 비추는 당신!"이라고 말하는 그녀의 다정한 독백 속에는 자신의 온 영혼을 사로잡고 있는 연인을 향한 열광적이며 충만한 찬미의 감정이 깃들여 있다.

그리고 이러한 감정의 표현은 그녀만이 사용할 수 있었을 그런 대담하고 아름다운 메타포를 통해 이루어진다. 여기서 줄리엣의 언어는 관객을 향한 것도 아니며, 속마음을 털어놓는 친구를 향한 것도 아닌 독백이라는 점을 기억하자. 나는 정적과 고독이 자리잡고 있는 자신의 방안에서 줄리엣이 노래한 이 아름다운 '밤의 찬가'에 대해 조롱 섞인 논평을 해대는 소위 고상한 인사들, 그러나 실제로는 천박하고 비뚤어진 심성을 지닌 그 인사들의 철저한 미의식과 감수성의 결여에 대해 충격을 받은 적이 있다. 줄리엣은 생각에 빠져 있다가 무심코 혼잣말을 시작한다. 그것은 젊음의 심장이 언어를 통해 스스로에게 승리의 도취감을 드러내는 것과 같다. 로미오가 어서 자기 품에 안길 수 있도록 밤이 오기를 갈구하는 그녀의 이러한 열정 속에는 거의 아이와도 같은 완벽한 단순성이, 그리고 유희적이고 환상적인 이미지의 언어가 깃들여 있다.

그리하여 그녀의 감정과 순수성의 매력은 여기서 그 전체적인 면모를 활짝 드러낸다. 그녀의 초조한 마음은 그녀의 표현대로 하자면 진정 "축제일 전날 밤새 새 옷을 받아놓고도 입지 못하는 어린애의 마음"과 같다. 이 순간은 그녀의 온 마음과 환상이 축복 어린 기대감에 굴복하게 되는 순간이며, 동시에 유모가 로미오의 추방 소식을 가지고 방으로 들어온 바로 그 순간이기도 하다. 열광적인 기쁨이 순식간에 절망으로 바뀌는 이 장면은 매우 강렬한 극적 효과를 불러일으킨다.

신부와의 대화 장면에서 그녀가 그려 보이는 온갖 공포의 이미지들 또한 동일한 상상력의 정신에서 온 것이다.

아, 파리스와 결혼하느니 차라리 저보고 저편 성 위에서 뛰어내리라든지, 도둑의 소굴로 들어가라든지, 우글거리는 뱀들 사이에 숨으라든지 하세요. 아니면 으르렁거리는 곰에 매어두든지, 덜거덕거리는 송장 뼈며 썩은 정강이며, 턱이 떨어진 누런 해골바가지들이 잔뜩 쌓여 있는 납골당 속에 밤마다 절 가둬 놓으세요. 그도 아니면 새 무덤 속에 들어가 수의에 덮인 송장과 함께 누워 있으라 하세요. 시체가 속삭이는 소리를 들으며 벌벌 떨도록 절 놔두세요!

이어서 그녀는 다음과 같이 덧붙인다.

하지만 그리운 남편께 부끄럽지 않은 아내가 될 수만 있다면 두려움도 망설임도 없이 그 일을 해 보이겠어요.

(4막 1장)

그녀는 수면제를 앞에 두고 결코 한 순간이라도 망설임을 느끼거나

겁을 먹거나 하지는 않지만, 그 순간에도 그녀의 생동하는 상상력의 힘은 눈앞에 끔찍한 공포의 이미지를 하나하나 그려내고 있다. 그리고 그 공포의 이미지들은 조금씩 조금씩 자연스럽게 광란의 상태로까지 고양된다. 그녀의 상상력은 소름 끼치는 망령들을 불러모으고 급기야 사촌 오빠 티벌트의 유령까지 본다.

상상력이 지나쳐 균형을 잃었다고 느낄지도 모르는 몇몇 대목들이 있다. 가령 로미오가 사촌 오빠 티벌트를 살해했다는 소식을 처음 들었을 때 그녀가 내뱉은 다음과 같은 대사.

잠드는 약을 마시는 줄리엣(영화의 한 장면).

아, 꽃 같은 얼굴에 감춰진 독사의 마음!
용龍이 그렇게도 아름다운 동굴 속에 산 적이 있었던가?
어여쁜 폭군, 천사 같은 마귀!
비둘기 깃을 단 까마귀!
늑대같이 잔인한 양,
성자 같은 외모에다 더러운 속,
외모와는 정반대인 마귀 같은 성자, 고결한 불한당!

(3막 2장)

그러나 슐레겔은 연인에 대한 이전과는 정반대되는 감정을 담은 이 지극히 풍부한 은유적 표현들을 설득력 있는 근거를 들어 옹호한 바 있다. 나 역시 그와 같은 생각이다. 미적 적절성에 대해 의구심을 제기하는 비평가들이 있을 수 있겠지만 내게 이 대사들은 그 상황에 맞는 자연스러운 표현으로 느껴진다.* 말에 생기를 부여하고, 생각을 하나의 그림으로 변화시키며, 감정을 살아 있는 이미지로 표현해내는 상상력의 생생한 온기는 그녀의 모든 존재적 특성에 그 빛을 비추고 있다. 그것은 흔치 않은 강렬한 흥분 상태와 서로 반대되는 감정 간의 갈등 속에서 자연스럽게 표현의 과잉으로 치닫는다.**

그동안 이 극의 결말 부분은 수많은 비판적 연구의 주제가 되어왔다. 셰익스피어가 포르타의 소설《줄리에타》(Giulietta)에서의 결말을 따르지 않고 옛이야기의 결말을 따랐다는 사실은 잘 알려져 있다.*** 포르타는 줄리엣이 잠에서 깨어났을 때 로미오가 아직 살아 있는 것으로 내용을 수정했

■ (원주)
그토록 서로 다른 사념들을
함께 존재하도록 하는 것은 아름다운 일.
깨어진 사랑의 증표를 비난하고 조롱하는 것,
무해(無害)한 잘못에 빠져드는 것은!
거친 비난의 말 속에서
사랑과 연민의 달콤한 메아리를 듣는 것은
또한 따스하고 사랑스러운 일.
과연 어떨까.
이 죄로 가득한 세상에서
(오, 그것이 사실일 수밖에 없음은 얼마나 큰 슬픔과 수치인지!)
분노와 고통에서 태어나지 않은
마음과 정신의 충동이란 있을 수 없다면?
그것이 당연한 것인 양 말한다면? — 코울리지

나는 이 시가 로미오를 향한 줄리엣의 과격한 비난의 표현들을 가장 진실하게 해명해 준다고 생각한다.

포르타의 소설 〈줄리에타〉의 삽화(베니스, 1535).

다. 또한 그가 그려내는 두 연인의 마지막 장면은 보다 끔찍한 묘사들로 이루어진다. 나는 로맨스 소설이라는 측면에서 그의 작품이 《로미오와 줄리엣》의 서사를 더욱 향상시켰다고 생각한다. 하지만 소설에 적합한 서사가 반드시 희곡에도 적합한 것은 아니다. 그리고 나는 슐레겔과 마찬가지로 셰익스피어가 옛 설화의 줄거리를 그대로 따른 것이 현명한 판단이었다고 생각한다. 이미 《오델로》의 파국과 《리어왕》의 폭풍우 장면을 우리에게 선사한 바 있는 그가 또다시 영혼을 찢어놓을 듯한 무시무시한 공포를 이들 두 연인의 운명 속에 재현하려 했으리라 의심할 수 있을까? 그것이 그의 목적이었을까? 대답은 명백히 아니오, 이다.

로미오와 줄리엣의 이야기는 듣는 이의 가슴 속에서 모든 고통의 감정을 정화시키고 깊은 연민의 감정만을 남기는 그런 이야기다. 진정으로 그것은 고뇌와 공포가 아니라 사랑과 슬픔에 관한 이야기이다. 우리는 도피의 감정 없이 이들 두 연인의 운명을 담담히 들여다본다. 로미오와 줄리엣은 '죽어야만 될' 운명이다. 그들의 운명은 성취되었다. 그들은 삶의 무한한 기쁨과 고통을, 그 황홀한 생명의 정수를 한 방울도 남김없이 단숨에 들이켜버렸다. 이 지상에서 그들이 무슨 일을 더 할 수 있겠는가? 젊고, 순수하며, 사랑하고, 사랑받았던 두 연인은 이제 무덤 속에서 함께한다.

　　그러나 셰익스피어는 그 무덤을 고통과 분노와 절망으로 가득한 유령들이 배회하는 어두운 납골당의 세계가 아니라 모든 이의 가슴에 경외심을 불러일으키는 순교와 성스러운 사랑의 사원으로 형상화했다. 그들의 죽음은 지상에서의 삶만큼이나 아름답다.

　　그들이 우리에게 불러일으키는 연민의 감정은 어설픈 비극이 그러한 것처럼 어서 무대의 막이 내려 마음의 안식을 되찾게 되기를 바라게 되는 그런 질식할 듯한 두려움으로 우리를 내리누르지 않는다. 오히려 모든 고통의 감각은 그들의 따스하고 시적인 아름다움 속에서 사라진다. 자신의 신부新婦에게 건네는 로미오의 마지막 대사는 절망에 빠진 소년이 내지르는 광기 어린 절규와는 전혀 다른 것이다. 그 깊은 비애와 미칠 듯한 절망

■ ■ ■ (원주) 슐레겔은 다음과 같이 말했다. "…이러한 비난은 자신들의 미지근하고 상투적인 감수성에 어울리지 않으면 뭐든지 부자연스러운 것이라고 여기는 사람들의 빈약한 상상력에서 태어났다. 그들의 생각은 이미지라고는 없는 단순한 외침으로 이루어진 식상하고 평범한 연민에서 비롯되었으며, 결코 일상 세계의 울타리를 넘어서지 못한다. 그러나 역동적인 열정의 힘은 의식 전체를 일깨우며 독창적이고 비유적인 언어로 스스로를 표현해내는 법이다."

■ ■ ■ (원주) 1520년경에 쓰여진 포르타의 《줄리에타》는 셰익스피어가 《로미오와 줄리엣》을 쓰기 30년 전인 1565년 단행본 형태로 출판되었다. 이 작품을 통하여 줄리엣은 진실한 사랑의 대명사로 자리매김한다. 여백에 다음과 같은 메모가 있다. "베로나의 고귀한 여인 줄리엣은 그 지방의 귀족 몬테스키의 장남 로미오를 사랑했다. 이 연인들은 몰래 결혼식을 올린다. 로미오는 그녀와의 사랑을 위해 독약을 마시고 스스로 목숨을 끊고 그의 죽음을 슬퍼한 줄리엣도 그의 단검으로 자살한다."

분명 《로미오와 줄리엣》의 줄거리에 바탕을 제공하고 있는 이 메모는 셰익스피어에게 줄리엣에 대한 최초의 인상으로 남겨졌을지도 모른다. 포르타의 결말은 셰익스피어의 작품과 큰 차이를 보인다. 로미오가 죽은 다음 로렌조 신부는 줄리엣에게 그곳을 떠나라고 설득하지만 그녀는 그의 말을 듣지 않는다. 그녀는 로미오의 시신 위로 몸을 누이고 결연히 죽음을 맞는다.

로미오와 줄리엣의 이야기는 그간 사람들이 이 이야기를 실제로 있었던 역사적 사실로 믿어온 전통을 뒤엎을 만큼 비현실적인 것은 아니다. 바이런 경이 베로나에 있을 때 쓴 편지에 다음과 같은 구절이 있다.

"이곳 사람들은 1303년이라는 연대를 거론하거나 그녀가 잠들어 있는 묘지를 보여주면서 줄리엣의 이야기가 실제 있었던 일이라고 확고하게 주장합니다. 그 묘지는 어느 황량한 정원에 놓여 있으며, 뚜껑이 없는 반쯤 허물어져가는 석관에 낙엽이 수북이 쌓여 있었습니다. 그 쇠락한 묘지의 풍경이란…! 저는 쓸쓸히 퇴락해 가는 그 장소가 두 연인의 전설과 너무나 잘 어울리는 곳으로 느껴졌습니다."

그는 이렇게 덧붙였을지도 모른다. 묘지나 교회 건물만이 아니라 베로나 시 자체가 허물어져 흙으로 돌아간다 해도 줄리엣의 추억이 깃들여 있는 그곳은 언제까지나 신성한 장소로 남으리라고 말이다. 이탈리아에 있을 때 나는 줄리엣의 석관 파편이 박힌 반지를 끼고 있는 한 낭만적인 신사를 만난 적이 있다.

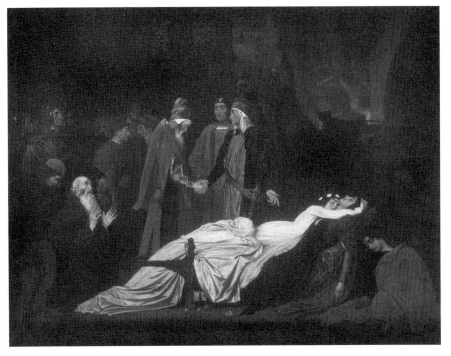

로미오와 줄리엣의 주검 앞에서 화해하는 몬테규 가와 캐퓰릿 가, 에드문드 블레어 라이튼(Edmund Blair Leighton, 1853–55).

과 눈부시게 타오르는 이미지들 속에 존재하는 것은 바로 충만한 삶과 사랑이다. 거의 광란의 상태에서 잠자는 약을 마셨던 줄리엣은 고요하고 차분히 가라앉은 상태로 깨어난다.

저는 제가 어디에 있어야 하는지 잘 알아요.
그리고 전 그곳에 있어요, 나의 로미오님은 어디 있죠?

(5막 3장)

166

그녀가 오랜 시간 잠겨 있던 깊은 잠이 그녀의 내면을 정화시켰고 혈관에 흐르던 열정의 불꽃을 가라앉혔다. 그녀는 엄마가 약속한 선물을 기다리다 지쳐 잠들어버린 천진한 아이처럼 깨어난다. 그리고 이제 막 열린 그녀의 눈은 그 선물이 어디에 있느냐고 묻는 듯하다.

…나의 로미오님은 어디 있죠?

즉시 대답이 주어진다.

네 마음속의 남편은 여기 시체로 누워 있다.

이 대답으로 충분하다. 그녀는 즉시 자신이 처한 공포스러운 상황을 완전히 인식한다. 고요한, 돌이킬 수 없는 절망감으로. 그녀는 원망하는 말도 하지 않는다. 질문도 하지 않는다. 불평도 하지 않는다. 다만, 로미오에게 다음과 같은 애정 어린 꾸지람의 말을 한마디 할 뿐.

참 지독도 하셔라! 다 따라 마시고, 뒤따라가지도 못하게 한 방울도 남겨놓지 않으셨단 말인가?

그녀에게 남겨진 유일한 선택은 죽음이다. 그녀는 그 길을 받아들인다. 두 가문의 증오로 시작된 시는 숨을 멈춘 순수한 두 젊은이의 육신을 통한 화해로 그 끝을 맺는다. 관객의 내면에 흐르는 부드러운 슬픔의 감정 속에는 어떠한 폭력도 어떠한 소름 끼치는 갈등도 남아 있지 않다. 슐레겔

167

은 이러한 감정을 '한 번의 길고 긴 탄식'에 비유한 바 있다.

괴테는 (젊은 시절 자신의 사랑을 떠올리며) 다음과 같이 말한다.

어떤 뚜렷한 목적도 없이 태어나 성장하는 젊음의 열정은 밤에 쏘아 올리는 불
꽃에 비유할 수 있을 것이다. 그것은 밝은 궤적을 그리며 고요히 솟아올라 밤하
늘의 별들 속으로 섞여든다. 그렇게 한 순간 천상의 세계에 머문다. 그러나 이내
추락하여 온 사방을 삼킬 듯 찬란한 빛을 뿜으며 폭발한다. 그 눈부신 빛 속에서
스스로 숨을 거두는 듯이.

* * *

시적 측면에서 본 사랑은 열정과 상상력의 결합으로 나타난다. 그리
고 열정과 상상력이라는 각각의 길을 따라서, 혹은 두 가지 길을 동시에
밟아가면서 줄리엣의 내면과 감정 상태가 지닌 특성들의 전모를 추적하는
작업이 가능할 것이다. 열정은 모든 자연스러운 충동과 열광적인 애정, 강
렬한 생명력을 하나로 결집시키면서 줄리엣만의 내적인 매력과 정신적인
힘과 개성을 부여한다. 상상력은 풍요롭고 눈부시게 펼쳐지는 수많은 이
미지들의 화음을 창조해냄으로써 그녀의 외적인 광채와 아름다움, 쾌활
성, 청신함, 그리고 진실성의 색채를 표현해낸다.

이 거대한 열정과 상상력의 세계 속에는 이전 삶의 관습이나 교육에
서 연원하는 반성적 의식이나 도덕적인 에너지가 결핍되어 있다. 그리하
여 극의 흐름은 인물 성격의 발전 과정과 더불어 자연스럽게 필연적인 종

착지에 다다르는 것으로 보인다. 스타엘 부인이 자신의 딸에게 한 말을 여기에 덧붙인다. "고통을 통해 자신의 실수를 깨달아가는 과정, 그것이 삶이고, 그렇기 때문에 삶이 신비로운 거란다."

2장
순정한 사랑의 승리

《끝이 좋으면 다 좋아》의 헬레나

헬레나의 사랑은 종교처럼 순수하고, 깊고, 성스럽다. 고통스럽고 절망적인 생각들을 천상의 빛 속으로 들어올리는 그 축복의 감정은 그녀에게 언제나 영원한 것으로 남아 있다. 그 속에서라면 절망은 일종의 죄악이다. 그것은 그녀를 휩쓸어 죽음에 이르게 할 것이다. 그녀가 본래 가지고 있던 내적인 에너지와 결합된 사랑의 신념은 세상에 불가능한 일은 없다고 믿으며, 또 그것을 실제로 증명해낸다. 사랑의 신념은 그녀와 그녀의 희망 사이를 가로막고 서 있는, 신분이라는 그 거대한 산에게 '사라져라!'라고 외칠 수 있었다. 그리고 그것은 사라졌다.

줄리엣을 통해 우리는 열정과 상상력이 똑같은 비율로 절묘하게 결합되어 있는 한 여인의 섬세한 내면 풍경을 만날 수 있었다. 그리고 이제 헬레나를 통해 완전히 다른 또 하나의 여성적 성격의 예를 보게 될 것이다. 자신의 모든 것을 내던지는 열정적인 사랑을 품고 있다는 공통점에도 불구하고, 그외의 다른 면에서 이들은 완전히 다른 성격적 특성을 보여주고 있다. 이러한 차이는 줄리엣의 열정이 상상력과 관계를 맺고 있는 반면 헬레나의 열정은 그녀의 성격적 요소들과 밀접한 관련을 맺고 있다는 사실에 기인한다.

"아주 작은 인상 하나에도 몸을 떨며 반응할 만큼 감성이 예민하면서도 동시에 내면의 목표를 위해서라면 어떠한 위급하고 절망적인 상황에도 한 치의 흔들림 없이 굳건한 마음을 유지할 수 있는 그런 능력은 불가능하지는 않다 하더라도, 매우 드문 최상의 인간적 자질임에 분명하다."■

셰익스피어는 현실 속에서는 물론이거니와 문학 작품 가운데서도 발견하기 힘든 이러한 드문 존재상을 헬레나라는 인물을 통해 영혼을 억누르는 비감 어린 색채로 구현해낸다.

개인의 측면에서 봤을 때 헬레나는 상상력보다는 열정이 두드러지는 인물이다. 한편 극적 인물의 측면에서 봤을 때 그녀가 줄리엣과 맺고 있는

■ (원주) 포스터(Foster)의 《에세이》(*Essays*)에서.

연관성은 이자벨라가 포셔와 맺고 있는 연
관성과 동일한 것이다. 헬레나는 줄리엣에
게서 느낄 수 있는 눈부신 이미지나 시적인
색채가 거의 없지만, 그럼에도 불구하고 줄
리엣과 동일한 의도와 효과의 결합을 보여
준다. 헬레나의 열정은 매우 심오하고 진지
한 색채를 띠고 있다. 이는 이자벨라의 지
성이 경쾌한 인상보다는 사색적이고 무거
운 인상을 주는 것과 마찬가지이다. 헬레나
와 이자벨라에게 공통되는 특징은 바로 그
들의 뛰어난 정신적 능력에 깃들여 있는 어
떤 우울함의 매력이다. 그러나 이자벨라의

헬레나, 작자 미상(1860년대)

진지함이 그녀의 종교적 엄숙성에 기인한다면, 헬레나의 진지함은 그녀의
깊은 열정에서 비롯된다.

　　몰래 간직한 혼자만의 사랑일지라도 무력감으로 자신을 괴롭히지 않
고 절망감에 굴복하지 않으며, 확고한 신념에 따라 묵묵히 인내하고 미래
에의 희망을 잃지 않는 헬레나의 강인한 사랑만큼 아름다운 사랑의 풍경
은 다시없으리라. 그녀의 열정은 열정 그 자체 외에는 어느 것에도 의지하
지 않는다. 그녀의 열정은 겉치레나 기교, 가식적인 것을 모른다. 거기엔
줄리엣의 그림같이 아름다운 매력이나 눈부신 로맨스는 없다. 포셔의 시
적인 고귀함이나 이자벨라의 순결한 위엄과도 관계가 없다.

　　헬레나는 한 여인이 겪을 수 있는 가장 고통스럽고 수치스러운 상황
에 처해 있었다. 그녀는 가난하고 천한 신분으로 태어나 자신의 신분으로

는 감히 넘볼 수 없는 고귀한 신분의 사내를 사랑하게 된다. 그리고 그 남자는 그녀의 사랑에 무관심으로 응답하며 차가운 냉소로 그녀가 내민 손을 거절한다. 그녀는 자신과의 결혼을 원치 않는 그와 결혼하게 되지만 결혼식이 거행되어야 할 그날 그는 절대 실현될 수 없을 것 같은 기약을 남겨두고 그녀를 떠나버린다. ˙

헬레나를 둘러싸고 있던 그 모든 세부적인 상황들은 우리의 마음에 충격을 주고 우리의 감수성에 상처를 입힌다. 그러나 헬레나의 아름다운 마음은 이 모든 어려움을 이겨낸다. 그녀의 내적인 진실과 아름다움을 묘사하는 데 모든 역량을 투입하기 위해 셰익스피어는 원작에서 여주인공에게 유리하게 설정되어 있던 몇 가지 외적 조건들을 생략했다.

헬레나의 원래 모델은 보카치오의 《데카메론》에 등장하는 질레타 디 나르보나(Giletta di Narbona)이다. 질레타는 로실리온(Roussillion)의 궁정에서 주치의를 담당하는 어느 고명한 의사의 딸이다. 그녀는 엄청난 부의 상속녀로서 로실리온의 젊은 백작 버트람(Bertram)에 대해 남몰래 품고 있던 애정 때문에 고귀한 신분과 인격을 지닌 수많은 남성들의 청혼을 모두 거절한다. 그녀는 아버지가 남긴 처방을 통해 프랑스 왕의 중병을 치료하고, 그에 대한 보답으로 왕에게 자신과 버트람의 결혼을 청하고 왕은 이를 수락한다.

그러나 결혼식 날 버트람은 그녀를 떠나버리고, 그녀는 홀로 그의 로실리온 영지로 돌아간다. 질레타는 '영지의 안주인'으로서 남편을 대신하

■ (원주) 어디선가 읽은 바에 의하면 셰익스피어가 이 작품 《끝이 좋으면 다 좋아》(*All's Well that Ends Well*)에 붙인 최초의 제목은 《사랑의 수고가 승리하다》(*Love's Labour won*)이었다. 누구에 의해, 어떤 이유로 지금의 제목으로 바뀌었는지는 알 수 없다.

여 정의롭고 슬기롭게 영지를 다스림으로써 뭇 신하들의 사랑과 존경을 받게 된다. 한편 젊은 백작은 아내에게로 돌아가는 대신 투스카니(Tuscany)로 떠나고, 그후의 이야기는 셰익스피어 극에서 전개되는 내용과 거의 유사하다.

이 작품에서 질레타는 버트람을 향한 열정적인 사랑뿐만 아니라 아름다움, 지혜, 고귀한 신분을 겸비한 매력적인 여성으로 묘사되고 있다. 반면 헬레나는 그녀가 처한 상황이나 공간적 배경에서 어떠한 이득도 얻지 못한다. 그녀에 대한 우리의 연민과 존경심은 오직 그녀의 마음이 품고 있는 깊은 사랑의 진실성에서 비롯된다. 그녀는

그 아름다움은 가장 풍부한 심미안을 지닌 사람도 놀라게 하고, 그 언변은 만인의 귀를 황홀케 하며, 완벽한 성품은 남에게 시중들기를 모멸하는 오만불손한 사람일지라도 공손하게 '새아씨' 하고 부르게 만들 만한

《끝이 좋으면 다 좋아》(5막 3장)

그런 존재로 다가온다.

신분과는 상관없이 저절로 배어 나오는 기품은 전적으로 그녀의 정신적인 자질에서 비롯되는 것이다. 그런 까닭에 그녀의 겸손한 태도는 더욱더 각별한 아름다움을 느끼게 한다. 그녀가 자신의 낮은 신분을 한탄하고 슬퍼하는 경우는 오직 그것이 자신이 사랑하는 백작과의 사이를 갈라놓는 장애물이라는 이유에 한해서다. 그녀는 자신의 '작음' 보다는 그의 '거대함' 에 더 예민하게 깨어 있다. 그녀는 그의 위치에서 자신을 내려다보는 것이 아니라 자신의 위치에서 그를 올려다본다.

그녀는 그와 한 지붕 아래서 자라왔고 연모의 감정은 유년시절부터 시작된 것이었다. 그러므로 그녀의 사랑은 한눈에 반해버리는 열병 같은 것이 아니며, 젊은이다운 낭만의 감정이 촉발시킨 몽상적인 열정도 아니다. 그것은 그녀의 존재 밑바닥에 뿌리를 내리고 오랜 세월에 걸쳐 자라나 조금씩 조금씩 그녀의 모든 생각과 내적인 자질을 흡수해왔다. 그리고 마침내는 그녀가 꿈꾸는 유일한 사랑의 대상인 그가 곁을 떠나는 순간 자신의 생명도 사라지게 되리라 느끼게 될 만큼 깊어진 사랑인 것이다.

혹자는 거만하고, 제멋대로이며, 무정한 성격의 버트람에게 이처럼 헌신적이며 깊은 사랑을 받을 만한 자격이 있는가 하고 의문을 제기한다. 하지만 헬레나는 우리의 눈으로 그를 보는 게 아니라, 자신의 눈으로 그를 바라본다. 그는 그녀의 숭배자적인 몽상 속에서 성화聖化된다.

존슨(Samuel Jhonson)박사는 결혼하자마자 그녀를 버리고 도망쳐버린 이 비열한 탕아의 존재에 대해 도저히 인정할 수 없노라고 밝힌 바 있다. 하지만 그렇게까지 말하는 건 좀 심한 게 아닌가 싶다. 무엇보다도 그가 반드시 우리의 인정을 받아야 할 필요는 없으니까 말이다. 그리고 바로 이 지점에서 헬레나라는 여인의 진정한 아름다움과 여성성의 진리가 드러난다. 버트람과 그의 옹호자들을 비난하는 존슨은 이러한 비밀을 이해하지 못하고 있는 것 같다. 하늘의 온갖 은총을 받고 태어난 고귀한 존재이면서도 자신에게는 전혀 어울리지 않는 한 남자를 온 마음과 영혼을 다 바쳐 사랑했던 여성이, 누구나 그의 부덕함을 알고 있는데도 홀로 사랑에 눈멀어 이를 알아차리지 못하는 그런 여성이 실제 우리의 삶 속에 단 한 명도 존재한 적이 없다면, 나는 나의 주장을 철회하겠다.

하지만 그런 여성이 현실 속에 존재한다면 셰익스피어의 작품 속에서

〔로미오와 줄리엣〕의 한 장면(3막 4장). 프랭크 딕시(Frank Dicksee, 1884).

로미오와 줄리엣의 주검 앞에서 화해하는 몬테규 가와 캐퓰릿 가. 에드문드 블레어 라이톤(Edmund Blair Leighton, 1853~55

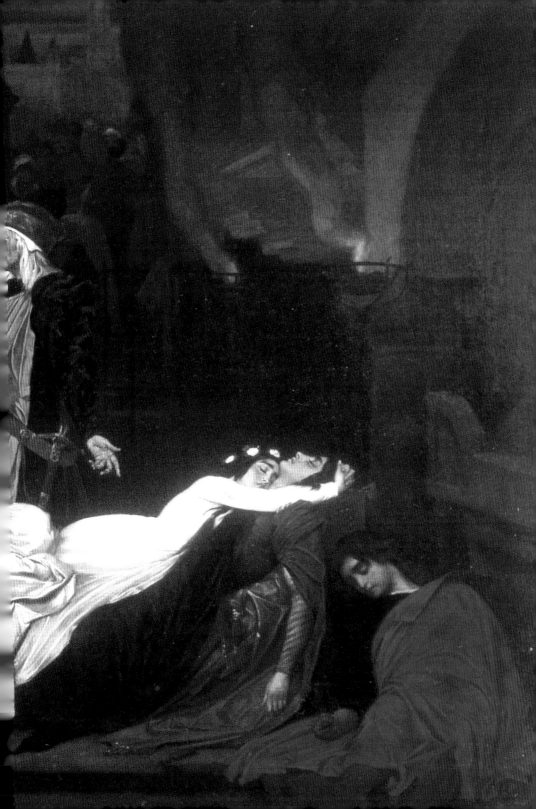

〈겨울 이야기〉의 페르디타. 요한 하인리히 퓌슬리(Johann Heinrich Fussli, 1741–1825)

《겨울 이야기》의 한 장면. 해리 로버트 마일햄(Harry Robert Mileham, 1873–1956).

《십이야》의 한 장면(3막 4장), 프랜시스 휘틀리(Francis Wheatley, 1772

《십이야》의 오시노와 비올라. 프레드릭 리처드 피커스길(Frederick Richard Pickersgill, 1859)

《햄릿》 (1막 4장)을 위한 무대 디자인. 윌리엄 텔빈 경(Sir William Telbin, 1864).

"거울 같은 물 위에 하얀 잎을 비추며 냇가에 비스듬히 수양버들 자라는데, 그것으로 네 누이가 기막힌 화환을 미나리아재비, 쐐기풀, 들국화, 그리고 입 건 목동들은 더 야하게 부르지만 정숙한 처녀들은 '죽은이 손'이라는 야생

오필리아, 존 에버렛 밀레이 경(Sir John Everett Millais, 1852).

로 떨어졌어. 입은 옷이 쫙 퍼져 그녀는 인어처럼 잠시 뜬 채, 옛 찬가 몇 구절을 그 동안에 불렀는데, 자신의 위기에는 무감하게 되었거나, 마치 물에서 태어나고 거기에 적응된 생물같아 보였지, 그러나 멀지 않아 그녀의 의복이 마신 물로 무거워져, 곱게 노래하는 불쌍한 그애를 진흙 속 죽음으로 끌고 갔어."

《햄릿》(4막 7장)

오필리아(부분), 스티븐 리드(Stephen Reid), 1914

에어리얼의 음악에 유혹당하는 퍼디넌드(《폭풍우》 1막 2장).
존 에버렛 밀레이 경(Sir John Everett Millais, 1849-1850).

니콜라스 로베(Nicholas Rowe) 판 《폭풍우》의 속표지 삽화(1709).

〈폭풍우〉의 에어리얼. 찰스 나이트(Charles Knight) 주석판 〈세익스피어 작품집〉의 삽화(1873).

《헨리 8세》의 한 장면. 헨리 앤드류스(Henry Andrews 1831).

는 왜 안 된단 말인가? 우리는 헬레나의 사랑의 원천을 버트람이라는 존재 안에서 찾으려 할 것이 아니라 그녀 자신의 내면에서 찾아보아야 할 것이다. 그녀는 그를 '사랑하기 때문에' 사랑한다! 때로 한 여인이 누군가를 사랑하는 이유는 그것만으로도 충분한 것이다.

때로는 헬레나 역시 자신이 헛된 사랑을 하고 있다고 스스로에게 고백할지도 모른다. 그러나 그럴 때마다 이성보다 강한 사랑의 확신이 그녀에게 그렇지 않다는 걸 일깨워줄 것이다. 그녀의 사랑은 종교처럼 순수하고, 깊고, 성스럽다. 고통스럽고 절망적인 생각들을 천상의 빛 속으로 들어올리는 그 축복의 감정은 그녀에게 언제나 영원한 것으로 남아 있다. 그 속에서라면 절망은 일종의 죄악이다. 그것은 그녀를 휩쓸어 죽음에 이르게 할 것이다. 그녀가 본래 가지고 있던 내적인 에너지와 결합된 사랑의 신념은 세상에 불가능한 일은 없다고 믿으며, 또 그것을 실제로 증명해낸다. 사랑의 신념은 그녀와 그녀의 희망 사이를 가로막고 서 있는, 신분이라는 그 거대한 산에게 '사라져라!' 라고 외칠 수 있었다. 그리고 그것은 사라졌다.

이러한 사랑의 신념이야말로 결혼 장면에서 헬레나가 보여준 행동들을 해명해 주는 열쇠가 된다. 버트람은 그녀에 대한 혐오와 경멸을 노골적으로 드러내면서도 왕과 귀족들과 가신들의 강압에 못 이겨 마지못해 그녀의 손을 잡는다. 처녀다운 수줍음으로 지켜보고 있던 헬레나는 그의 태도에 충격을 받고 뒤로 물러난다.

폐하께옵서 건강을 되찾으신 것만으로도 소녀는 기쁠 따름이옵니다. 그 밖의 일은 심려치 마시옵소서.

(2막 3장)

193

그러나 정녕 그러한 황금과도 같은 기회를 그녀가 무력하게 단념하도록 내버려둬야 할까? 입가에까지 다가온 그 둘도 없는 행복의 잔을 그녀가 물리칠 수 있었을까? 자신의 생명과 명예를 건 필생의 모험 끝에 얻은 그러한 보상을, 이제 막 손에 쥐어진 그 보물을 그냥 던져버릴 수 있었을까? 처녀의 위엄까지 희생해 가면서 한 남자에 대한 자신의 애정을 만인 앞에 공개한 마당에 자신의 바람을 스스로 포기함으로써 버림받은 여인이라는 불명예를 안고 세상의 웃음거리가 되어 쓸쓸하게 죽어가게 될 운명을 그녀가 순순히 받아들여야만 했을까?

프랑스 왕 앞에 선 헬레나와 버트람,
프랜시스 휘틀리(Francis Wheatley, 1793).

비올라나 오필리아가 이러한 체념의 정조를 보였다면 매우 아름답고 자연스러운 풍경이 되었을 것이다. 그러나 고결하고 굳센 정신과 불꽃같은 내면의 힘을 간직한 헬레나에게 이는 전혀 어울리지 않는다. 그녀를 가로막는 유일한 장애물은 신분이다. 멸시와 거부의 대상이 되는 것은 가난한 의사의 딸로서의 헬레나이지 여성으로서의 헬레나가 아니다. 흔들림 없는 객관적인 판단력을 지닌 그녀는 자신에게 가해진 이러한 경멸을 도저히 납득할 수 없는 부당함으로 느끼지는 않는다.

그렇지만 그녀는 출생 신분이라는 이 단순한 편견이 그토록 강력한 힘을

194

발휘할 수 있다는 사실에 대해서는 완전히 이해하지 못한다. 그녀의 정신은 신분의 높낮이로는 도저히 측량할 수 없을 만큼 높은 곳에 있으며, 그녀의 깊고 충만한 사랑에 비하면 그러한 외적인 조건들은 무의미한 것에 지나지 않기 때문이다. 그녀는 온 마음과 영혼을 다해 헌신한다면 언젠가는 그도 자신을 사랑하게 될 거라는 희망을, 한결같은 정성과 애정을 기울인다면 언젠가는 그도 자신을 존중의 시선으로 바라봐줄 거라는 믿음을 도저히 버리지 못한다.

> … 이렇게 말하는 사이에 따스한 여름이 올 거예요. 그땐 들장미에 가시뿐만 아니라 잎도 돋아나겠지요. 그러면 따끔도 하겠지만 꽃향기가 코를 물씬 찌를 거구요…. 자, 그럼 출발해요. 마차 준비도 돼 있어요. 세월이 가면 우리도 되살아날 거예요. '끝이 좋으면 다 좋아' 예요. 그리고 끝은 면류관이죠. 험한 길을 다 걷고 나면 그 끝엔 명예가 있어요.
>
> (4막 4장)

헬레나가 희망을 잃지 않고 그 모든 괴로움을 견뎌낼 수 있었던 것은 바로 이러한 흔들림 없는 믿음 때문이었다. 그리고 이러한 믿음은 여성으로서의 명예를 버리면서까지 행했던 그 모든 사랑의 노력을 고귀하고 거룩한 행위로 고양시킨다. 그녀가 보여준 자기희생은 마치 신의 제단에 바쳐진 제물처럼 사랑과 미덕의 향기를 품고 있다.

이제 백작부인의 설득에 못 이겨 헬레나가 자신의 사랑을 실토하는 장면을 살펴보자. 이 작품에서 가장 아름다운 대목이라 할 수 있는 이 장면에서 우리는 지금까지 논의해온 헬레나의 존재적 특성들 모두를 남김없이 확인하게 된다. 온 몸을 뒤흔드는 고뇌 속에서 헬레나는 간신히 쥐어짜 내는 듯한 어조로 백작부인의 아들에 대한 자신의 사랑을 시인한다. 그러 나 서서히 마음의 평정을 되찾게 되면서 그녀의 고백은 엄숙한 위엄의 광채를 드러내기 시작한다. 그녀의 해명 속에는 어떠한 교묘한 말재주도 자기기만도 뻔뻔스러움도 찾아볼 수 없다.

그녀의 언어는 열정적인 성실성과 고결한 단순성을 보여준다. 그녀의 말에는 자연스럽게 흘러나오는 언어의 아름다움이 있다. 마치 가슴 속에 서 터져 나온 감정의 물결이 바로 단어가 되어 쏟아져 내리는 듯하다. 이 제 이 놀랍도록 아름다운 장면을 직접 보도록 하자.

헬레나 부르셨습니까, 마님?

백작부인 헬레나, 난 네 어머니지.

헬레나 아녜요, 제 주인 마님이세요.

백작부인 아니다, 어머니야. 왜 어머니가 아니란 말이냐? 내가 어머니란 말을 하 니, 넌 마치 뱀이나 보는 것 같은 표정을 짓는구나. 어머니란 말에 어째 서 그리 소스라치게 놀라느냐? 그래, 난 네 어머니야. 내가 낳은 자식 과 똑같이 너도 그 명단에 있단다. 양자가 친자식과 같게 되고, 다른 씨 앗에서 선택해 온 씨앗이 자라서 본래의 씨앗에서 자란 이삭처럼 잘 자라는 것을 넌 종종 보지 않았느냐. 난 너 때문에 산고는 겪지 않았으 나 어미로서의 정성은 다하고 있다 — 아니, 얘야 왜 그러니? 내가 네 어머니라니까! 피라도 얼어붙는단 말이냐. 당장 소낙비라도 퍼붓듯이 일곱 빛깔의 무지개가 네 눈가를 둘러싸고 있구나. 도대체 왜 그러지? 내 딸이라고 말하는데?

백작부인과 헬레나, 월터 패짓(Walter Paget, 1863-1935).

헬레나 그렇지 않습니다.

백작부인 글쎄, 난 너의 어머니란다.

헬레나 마님, 용서하세요. 로실리온 백작이 제 오빠가 될 순 없답니다. 전 미천한 태생이고, 그분은 명문의 자손이십니다. 제 양친은 이름도 없습니다만 그분은 지체가 높으신 분이에요. 그분은 저의 주인님이시고 귀하신 영주시랍니다. 전 평생 그분의 종으로서 살고, 종으로 죽을 작정입니다. 그런데 그분이 어찌 제 오빠가 될 수 있겠어요.

백작부인 그렇다면 나는 네 어머니가 될 수 없단 말이냐?

헬레나 마님은 제 어머님이세요. 마님은 정말 어머님이세요 — 당신의 아드

197

님이신 도련님께서 제 오빠만 되지 않는다면 말입니다 ― 사실이지 얼마나 기쁘겠습니까. 마님께서 저희 둘에게 어머님이 되시더라도 제가 그분의 누이동생만 되지 않는다면 정말 하늘로 올라간 듯 기쁠 것입니다. 그런데 제가 마님 딸이 된다면 그분이 제 오빠가 될 수밖에 없잖아요?

백작부인 아니다, 헬레나. 네가 내 며느리가 될 수 있느니라 ― 애야, 그렇게 되고 싶은 거지? 모녀란 말만 나오면 네가 가슴을 두근거리니 말이다! 그래, 얼굴이 다시 파래졌구나! 걱정한 대로구나. 네가 사랑을 하고 있으니 말이다! 이젠 네가 왜 그렇게 쓸쓸해 했는지 그 까닭을 알 만하다. 눈물을 곧잘 흘리는 원인도 알았고. 이젠 누가 봐도 분명하다… 네가 내 아들을 사모하고 있다는 것 말이다! 시치미를 떼도 소용없느니라. 얼굴에 나타나 있는 걸. 아니라고 잡아떼 봤자 소용이 없다. 그러니 속내를 털어놔라 ― 정말 그렇다고 말해다오 ― 저것 봐라, 네 뺨이 서로 실토하고 있구나. 너의 눈도 네 태도에 나타나고 있음을 곧이곧대로 보여주고 있지 않니 ― 네 혀를 묶고 있는 건 오직 죄의식과 그 몹쓸 고집 때문이다. 그래서 진실조차도 의심을 받게 되지 뭐냐. 어서 말해 봐라. 그렇다고! 만약 사실이 그렇다면 얽힌 실타래처럼 퍽 어려워졌느니라. 그렇지 않거든 그렇지 않다고 맹세해다오. 어쨌든 난 솔직한 말을 듣고 싶다. 하늘에 맹세코 너를 위해 애써줄까 한다.

헬레나 (무릎을 꿇고) 마님, 용서해 주세요!

백작부인 내 아들을 사랑하느냐?

헬레나 제발 용서해 주세요, 마님!

백작부인 내 아들을 사랑하지?

헬레나 　마님, 마님은 사랑하지 않으세요?

백작부인 　딴청 부리지 마라. 내 아들을 내가 사랑하는 건 세상이 인정하는 당연
　　　　한 도리가 아니겠느냐. 자, 자, 네 속마음을 털어놔라. 네 사랑이 얼굴
　　　　에 나타나 있으니 말이다.

헬레나 　그럼 이렇게 높으신 하늘과 마님 앞에 무릎을 꿇고 먼저 마님께 그 다
　　　　음엔 하늘에 고백하겠어요. 전 도련님을 사랑해요… 저의 일가는 비록
　　　　가난하지만 정직합니다. 제 사랑도 그렇습니다. 노여워 마세요. 제가
　　　　도련님을 사랑한다고 해서 그분께 조금도 해를 끼칠 일은 없어요. 주
　　　　제 없는 짓으로 추근거리지도 않겠어요. 이 몸이 그분에게 알맞게 자
　　　　질 있는 사람이 될 때까지는 그분을 넘보지 않겠어요. 어떻게 하면 그
　　　　런 자질을 갖추게 될지는 모르겠지만요….

　　　　사모해 봤자 헛된 일이고, 가망이 없다는 걸 저도 압니다. 그래도 전 부
　　　　어도 부어도 한 방울도 남지 않고 새어버리는 체에다 그칠 줄 모르는
　　　　사랑의 물을 끊임없이 부어넣고 있답니다. 전 인도인처럼 그릇된 신앙
　　　　에서 태양을 경배합니다만, 태양은 경배자를 바라만 보지, 조금도 알
　　　　아주지 않는답니다… 마님, 마님께서 사랑하시는 분을 사랑한다고 절
　　　　미워하지 마세요.

　　　　연로하신 마님의 그 훌륭한 부덕으로 미루어 마님이 젊은 시절에도 정
　　　　숙한 분이었음이 짐작이 가고도 남습니다만, 만약 처녀의 신 다이애나
　　　　와 사랑의 신 비너스를 하나로 뭉친 것 같은 맑고 불꽃처럼 뜨거운 사
　　　　랑의 경험이 있으시다면, 오! 이루지 못할 사랑인 줄 뻔히 알면서도 사
　　　　랑하지 않을 수 없는 이 불쌍한 것을 가엾게 여겨주세요. 찾을 것을 애
　　　　써 찾을 수도 없고, 남 몰래 사랑을 가슴 속에 간직한 채 신음하며 살다

가 죽어갈 것이니 말이에요.

(1막 3장)

이 로실리온의 늙은 백작부인은 매력적인 인물로 그려진다. 그녀는 비록 주름살로 뒤덮여 있으나 여전히 젊은 시절의 생기를 간직한 영혼과 감성의 아름다움이 느껴지는 티티안의 그림 속 노부인의 모습을 연상시킨다. 이 자비롭고, 쾌활하며, 인정 많은 백작부인은 캐퓰렛 부인과 훌륭한 대조를 이룬다. 그녀에겐 나이도, 슬픔도, 체통도 닳게 하지 못할 열정적인 선의의 정신이 있다. 헬레네가 자신의 아들에게 남모르는 애정을 키우고 있다는 사실을 확신한 다음 그녀가 내뱉는 다음과 같은 방백은 이러한 성정을 잘 보여주고 있다.

나도 젊었을 땐 역시 그랬다… 우리가 자연의 소생인지라 어쩔 도리가 없지. 이 사랑의 가시는 청춘이란 장미꽃엔 으레 붙어 있게 마련인걸. 우리 몸이 피를 타고나듯이 그 피는 사랑을 타고나는 법이야. 뜨거운 사랑의 불길이 젊은 가슴에 불붙는 건 자연의 진리가 보이는 표시요, 그 증명이지. 지나간 날을 더듬어보면 그런 과오는 우리에게도 있었다. 그때는 잘못이라곤 생각지도 않았다. (가까이 오라고 헬레나에게 손짓한다) 저 아이의 눈빛을 보니 분명히 사랑 때문에 고민하고 있다 — 이제야 알겠다.

(1막 3장)

그녀가 헬레나에게 품고 있던 호의와 모성애, 그리고 자기 슬하에서 이렇게 훌륭하게 커준 그녀의 모습에서 느끼는 자랑스러움은 출생 신분에

200

서 오는 온갖 편견을 압도하는 것이었다. 그리고 그녀의 됨됨이에 비추어 볼 때 이러한 애정의 감정은 지극히 자연스러운 것이다. 마찬가지로 아들에 대한 그녀의 격분 어린 감정 속에는 그것이 아무리 거칠고 강하게 표현된 것이라 할지라도, 여전히 어머니의 사랑이 담겨 있다.

> 이런 몹쓸 남편을 그처럼 축원하다니, 정말 천사 같은 아이다. 그 애의 기도 없이 내 아들은 절대로 무사할 수 없다. 그 기도라면 하늘도 기꺼이 들으시고 정의의 크신 노여움을 풀어주실 거다.
> 하지만 둘 다 내겐 소중한 자식들이다. 어느 쪽이 더 소중한지를 가늠할 재주가 내겐 없구나.

(3막 4장)

이러한 인물의 형상화는 그 섬세함만큼이나 기교적인 탁월함을 입증해 준다. 셰익스피어는 원작에서 질레타에게 부여되었던 유리한 외적 조건과 시적인 외양을 포기하는 대신 그 빈자리를 백작부인이라는 아름다운 캐릭터로 채워넣었다. 그는 헬레나의 깊은 사랑으로부터 그녀의 내적인 매력을 이끌어냈듯 그녀가 다른 이들에게 불러일으키는 애정으로부터 그녀의 외적인 매력을 이끌어냈다.

헬레나에 대한 백작부인의 열정적인 애정, 프랑스왕과 라후(Laeu, 노귀족)를 비롯해 그녀와 연관된 모든 이들이 그녀에게 보이는 경탄과 존경심은 그녀에 대한 버트람의 경멸 섞인 무시를 상쇄해 준다. 헬레나에 대한 주변 인물들의 호의 어린 마음은 그녀 주위에 질레타가 외적인 조건들에 빚지고 있는 그 매력 — 분명 강렬하고도 생생하게 묘사된 것이긴 하지만,

나는 그러한 매력이 질레타라는 인물과 완벽한 조화를 이루고 있다고는 생각하지 않는다 — 에 상응하는 후광을 부여한다.

또한 헬레나가 허풍쟁이 패롤리스(Parolles)의 거짓되고 비열한 됨됨

순례자 복장을 한 헬레나, 헨리 윌리엄 번버리(Henry William Bunbury, 1750–1811).

이를 간파한 최초의 인물이라는 사실은 순수하고 곧은 마음에서 오는 직관력과 섬세한 여성의 통찰력을 겸비한 그녀의 지성에 비추어볼 때 매우 자연스러운 결과라 할 것이다.

《끝이 좋으면 다 좋아》는 셰익스피어의 다른 작품들에 비해 시적 이미지가 부족한 작품이라고 평가되어왔다. 헬레나의 성격에서 느껴지는 견고

성이 상상력의 자리를 대신하고 있다는 건 사실이다. 또한 몽상보다는 감정이, 상상력보다는 통찰력이 두드러지는 이 작품의 일관된 성향은 작품 속 대화 전체를 통해 입증되고 있다. 그러나 최상의 시적인 아름다움을 지닌 대사들은 바로 헬레나의 입에서 나온다. 이들은 우리가 평소에 즐겨 인용하는 친숙하고 유명한 문장들이지만 그것이 지닌 의미와 아름다움을 완전하게 이해하기 위해서는 그녀의 성격과 처해진 상황과의 연관관계 속에서 다시 읽어볼 필요가 있다. 그렇게 읽을 때, 가령 그녀의 처지와 심정이 진실하게 드러나는 다음과 같은 대사 속에서 우리는 그녀의 감정과 그녀의 말 사이에 놓인 간극을 명확히 인식할 수 있게 된다. 그녀는 버트람을 위해 다만 '행복해지시기를' 기도할 수밖에 없는 자신의 처지에 대해 말한다.

> 나의 기원이 닿을 곳이 없다는 게 슬퍼요. 미천한 별 아래서 태어난 우리들로서는 마음속에 소원을 가둬둘 뿐, 겉으로 나타내 보일 수 없는 처지니까요. 우리가 할 수 있는 일은 오직 생각하는 것, 고맙다는 말 한마디 돌아오지 않는 마음속의 기도뿐이죠.
>
> (1막 1장)

그녀가 들려주는 통찰력 있는 몇몇 대사들에는 철학적인 깊이와 이자벨라의 언어를 연상시키는 관조적인 엄숙함이 배어 있다.

> 인간을 구제하는 힘이 꼭 하늘에만 있다고 생각들 하지만 실은 우리 인간 자신에게 있는 경우가 비일비재하지. 인간의 운명을 맡은 하늘도 우리 인간에게 그

만한 자유를 주셨으니까. 그러니 무슨 일이 마음먹은 대로 되지 않는다면 그건 우리가 기민하지 못하고 게으른 탓일 거야.

(1막 1장)

자신에게 주어진 고통의 크기를 제멋대로 측량해서 이제 다 틀렸다 여기는 이에 겐 어떠한 기적도 일어날 수 없는 법입니다.

가장 위대한 일을 완성하시는 신께서도 때때로 가장 보잘것없는 것을 사용하시는 경우가 있다고 합니다. 그런즉 성경 말씀에도 판사들이 어린이였을 때, 어린 애이면서 훌륭한 판단력을 보였다고 하지 않습니까.

예측이 빗나가는 일이 자주 있습니다. 대개 기대할 만한 일이 실패로 돌아가는 일이 많고, 가장 희망이 없다고 절망했던 일이 뜻밖에도 성공하는 수가 있게 마련입니다.

(2막 1장)

마찬가지로 그녀의 정서 속에는 격렬한 열정과 결합된 어떤 심오한 감각이 느껴진다. 그리고 드문 경우이긴 하지만, 그녀가 비유를 통해 말할 때 그것이 우리의 눈앞에 펼치는 그림은 언제나 진지하고 고결한, 혹은 어딘가 쓸쓸한 아름다움을 담고 있다. 가령 다음과 같은 대사가 그렇다.

그분을 사모하는 것은 천상의 빛나는 별을 연모하여 그와 결혼하려 하는 것과 같아. 그분은 그토록 높은 곳에 계셔.

(1막 1장)

생명을 무릅쓴 모험 끝에 얻은 정당한 보상으로 왕의 명령에 따라 궁정에 모여 있는 젊은 영주들 가운데서 자신의 남편을 선택하게 되었을 때, 그 갑작스럽게 주어진 특권 앞에서 그녀가 처음 느낀 감정은 낯설음이었다. 누구를 선택할 것인가는 그녀의 마음속에 이미 오래 전부터 결정되어 있었음은 물론이다. 그녀의 아름다운 대사가 이어진다.

저는 미천한 처녀에 지나지 않습니다. 그러나 그렇게 말씀드릴 수 있음을 더 없이 부유한 신분으로 생각합니다… 폐하, 황송하오나 그만두겠사옵니다. 붉게 물든 두 뺨이 소녀에게 이렇게 속삭입니다. '당신이 선택했기 때문에 우리들이 붉어지고 있다. 그러나 만일 네가 그분으로부터 거절을 당하면… 이 붉은빛이 죽은 사람처럼 영영 새하얗게 되고 다시는 붉어지지 않을 것'이라고 말입니다.

(2막 3장)

버트람에게서 버림받은 후 그녀가 들려주는 독백의 아름다움은 그 안에 담긴 격렬한 감정의 힘과 표현의 단순성에서 비롯된다. 많지는 않지만 그녀가 그려내는 이미지들은 감정의 힘과 상황의 비극성에서 태어난 것으로, 아름다울 뿐만 아니라 풍부한 상상력이 돋보인다. 헬레나는 버트람이 남겨두고 떠난 잔인한 내용의 편지를 읽는다.

"아내가 없는 몸이 되기까진 나는 프랑스에서 아무것도 가진 게 없다!' 아내가 있는 한 당신은 프랑스에 아무것도 가진 게 없다구요! 로실리온, 그럼 프랑스에서 모두 갖게 해드리죠… 가엾은 분! 당신을 조국으로부터 내쫓고, 연약한 몸을 인정사정도 없는 싸움터에 내맡기게 한 것이 정녕 나란 말인가요? 그래서 즐거운 왕궁에서 아름다운 눈길을 한몸에 받았던 당신을 내쫓고, 화약 냄새를 뿜는 총알의 과녁이 되게 한 것도 정녕 나란 말씀이지요?

너, 불덩이를 타고 무섭게 빠르게 날아가는 총탄의 사자들이여, 제발 겨냥에서 빗나가다오. 날카롭게 소릴 내며 꿰뚫고 난다 해도 노래부르며 천상으로 돌아가는 공기니, 내 님만은 다치지 말아다오!

누가 총을 쏘든 간에 그이를 표적으로 삼게 한 건 나다. 누가 그이의 가슴팍을 찌르든 검 앞에 서게 한 못난이는 바로 나다. 비록 내가 직접 죽이지 않았더라도 죽음으로 이끈 건 바로 나잖아. 아, 차라리 굶주림에 울부짖는 사자의 밥이 되는 편이 낫겠다. 온 세상의 모든 불행을 다 내가 짊어지는 편이 낫겠다.

그래요, 집으로 돌아오세요. 로실리온님, 전쟁터에서 위험을 무릅쓰고 얻는 명예란 기껏해야 부상당한 상처뿐, 아차하면 목숨까지 잃게 돼요… 내가 이곳을 떠나겠어요. 내가 있기 때문에 당신이 떠난 거예요. 그러니 어찌 제가 여기에 죽치고 있겠어요? 아니, 아니죠. 설사 이 집안에 천국의 꽃바람이 불어오고, 천사들이 집안일을 돌봐준다 해도 말예요. 전 떠나겠어요. 제가 없어졌다는 가련한 소문이 당신의 귀에 들리고 위로를 받으시게 해드릴 수 있다면 얼마나 좋겠어요.

자, 밤아 어서 오너라! 낮이여 빨리 가다오! 처량한 도둑처럼 어둠에 싸여 빠져나가겠으니.

(3막 2장)

거의 모든 면에서 버트람을 두둔하려고만 하는 사람들과는 입장을 같이할 수 없지만, 그래도 나는 여전히 사무엘 존슨이 이 인물에게 가한 비난은 너무 가혹한 것이었다고 생각한다. 확실히 버트람은 로맨스 소설에 등장하는 전형적인 주인공과는 거리가 먼 인물이다. 그는 이제 막 가정의 안온한 울타리를 벗어나 세상 속으로 뛰어든, 용감하고 정열적이며, 고집센 젊은이다. 귀족으로서, 그리고 군인으로서 자부심이 지나칠 만큼 강하긴 하지만 그렇다고 그를 진정한 명예와 고상함의 감각이 완전히 결여된 인간이라고 볼 수는 없다.

나는 최근 매우 유려하고 설득력 있는 어조로 버트람을 변호하는 평론을 읽은 적이 있는데, 그 글에 의하면 젊은 백작은 비열한이 아니라 오히려 선량한 성품을 지닌 사람이며, 다만 그의 지나친 오만함이 본래의 온화한 열정을 무디게 만들고, 지성의 빛을 흐려놓았다는 것이다. 그리고 이러한 오만함은 이른바 왕자 교육에서 오는 피할 수 없는 결과이다. 출생 신분에 따르는 번쩍이는 광채가 그를 눈부시게 했던 것이다.

아마도 그는 이제 막 말을 알아듣기 시작할 무렵부터 유모에게서 군주로서의 특권에 대한 이야기를 들었으리라. 아장아장 걷기 시작할 때쯤부터는 수많은 가신들이 공손히 모자를 손에 쥐고 자신들의 아기 주군이 두 다리로 서 있는 모습을 보려고 몰려왔을 것이다. 그의 철자 학습책 표지에는 가문의 인장이 선명히 새겨져 있었을 것이다. 그는 아주 어린 아이였을 때부터 로실리온의 위대한 군주의 아드님이라는 호칭에 익숙해져 있었다. 주군을 모시듯 떠받들기만 했을 가정교사들이 이 아이의 오만한 환상을 깨트리려 했을 리는 만무하다.

그리고 셰익스피어가 이들 선생들의 손에서 아직 미성숙한 어린애인 그를 이제 막 넘겨받은 것이다. 자신의 출생 신분에 대한 지나친 자부심이 버트람의 가장 큰 결점이었다. 이를 치료하는 방편으로, 셰익스피어는 그를 전쟁터로 보낸다. 그곳에서 스스로의 힘으로 명예를 쟁취하게 함으로

207

써, 그동안의 환상과 진정한 실체를 맞바꿀 수 있도록 말이다. 무훈을 세움으로써 그가 얻게 된 커다란 명예는 그를 그의 조상들과 동등한 위치에 세운다.

그리고 그는 이제 더 이상 자신의 평판을 조상들의 위명에만 의존하지 않게 된다. 그는 스스로의 체험을 통해, 단지 귀족 혈통이라는 데서 오는 명예보다 훨씬 더 가치 있는 무언가가 세상에 존재한다는 사실을 배운다. 이로써 그의 내면은 헬레나의 헌신적인 사랑이 왕궁에서 키워진 공주마마의 미소보다 더 훌륭한 미덕이라는 사실을 이해하기 위한 예비적인 토대를 갖추게 되는 것이다.

버트람이 자신의 어머니를 시중들던 '하녀'와의 결혼에 반발한 것은 그리 놀랄 만한 일이 아니다. 그의 영주인 프랑스 왕이 진노하여 헬레나와의 결혼을 '명령'하는 상황에서 이를 따르는 것 말고 그에게 다른 길은 있을 수 없었다. 그러한 명령은 군주가 신하에게 요구할 수 있는 합법적인 권위에 속한 것이었기 때문이다. 버트람의 복종은 비굴함이라고 불러야 마땅할 그 시대의 관습에 정확히 부합하는 것이다. 강제 결혼은 군주가 자신의 권력을 무제한적으로 행사하던 무자비한 전제정치 시대의 우리나라에서도 심심치 않게 벌어지던 일이었다.

이를 입증하는 적절한 예가 될 만한 옛 발라드 한 편이 남아 있다. 왕이 자신의 신하인 어느 귀족에게 신분이 낮은 여자와 결혼할 것을 지시한다. 그 귀족은 노골적인 경멸을 드러내며 주저하는 모습을 보이고, 반면 여자는 결혼을 고집한다.

■ (원주) *New Monthly Magazine* 4권.

토마스 퍼시의 《고대서정시집》 속표지(런던, 1765).

그는 40파운드를 내밀었네
장갑 낀 한 손으로
"아가씨, 나중에 이만큼을 더 드리겠소.
그러니 다른 남자를 찾아봐요."

"아, 당신 돈은 필요 없어요." 그녀가 말했네
"사례금 같은 건 한 푼도 안 받겠어요.
제가 받을 건 오직 당신의 몸,
전하께서 제게 하사하신 거니까요."

윌리엄 경은 달려가 그녀의 옷자락을 붙잡았네
500파운드짜리 금화를 내밀며 말했네

"착한 아가씨, 이걸 주겠소.
그러니 지난 내 실수는 없었던 일로 합시다."

"돈으로는 절 어쩌지 못할 걸요."
그녀가 대답했네
"제가 받을 건 오직 당신의 몸,
전하께서 제게 하사하신 거니까요."

"그날 내가 포도주 마시지 않고
맑은 물이나 들이켰더라면
양치기 계집보다는
나은 여자 얻었을 것을!" *

　다른 이의 빚을 자신의 자유를 희생하는 것으로 — 즉, 자신과는 전혀
격이 맞지 않는 처녀와 강제로 결혼시키는 것으로 — 대신하려는 군주의
횡포 앞에서 버트람이 느꼈을 혐오감을 생각한다면, 그가 자신의 신부를
전혀 달갑게 느끼지 못했던 것도 당연한 일이다. 그는 당시 헬레나가 자신
에게 품고 있던 깊은 사랑과 변치 않는 정절에 대해서는 전혀 모르고 있었
던 것이다. 그는 결혼이 결정된 그날 바로 도망치듯 그녀 곁을 떠난다. 하
지만 이때 그의 모습은 후안무치한 탕아가 아니라, 무례하고 고집불통의
심통이 나 있는 소년을 연상시킨다.

---

* (원주) 토마스 퍼시(Thomas Percy)의 《고대서정시집》 *(Reliques)*에서.

몇 가지 다른 측면에 있어서는 버트람이 쉽게 비난의 화살을 모면하기는 힘들 듯하다. 그리고 보다시피 셰익스피어는 이 젊은이를 변호하는 것이 아니라 그의 잘못을 고쳐준다. 극의 후반부는 즐겁다기보다는 오히려 당황스럽다. 사실 그 모든 유감스러운 일들을 벌인 버트람이 결국 행복한 결말을 맞게 되는 것에 대해 우리는 존슨 박사처럼 불평하지는 않는다. 하지만 그동안 그를 옹호하는 온갖 영리한 주장들이 존재해 왔음에도 불구하고 우리는 그를 용서할 수 있을 뿐, 그에게 공감할 수는 없을 듯하다. 덧붙여 내 경우를 말해 보자면, 헬레나가 그랬던 것처럼 그를 변호하는 것보다는 그를 사랑하는 것이 더 쉬운 일인 것 같다. 결국 그를 향한 헬레나의 사랑이 그를 위한 최상의 변명이 될 테니까 말이다.

3장
낭만적인 목가극의 여신

《겨울이야기》의 페르디타

페르디타는 시적 고전성과 목가적 낭만성의 결합체이다. 그녀는 양치기로 변신한 숲의 요정 드리아드를 연상시킨다. 작가가 그녀의 존재에 아낌없이 부여한 완전성은 말 없이 쏟아져 내리는 햇빛처럼 무심하고도 그림처럼 생생한 축복의 빛으로 그녀 주위에 깃들여 있다.

플로리젤과 페르디타,
프랜시스 브룬디지(Francis Brundage, 1900년경).

비올라와 페르디타는 감성과 우아함이 두드러지는 인물이라는 점에서 공통점을 갖는다. 비올라의 달콤한 낭만성과 페르디타의 목가적인 우아함이 그토록 서로 다른 시적 색채를 띠고 있음에도 불구하고 두 여인을 하나의 연관 속에서 상상하게 되는 것은 이런 이유에서다. 그들은 동일한 재료들로부터 창조되었으며 따스함, 섬세함, 시적인 아름다움의 측면에서 서로 동등한 위치에 서 있다.

그들은 열정적이기보다는 몽상적이다. 그리고 상대적으로 페르디타의 몽상적인 성격은 비올라의 그것을 능가한다. 페르디타는 시적 고전성과 목가적 낭만성의 결합체이다. 그녀는 양치기로 변신한 숲의 요정 드리아드(Dryad)를 연상시킨다. 작가가 그녀의 존재에 아낌없이 부여한 완전성은 말없이 쏟아져 내리는 햇빛처럼 무심하고도 그림처럼 생생한 축복의 빛으로 그녀 주위에 깃들여 있다.

숲속을 이리저리 헤치며 날아다닌 까닭에 머리칼과 옷자락엔 온통 잎사귀와 꽃잎들을 매단 채 이제 막 숲에서 빠져나온, 《요정의 여왕》(*Fairy Queen*)에 등장하는 여신 벨퓌비(Bel-Phoebe)의 자태, 그토록 우연하고 자연스럽게 꽃들로 치장된 그 자태는 위엄 어린 현존과 여왕다운 태도로 우리의 마음을 사로잡는다. 그리고 이러한 여신의 모습이야말로 페르디타의 자태를 가장 잘 설명해 주고 있는 것이다.

플로리젤(Florizel)과 페르디타의 이야기는 《겨울이야기》에 등장하는 하나의 에피소드에 불과하다. 그리고 사실 페르디타는 그녀의 어머니, 헤르미오네(Hermione)를 적절히 보조하는 조역을 담당하는 인물에 불과한 게 사실이다. 그럼에도 불구하고 페르디타의 캐릭터는 모든 면에서 완벽한 완결성을 획득하고 있다.

이런 측면에서 페르디타는 줄리엣과 필적할 만하다. 반면 페르디타를 이루는 색채는 보다 섬세하고 경쾌한 은빛이다. 주조를 이루는 정서는 몽상적인 빛깔로 물들어 있다. 줄리엣 다음에 그녀를 놓고 본다면, 그녀는 조르조네의 그림 곁에 걸린 귀

헤르미오네 역의 찰스 킨 부인(Mrs Charles Keen), 로버트 레슬리(C. R. Leslie, 연대 미상).

도의 그림, 혹은 모차르트의 곡 다음에 연주되는 페시엘로의 곡을 떠올리게 한다.

그녀만의 고유한 개성으로 드러나는 특성은 바로 우아함과 목가성, 기품과 소박성, 그리고 달콤함과 정신의 아름다운 조화이다. 그림처럼 생생한 섬세함이 특히 두드러진다. 그녀의 본질과 호소력 짙은 진실성을 이해하고 감상하기 위해서는 그녀를 아르카디아(Arcadia)의 님프들, 혹은 이탈리아 목가극의 클로리(Clori)나 실비아(Sylvia) 같은 여인들 곁에 나란히 놓고 비교해 보아야 한다. 이들이 아무리 우아한 아름다움을 자랑한다고 해도 페르디타와 나란히 놓이는 순간, 한낱 시적 추상들로 녹아 사라져버리고 만다. 그것은 스펜서의 작품에 등장하는 신비한 마녀가 은은한 황금빛 감도는 눈[雪]으로 빚어낸 반짝이는 재치로 가득한 경쾌한 영혼의 여인 플로리멜(Florimel)이 아무리 매혹적인 아름다움을 지니고 있을지라도 인간적인 사랑스러움이 있는, 실제 숨쉬고 따스한 피가 도는 현실의 플로리멜 곁에 놓이면 이내 창백한 환영이 되어 흩어져버리는 것과 같은 이치이다.

페르디타는 4막이 시작되기 전까지는 우리 앞에 모습을 나타내지 않는다. 그리고 단 하나의 장(4막 3장) 안에서 그녀의 모든 존재적 특성들이 전개되고 있다. 그것은 그 이상 덧붙이거나, 요구될 것이 없을 만큼 완벽한 표현력을 보여준다. 그녀는 보헤미아의 왕자 플로리젤과의 대화와 함께 처음으로 그 모습을 드러낸다. 그녀는 플로리젤에게 자신의 비천한 신분과 그의 고귀한 신분의 차이를 환기시키면서 그들의 어울리지 않는 사랑이 발각되는 날 일어날지도 모를 일들에 대해 자신이 느끼는 두려움을

■ 셰익스피어의 《한여름밤의 꿈》을 원작으로 헨리 푸셀(Henry Pucell)이 작곡한 오페라.

표현한다.

그러나 그녀가 보이는 수줍은 태도와 자신과 연인 사이를 가로막는 그 현실적인 거리에 대한 명확한 이해에도 불구하고, 대사 속에는 그녀 본래의 섬세함이나 위엄의 광채를 손상시킬 만한 말은 한마디도 찾아볼 수 없다.

플로리젤 이렇게 이색적인 꽃가지를 꽂으니 생기발랄하게 보이는군. 양치기 딸 같지 않아. 마치 4월 초에 현신하는 꽃의 여신 플로라와 같소. 이번 양털 깎기 축제는 예쁜 신들의 향연 같군. 그리고 당신이 바로 여왕이오.

페르디타 전하, 황공하나이다. 왕자 전하의 빗나가신 말씀을 문제 삼는 소녀를 용서하소서. 오, 빗나가셨다는 말을 하다니 미안해요! 만백성이 우러러보는 지체 높으신 왕자 전하께서는 농부로 변장하셨는데 하잘것없는 미천한 소녀를 여신처럼 꾸며주려 하시다니… 이것이 축제에 으레 있는 장난이며 모두가 그렇거니 하는 관습이 아니라면 아마 소녀는 왕자 전하의 모습을 보고 얼굴이 빨개졌을 거예요. 거울에 비친 제 모습을 보고 기절했을 거구요.

《겨울이야기》(4막 3장)

다음의 아름다운 대사들은 그녀의 완벽한 아름다움과 경쾌한 우아함이 주는 인상을 잘 전달해 주고 있다.

당신이 하는 일은 무엇이든 돋보여요. 당신이 말문을 열면 오래오래 계속해 주었으면 한답니다. 당신이 노래를 부르면 물건을 사고 팔 때나 적선을 할 때도 기

217

플로리젤과 페르디타, 로버트 레슬리(C. R. Leslie, 1837).

도드릴 때도 또 일을 시킬 때도 다 노래를 불러줬으면 해요. 당신이 춤을 추면 당신은 파도가 되어 언제까지나 춤만 추었으면 해요. 고요히 움직이고, 또 그렇게 고요히 다른 일은 아무것도 할 필요가 없어요.

당신의 손을 잡겠어요. 비둘기 깃털처럼 부드럽고 흰 손을, 에티오피아의 흰 이빨같이, 또 북풍에 휘날리는 눈같이 흰 손을요.

(4막 3장)

양치기 소녀의 복장을 하고 있을지라도 그녀의 영혼이 지닌 선천적인 위엄의 광채는 너무나 자연스럽게 우리 앞에 그 빛을 비춘다.

지금껏 풀밭을 달렸던 시골 아가씨들 중에 저만큼 아름답고 귀여운 처녀가 있었
을까. 저 처녀의 외모와 거동에서는 어딘지 모르게 양가의 규수 티가 풍기는군.
이런 곳에 살고 있다고 하기엔 너무 귀티가 나.

(4막 3장)

그녀에게서 느껴지는 천성적인 기품은 보헤미아의 왕 폴리제네스
(Polixenes)가 사랑에 눈 먼 왕자를 타락시킨 계집이라고 그녀를 욕하고 위
협하는 장면에서도 두드러지게 나타난다. 그녀는 조금도 위축됨이 없이
그의 분노를 묵묵히 감내한다. 왕이 떠나간 후, 그녀가 자신에 대해, 자신
의 비천한 신분에 대해, 그리고 가망 없는 사랑에 대해 곰곰이 생각하는
장면은 아름다움과 따스한 애정의 진실성으로 충만하다.

이젠 끝장이야. 그래도 한두 번 폐하께 말씀드리려 했었는데. 왕궁을 비추는 태
양이 우리들의 이 초가집에도 얼굴을 감추지 않고 똑같이 빛을 비쳐주고 있다
고….

왕자 전하, 어서 돌아가소서. 이렇게 될 거라고 얘기하지 않았습니까. 지체를 소
중히 여기소서. 이제 저의 꿈은 ― 깨졌습니다. 다시는 여왕 역은 안 할 것이며,
양젖을 짜며 울며 지낼 겁니다.

이렇게 될 거라고 수차 말씀드리지 않았나요? 왕비 행세 하는 것도 이런 사실이

219

알려질 때까지라고 말입니다.

플로리젤 내가 맹세를 어기지 않는 한은 절대로 염려 말아요. 어긴다면 천지가
    무너져 만물의 씨가 멸종할 것이오! 얼굴을 들어요.

* * *

보헤미아란 나라와 또 보헤미아 왕이 됨으로 해서 생길 수 있는 영화
와 또 태양이 비치고 땅 속에 잠기고 저 깊은 바다 밑에 감춰진 온갖
것과 바꾼다 해도 그대와의 맹세만은 깰 수 없소!

(4막 3장)

그녀에게서 현저하게 드러나는 또 다른 성격적 특성인 진실과 정직성
에 대한 감각, 내면의 꼿꼿한 단순성은 그녀의 시적인 섬세함에 강한 힘과
도덕적인 기품을 부여한다. 뻔뻔스러운 속임수와 편법을 경멸하는 그녀의
올곧은 기질은 사랑과 연인에 대한 굳건한 믿음과 하나로 결합되어 있다.
보헤미아 왕의 신하가 된 카밀로(Camilo) 경의 말에 대한 그녀의 대답은 이
러한 기질로부터 나온 것이다.

카밀로 더구나 아가씨도 알겠지만 사랑의 유대는 영화에 있으며, 역경에 처하면
    사람의 싱싱한 안색도 그 마음도 변해버리는 법입니다.

그녀는 다음과 같이 대답한다.

220

말씀의 반은 옳아요. 그러나 역경에 처하면 안색은 변하나 마음은 변하지 않습니다.

(4막 3장)

페르디타가 양털 깎기 축제의 손님을 맞이하여 꽃을 나눠주는 장면은 한 편의 시를 연상시킬 만큼 우아한 아름다움을 보여준다. 여기서 그녀의 개성은 그 어느 때보다도 아름답고 강렬하게 표출되고 있다. 이 장면의 일부만을 따로 떼어 인용하는 건 불가능하다.

> 어서 오십시오. 아버님 분부를 받아 오늘 잔치의 안주인 역을 맡았습니다… 어서 오십시오! 도르카스, 그 꽃 좀 이리 줘요… 연로하신 분께는 회상의 꽃 로즈메리와 운향 꽃을 드립니다. 겨울 내내 고운 빛깔과 향기를 간직하죠. 두 분께 신의 은총과 추억이 있으시기를, 저희들의 양털 깎기 축제에 오신 두 어른을 환영합니다!

폴리제네스   양치기 아가씨, (참 예쁜 처녀로다!) 우리 늙은이들에겐 겨울 꽃이 알맞다, 이 말이겠지?

페르디타   올해도 저물어가고 있지만 아직 여름이 간 것도 아니고 추운 겨울이 온 것도 아닌 걸요. 이 겨울의 가장 아름다운 꽃은 부정한 카네이션과 자연의 사생아라고 하는 줄무늬 비단향꽃무이지만, 그런 꽃들은 이 조촐한 꽃밭에는 없답니다. 저는 한 포기도 필요없어요.

폴리제네스   아가씨, 왜 그 꽃들을 싫어하지?

페르디타   흰색과 붉은색의 알록달록한 무늬는 위대한 자연의 조화에 사람의

221

손길이 부당하게 보태진 거라고 들었어요.

폴리제네스 그럴 수도 있지. 그러나 자연에 이러한 손길이 보태져서 더 훌륭하게 된다면 그 손길 역시 자연의 것이라고 봐야지. 그러니까 아가씨가 말하는 자연에 대한 인간의 손길은 실은 자연이 만들어내는 것이란 말이오… 그러니까 예쁜 처녀, 미천한 어미나무에 씨 좋은 가지를 접목시켜 훌륭한 씨의 눈을 트게 할 수 있는 법이에요. 이것은 바로 자연의 부족을 보충하고 자연을 변하게 하는 인공의 솜씬데, 이 역시 자연의 힘이지.

페르디타 정말 그래요.

폴리제네스 그러니 아가씨네 꽃밭에도 비단향꽃무를 피게 해요. 사생아라 부르지 말고.

페르디타 하지만 저는 그 꽃 한 포기를 심겠다고 흙을 파기는 싫습니다. 저의 분칠한 얼굴을 보고 저 젊은 신사분이 예쁘다고 칭찬하는 걸 바라지 않듯 말이에요….

(4막 3장)

이 대목에서 페르디타는 폴리제네스(Polixenes)의 논리를 반박하려 하지는 않지만, 여전히 여성적인 태도 속에서 자신의 생각을 고수하고 있다는 점이 드러난다. 보다 적절히 표현하자면, 그녀의 올바름에 대한 감각은 궤변에 흔들리지 않는다. 그녀의 대사는 계속 이어지면서 마치 음악과 향기가 뒤섞이듯이 우리의 영혼 위로 울리는 한 소절의 시가 된다. 우리는 그 달콤함으로 코가 완전히 마비될 때까지 수천 송이 꽃들의 향기로 빚어진 매혹적인 향기를 하염없이 들이마시는 듯하다. 그리고 그녀의 대사는 우리의 가슴 깊은 곳으로 녹아드는 열정적인 어조로 끝을 맺는다.

> 오, 프로서피나여! 당신이 저승에서 엉겁결에 염라대왕 디스의 수레에
> 서 떨어뜨렸다는 그 꽃들이 갖고 싶어요! 제비가 나타나기도 전에 피
> 어 아름다움으로 삼월의 바람을 사로잡는 수선화여, 빛깔은 엷어도 주
> 노 신의 눈동자보다 예쁘고 비너스의 숨결보다 향긋한 제비꽃이여, 파
> 랗게 시든 불쌍한 앵초여, 처녀로서 태양신 페버스의 찬란한 모습을
> 보지도 못한 채 시들어 죽는 ― 처녀들에게 흔히 있는 병이죠 ― 구륜
> 초와 왕관초, 그리고 여러 종류의 백합, 참붓꽃도 그중의 하나! 오 그런
> 꽃들이 없군요. 여러분께는 화관을 만들어 드리고 제 소중한 연인에게
> 는 꽃을 뿌리고 또 뿌려드리고 싶지만!

플로리젤 뭐요, 시체에 뿌리듯이?

페르디타 아뇨, 연인들이 뒹굴며 노니는 둑처럼요. 시체가 아니구요… 그래서
　　　　매장하는 게 아니라 살아 계셔서 제 팔에 안기게 하기 위해서죠.

(4막 3장)

페르디타의 성격에서 뚜렷한 특징으로 드러나는 이러한 진리에의 사
랑과 올곧은 도덕성은 그녀의 그림처럼 섬세한 아름다움과 위엄을 하나로
결합시키면서 극의 대단원에 이르기까지 한결같이 지속된다. 두 연인이
함께 보헤미아를 떠나 그녀의 실제 아버지인 시칠리아의 왕 레온테즈
(Leontez)의 궁전에서 피난처를 구하게 되었을 때, 플로리젤은 노신老臣카
밀로가 일러준 계책대로 왕에게 꾸민 말을 고한다.

그러는 동안 페르디타는 한마디 말도 하지 않는다. 그들이 처해 있는

절박한 상황 때문에 그녀는 플로리젤이 꾸며내는 이야기를 부정할 수 없었다. 그렇다고 그것을 긍정하는 말을 할 수도 없었다. 레온테즈의 인사말과 칭찬 앞에서도 침묵으로 일관하는 모습은 그녀만의 고유한 우아함을 보여준다. 그리고 마침내 꾸며낸 이야기의 거짓이 탄로나게 되었을 때, 그녀의 입에서는 본능적으로 진실이 터져 나온다. 그리고 이어지는 깊은 탄식.

아, 하늘이 우리를 등지고 우리의 결혼을 축복하지 않으려나 봅니다.

(5막 1장)

《겨울 이야기》의 한 장면(5막 3장), 베일리얼 샐먼(Balliol Salmon, 1906).

이 장면 이후로 페르디타는 거의 말을 하지 않는다. 어머니의 죽음에 관한 자초지종을 들으면서 슬퍼하는 그녀의 모습이 한 신사의 말을 통해 묘사된다.

그중에서도 가장 가슴 아픈 일은 — 나도 모르게 붕어도 아닌 이 몸이 낚시당하듯 끌려가서 눈물을 흘렸는데 — 바로 왕비 전하가 돌아가실 때의 얘길 들었을 때였습니다. 왕께서 거침없이 슬픔을 머금고 옛 잘못의 자초지종을 고백하실 때 경청하던 공주님은 '아아!' 하고 외치며 피눈물을 흘렸습니다. 이 사람 역시 심장의 피눈물을 참지 못했구요. 돌 같은 사람도 안색이 변했고 혼절한 사람도 있으며, 모두 울었죠.

(5막 2장)

헤르미오네의 조각상을 뚫어져라 응시하는 페르디타는 경이와 찬탄, 그리고 슬픔의 감정으로 그녀 역시 조각상이 된 듯 굳어버린다.

오, 왕비의 상이여! 그대 위엄엔 마력이 있소, 나의 죄과를 상기시켜 주고 있소. 또 딸은 정신이 나갔는지 같은 돌이 되어 서 있게 하다니 말이오!

(5막 3장)

이처럼 그녀의 모습은 간접적인 방식으로 그려지고 있다. 그리고 이러한 간접적인 묘사 방식은 이 아름다운 그림에 보다 완결된 표현력을 부여하는 데 기여한다.

225

4장

섬세한 감수성을 지닌 사랑의 전령

《십이야》의 비올라

한 여인의 사랑이 순조로운 흐름을 지닐 때 그것은 언제나 일종의 은은한 감성의 부드러움으로 존재한다. 오직 반대에 부딪힐 때만이 그것은 열정으로 변화한다.

비올라와 올리비아, 프레드릭 리처드 피커스길(Frederick Richard Pickersgill, 1859).

　시골 아낙네의 옷차림으로도 페르디타의 타고난 고귀함을 감출 수 없
었듯 비올라의 여성적인 우아함은 남장男裝 차림으로 사내 행세를 하고 있
을 때에도 여전히 그 아름다운 빛을 드러낸다. 비올라는 페르디타에 비해
기품이나 이상적인 아름다움의 측면에서 약간 떨어지는 게 사실이지만,
대신 사람의 마음을 흔들어놓는 심오한 감정의 힘을 지니고 있다. 그녀는
― 최소한 이론적으로라도 ― 사랑의 감정에 대한 깊은 이해를 보여준다.
비올라는 마치 페르디타가 꽃에 대해 말할 때처럼 대가다운 태도로 사랑

에 대해 이야기한다.

> 공 작 어떠냐, 이 곡이 마음에 드느냐?
>
> 비올라 그 곡은 사랑의 옥좌에서 울려 퍼지는 소리 같습니다.
>
> 《십이야》(2막 4장)

* * *

> 비올라 만약 제가 아가씨를 저의 주인같이 열렬히 연모하여 그처럼 고민하고 그처럼 필사적이라면 어찌 그런 거절이 귀에 들릴 리 있겠습니까. 아마 무슨 소리인지 이해하지 못할 것입니다.
>
> 올리비아 그럼 당신은 어찌하겠어요?
>
> 비올라 사랑하는 사람의 문전에다 버드나무 가지로 엮은 오두막집을 지어놓고 댁 안에 있는 제 영혼에 호소할 것입니다. 버림받았지만 진실한 사랑의 슬픔을 가사로 지어 한밤중에도 소리쳐 부르겠습니다. 사방의 언덕을 향해 아가씨 이름을 불러 메아리로 울리게 하고 종알대는 공기를 뚫고 '올리비아!' 라고 외치겠습니다. 그렇게 되면 아가씨께서는 이 몸을 측은히 여겨주시지 않는 한 이 천지간에 한시라도 편히 쉴 곳이 없게 될 것입니다.
>
> 올리비아 당신이 그러시면 전 큰일나겠군요.
>
> (1막 5장)

올리비아, 에드문드 블레어 라이튼(Edmund Blair Leighton, 1888).

비올라라는 인물과 그녀를 둘러싼 상황 설정이 일관적이지 못하고 개연성이 부족하다는 비판이 있어 왔다. 그러므로 이러한 비판이 어느 정도까지 참인지 여기서 검토해 보는 것도 의미 있는 일일 듯하다. 상황 설정에 관해서라면 이러한 비판은 정확히 옳다. 일리리어(Illyria)의 해안에서 조난을 당한 비올라는 아무런 의지처도 없이 낯선 땅에 홀로 남겨진다. 처음에 그녀는 그 지방의 백작 상속녀 올리비아(Olivia)의 시종이 되고자 하지만, 그녀를 구해준 선장은 그것이 불가능하다고 말한다. 그의 말에 의하면 그녀는 '최근 오라버니의 죽음으로 상심한 나머지 성 안에 홀로 틀어박혀 남자와는 교제를 일체 하지 않을 뿐만 아니라 만나는 것조차 하지 않기로' 했기 때문이라는 것이다.

난감한 상황에서 비올라는 문득 아버지가 이곳의 영주인 공작 오시노(Orsino)의 됨됨이에 대해 칭찬하던 것을 기억해낸다. 그에게 몸을 의탁하기로 결심한 그녀는 그가 독신이라는 사실을 확인한 후, 여인의 몸으로는 그곳에 머물기가 수월치 않을 것을 감안하여 혹시 생길 수 있는 불미스러운 일로부터 자신을 보호하기 위해 남장을 하고 그의 시종이 되려 한다. 그녀로서는 배가 침몰할 때 파도에 떠내려간 쌍둥이 오라버니에 대한 소식을 얻을 수 있을 때까지는 그 지방에 머물러 있을 필요가 있었기 때문이다. 만약 낭만적인 기사도의 시대로 우리의 상상 공간을 이동시킬 수만 있다면 이러한 설정도 작품의 시적 의도에 충분히 걸맞은 개연성을 얻을 수 있을 것이다. 어쨌든 비올라의 운명을 계속 쫓아가보자.

그녀는 마침내 공작의 시종이 되는 데 성공한다. 그녀는 공작이 올리비아를 향한 몽상적인 사랑의 열병에 빠져 있음을 알게 된다. 우리는 (첫 번째 장에서 암시된 것처럼) 교양과 개인적인 매력을 갖췄으며 음악을 사랑하고 기사도적인 온후함과 다소 환상적이고 열정적인 충동에서 비롯된 것이긴 하지만 응답 없는 사랑에 헌신하는 이러한 공작의 됨됨이가 비올라에게 실제로 매우 매혹적이며, 시적인 인상으로 다가왔으리라는 사실을 짐작하게 된다.

그녀는 자신의 실제 모습을 숨긴 채 그의 친구가 되어 진심 어린 호의와 친절을 보여준다. 그에 대한 연민, 경애심, 감사함, 그리고 부드러운 애정으로부터 태어난 하나의 열정이 그녀를 사로잡는다. 그리고 나는 이러한 열정이 그녀가 본래 지닌 여성으로서의 섬세한 아름다운 인상과 전혀 모순되지 않는다고 생각한다. 그녀는 자신의 사랑을 결코 고백하려 들지 않을 것이기 때문이다.

평론가들이 정확히 지적한 대로 지금까지 서술한 이 모든 상황들은 삶의 실제 풍경과는 다소 거리가 있는 것인지도 모른다. 더구나 양식 있는 젊은 아가씨들에게 특별히 교훈이 될 만한 도덕적 가르침을 전하고 있다고 보기도 어렵다. 하지만 그렇다고 그것이 진실되지 못하거나 본질에서 벗어난 풍경이라고 단언할 수 있을까? 아무리 돌처럼 굳은 마음과 빈약한 상상력을 지닌 사람이라도 이 작품에서 매력과 관심을 느끼지 못한다는 건 불가능한 일이 아닐까?

　　공작의 총애를 받게 된 비올라는 사랑의 전령이 되어 올리비아에게 공작의 메시지를 전달하고, 그가 겪는 사랑의 아픔을 지고의 아름다운 언어로 대변하는 역할을 맡게 된다. 그런데 오히려 올리비아는 시종으로 변장한 비올라에게 반하게 된다. 이로 인해 비올라는 공작의 질투를 사게 된다. 상황은 매우 미묘하고도 중대한 위기의 국면으로 접어든다. 하지만 비올라의 아름다운 내면은 그 위기 상황을 얼마나 잘 헤쳐 나갔던가. 겸허함에서 오는 내적인 아름다움을 잃지 않으면서도 그녀는 얼마나 자신의 역할을 잘 소화해냈던가. 이러한 모습은 로잘린드와 비올라 사이의 뚜렷한 차이점을 얼마나 적절히 잘 드러내고 있는 것인가! 아덴 숲 그늘 속을 자유롭게 뛰노는 로잘린드의 자연스러운 매력과 장난기 가득한 유머는 비올라와는 잘 어울리지 않는다. 비올라가 보여주는 장난스러운 기질은 궁정의 시종으로 가장하는 데 필요한 연기의 일부이며, 그것도 언제나 여성적 섬세함의 엄격한 통제를 받고 있다.

　　그녀는 로잘린드와는 달리 자신의 거짓 연기를 재밌어하지 않는다. 위장한 옷차림은 그녀에게 어딘가 자신과 어울리지 않는 것 같은 불편함을 준다. 남자 옷을 입고 있을 때 그녀의 심장은 자유롭게 고동치지 못한다. 옛 서정시에 등장하는 여인 '사랑스러운 윌리엄'이 남장을 하고 있어도 몰래 흘리는 눈물만은 감추지 못했던 것처럼 비올라의 여성적인 본성은 변장한 옷차림에도 불구하고 확연하게 그 아름다운 매력을 드러낸다. 시선은 차갑더라도, 뺨 위로는 이미 아침놀처럼 온유한 홍조가 떠오르고 있는 것이다.

※ (원주) 토마스 퍼시의 《고대서정시집》 3권. 그중에 '시종으로 변장한 여인'에 관한 발라드를 찾아볼 것.

그녀는 자신의 역할을 너무나 그럴듯하게 해내지만, 그 가운데서도 한시도 자신이 지금 연기를 하고 있다는 사실을 잊지 않는다. 그건 그녀의 연기를 바라보는 우리 또한 마찬가지다.

올리비아 당신은 배우이신가요?

비올라 아니옵니다. 잘 보시기는 하셨습니다만, 욕먹을 각오하고 말씀드리자면 저는 이 역을 맡아 하고 있는 대로의 인물은 아닙니다.

(1막 5장)

변장이란 고약한 것이군. 술수꾼인 날탕패들이 이런 수단을 곧잘 쓴다고 하던데. 미남 난봉꾼들은 쉽사리 여인의 밀초 같은 가슴에 자기의 모습을 박히게 하는 것이야! 아아, 그건 여린 여심女心탓이지 우리들 여자의 잘못은 아니야.

(2막 2장)

아무리 남장을 하고 있더라도, 그 옷차림에 걸맞게 사내다운 용기를 낼 수 있는 건 아니다. 앤드루 애거칙 경에게서 결투 신청을 받게 되었을 때, 겁 많은 여자일 수밖에 없는 비올라는 공포에 질려서 칼집에서 칼을 뽑을 생각조차 못한다. 그녀가 어쩔 줄 몰라 당황하는 그 장면은 우리의 배꼽을 잡게 하지만, 동시에 그녀가 더욱 사랑스럽게 느껴지기도 한다.

비올라의 깊고, 고요한, 인내하는 사랑과 올리비아의 새침떼기 아가씨다운 고집은 서로 좋은 대조를 보인다. 그리고 올리비아가 보여주는 남장한 비올라를 향한, 차라리 몽상이라는 말이 더 적절할 듯한 갑작스러운

233

사랑의 열정은 우리가 미처 예상하지 못했던 시적인 아름다움과 감성의
색채를 그녀에게 부여한다. 올리비아는 로맨스 소설에 등장하는 공주를
연상시킨다. 그리고 그녀는 공주에게 주어질 만한 모든 특권들을 지니고
있다. 그녀는 고귀한 신분을 지닌 대저택의 안주인으로서 하인들을 다스
리지만, 포셔처럼 '자기 자신을 다스리는 여왕'이 되지는 못한다.

《십이야》의 한 장면(3막 4장), 다니엘 맥클리스(Daniel Maclise, 1840).

　　그녀는 살아오면서 한 번도 자기 뜻을 거스르는 사람을 만나보지 못
했었다. 그런 까닭에, 최초의 거절 — 비올라에게서 자신의 사랑이 차갑게
거부당함으로써, 그 최초의 경험은 그녀의 내면에 잠재해 있던 모든 여성
적 기질들을 촉발시킨다. 그리하여 일시적인 변덕의 감정은 하나의 저돌

적인 사랑의 열정으로 변화한다. 그녀는 다음과 같은 말로 자신의 감정을 해명하려 한다.

> 돌같이 무정한 분에게 분수 없이 제 마음을 털어놓았나 봐요. 체면도 신분도 잊어버리고 말예요. 스스로도 한심하다고 나무라고는 있지만 워낙 이 어리석음이 심하다 보니 아무리 나무래도 소용이 없군요.
>
> (3막 4장)

그리고 이제 자존심을 완전히 버리면서까지 애원하는 그녀의 모습은 관객의 동정심을 일으키긴 해도 경멸감을 유발하지는 않는다. 그것은 그녀가

> 이미 당신에게 바친 사랑을 내 명예를 더럽히지 않고서 어찌 그분에게 또 줄 수 있겠어요?
>
> (3막 4장)

라고 말할 수 있는 여인이기 때문이다.

백작과 시종이라는 신분의 차이, 비올라가 실제로는 여자라는 사실, 열정에 사로잡히지 않았을 때 보여준 올리비아의 우아하고 위엄 있는 아름다움, 일관되게 유지되는 공작에 대한 그녀의 냉정한 태도, 하인들을 부릴 때 보여주는 부드럽고도, 신중하며, 안정된 태도, 실의에 빠진 상황에서도 집사 맬볼리오(Malvolio)를 살뜰히 생각해 주는 모습 등, 그녀를 둘러싼 상황과 그녀에게서 드러나는 여러 가지 성격적 면모들을 종합하여 우

리는 올리비아라는 여인의 전체적인 모습을 그려보게 된다. 그리고 이러한 모습은 관객으로 하여금 시종에 대한 갑작스러운 사랑의 열정을 비난의 주제로 삼기보다는 즐거움과 호감의 원천으로 받아들이게 한다.

《십이야》는 쾌활하고 달콤한 몽상의 끝없는 원천이 되어온 진정한 희곡이다. 현실 사회에서 남녀는 여러 계급과 계층들로 나뉘어 있다. 그리고 계층의 양 극단에 있는 남녀가 서로 가까워지는 경우는 극히 드문 일이다. 이러한 극단의 인물들을 하나의 조화로운 그림 속에 결합시키는 것, 극도로 세련되고 우아한 정서와 익살스러움을, 신랄한 재치와 관대한 자비를 하나의 아름다움으로 녹아들게 하는 것은, 간단히 말해 비올라와 올리비아, 그리고 맬볼리오와 토비(Toby) 경과 같은 상반되는 인물들을 하나의 장면 속에 어우러지게 하는 능력은 오직 자연과 셰익스피어만이 가능한 것이다.

한 여인의 사랑이 순조로운 흐름을 지닐 때 그것은 언제나 일종의 은은한 감성의 부드러움으로 존재한다. 오직 반대에 부딪힐 때만이 그것은 열정으로 변화한다.

줄리엣과 헬레나에게 있어서 사랑은 하나의 열정으로 표현된다. 즉, 그들의 사랑은 생명의 본질적인 정수와 뒤섞여 있으며, 심장의 피 속에서 고동치는 자연스러운 충동으로 나타나는 것이다. 그들의 감정은 많든 적든 상상력의 작용에 영향을 받는다. 저항으로 인해 촉발된 하나의 강력하고도 불변하는 동기와 신념이 그들의 의지에 영향을 미치고, 내면의 다른 모든 힘을 일깨우며, 이렇게 일깨워진 내면의 힘은 다시 원래의 동기와 신념을 강화시킨다. 사랑의 가장 복합적인 측면을 드러내는 이러한 감정은 이들 두 여인의 존재를 통해 가장 다채롭고, 강렬하며, 눈부신 색채로 표현되고 있다.

한편 비올라와 페르디타에게 있어서 사랑은 보다 단순하고 섬세하게 나타난다. 그것은 열정보다는 내면의 전체적인 정조情操에 더 가깝다. 그들의 사랑은 본능적인 내면의 울림과 몽상의 결합이며, 상대적으로 반성적인 의식이나 도덕적인 통찰력의 발달은 미약한 편이다. 이러한 설명은 《베로나의 두 신사》에 등장하는 줄리아(Julia)와 실비아(Silvia)에게, 그리고 무엇보다도 《한 여름밤의 꿈》의 헤르미아(Hermia)와 헬레나(Helena)에게도 똑같이 적용될 수 있을 것 같다. 이 두 여인에게 있어서 사랑은 작품의 전체적인 색채를 이루는 환상적인 몽상의 색깔을 띤다. 그것은 하나의 열정이라기보다는 꿈꾸는 듯한 매혹의 감정, 요정의 주문에 의해 꿈꾸어진 기쁨으로 가득한 공상의 감정이다.

5장
산산이 부서진 순수한 영혼

《햄릿》의 오필리아

오필리아, 가련한 오필리아! 그녀 앞에서는 어떠한 달변의 입술도 침묵하게 되리라. 듣는다기보다는 느낀다고 해야 할 밤과 침묵의 날개 위로 떠가는 슬프고 감미로운 한 줄기의 선율, 그 매혹적인 향기로 감각을 마비시키는 제비꽃의 숨결, 지상으로 내려앉기도 전에 허공으로 녹아 사라져버리는 눈가루, 산산이 부서지는 커다란 파도에서 떨어져 나온 작고 흰 포말. 그것이 오필리아다.

오필리아, 아서 휴즈(Arthur Hughes, 1852).

　　지금까지 다루어온 것과는 또 다른 여성적인 내면의 형태가 존재한다. 그리고 우리는 셰익스피어의 작품 속에서 이를 확인할 수 있다. 그는 이러한 존재적 특성을 지닌 두 명의 여인을 창조했다. 이들에게 있어서 지적이며 도덕적인 에너지는 언제나 잠재된 형태로 존재한다. 그들의 사랑은 일종의 무의식적인 충동이며, 상상력은 이를 표현하는 데 있어 그들의 내적인 힘이 아닌 외적인 매력과 빛깔에 의존한다. 그들의 여성적인 특징은 여성성의 가장 기본적인 요소들인 겸손, 우아함*, 섬세함으로 쉽게 환원된다.

　　그리고 사실 이러한 특성이 없는 여성은 전혀 여성이 아닌 것이다. 그런 여성은 다행히도 아직 정의되지 않은 어떤 존재에 불과하다. 이러한 여

■ (원주) 나는 이 우아함(grace)이라는 단어로 우리의 영혼 속에 존재하는 어떤 속성, 선하고 아름답고 진실해지고자 하는 어떤 경향, 천박하고 거칠고 기만적인 것과 정반대에 위치하는 설명할 수 없는 속성을 의미하고자 한다. 그것은 아이처럼 완벽한 순수성과 무의식성이 존재하는 곳에서 형태와 움직임으로 그 모습을 드러낸다.

성성의 본질적인 요소들이 존재하기 때문에, 그외의 다른 내적인 기능이 부족하거나 부재하더라도, 여성은 진정으로 여성일 수 있는 것이다. 그것은 신이 우리 여성들에게 부여한 선천적인 특질이다. 물론 그것은 잘못된 교육에 의해 왜곡되거나, 거칠고 사악한 운명의 파도에 의해 빛이 바랠 수도 있고, 내면의 다른 두드러지는 특성들이나 압도적인 열정에 의해 은폐될 수도 있을 것이다. 그러나 이러한 여성적인 요소들이 여성의 영혼 속에서 완전히 파괴되는 경우는 결코 없다. 그것은 언제나 창조주가 우리 여성들에게 부여한 최초의 특징들을 그 모습 그대로 간직하고 있다.

셰익스피어는 겸손, 우아함, 섬세함이라는 여성성의 기본적인 특질들만으로도 충분히 하나의 완벽하고도 행복한 인간 형태를 구성할 수 있다는 사실을 우리에게 입증해 보였다. 그리고 그러한 예가 바로 미랜더 (Miranda)이다. 그러나 저항할 수 있는 에너지도, 행위할 의지도, 견뎌낼 수 있는 힘도 없이, 거칠고 악의적인 운명의 파도 속에 타락과 온갖 제약으로 가득한 사회의 한가운데 홀로 남겨진 한 여인에게 남아 있는 길이란 결국 고립밖에 없으리라.

오필리아, 가련한 오필리아! 이 세속적인 세상의 장벽 속에 내던져지고, 인생의 차디찬 가시덤불에 찔려 피 흘리기에 그녀는 너무나 부드럽고, 선량하며, 순수하다. 그녀에 대해 무슨 말을 할 수 있을까. 그녀 앞에서는 어떠한 달변의 입술도 침묵하게 되리라. 듣는다기보다는 느낀다고 해야 할 밤과 침묵의 날개 위로 떠가는 슬프고 감미로운 한 줄기의 선율, 그 매혹적인 향기로 감각을 마비시키는 제비꽃의 숨결, 지상으로 내려앉기도 전에 허공으로 녹아 사라져버리는 눈가루, 산산이 부서지는 커다란 파도에서 떨어져 나온 작고 흰 포말. 그것이 오필리아다.

그녀의 모습은 너무나 섬세해서 가볍게 건들기만 해도 완전히 파괴될 것만 같다. 그녀는 감히 다시는 떠올리고 싶지 않은 최후의, 그리고 최악의 인간적인 비탄을 통해서 우리의 가슴 속에 영원히 성스러운 존재로 자리매김한다. 스스로 한 번도 고백한 적 없는 오필리아의 사랑은 우리가 그녀에게서 훔쳐낸 어떤 비밀과도 같다. 그것은 그녀의 가슴 위에서뿐만 아니라 우리의 가슴 위에서도 죽음을 맞는다. 그녀의 슬픔은 어떤 말도 요구하지 않는다. 그것은 오직 눈물만을 요구한다. 그녀의 광기는 우리가 실제 삶 속에서 경험하는 광인의 그것과 정확히 동일한 강도로 우리에게 다가온다. 우리는 고개를 돌려 외면하고 싶고, 경건한 연민과 너무도 고통스러운 동정심으로 인해 눈을 가리고 싶어진다.

햄릿을 제외하고 작품의 어떤 등장인물도 오필리아만큼 그 캐릭터를 창조한 작자의 존재를 망각하게 하지는 못한다. 그녀를 삶 속으로 불러내는 그 경이로운 힘에 대해 굳이 언급하지 않더라도, 그녀를 마음속에 떠올릴 때마다 우리는 그녀가 실제 이 세상에 존재하는 것만 같은 압도적인 느낌을 갖게 된다. 이러한 효과는 거의 인식하지 못할 만큼 매우 단순하며 자연스러운 기법과 약간의 작가적 필치에 의해 창조된 것이다.

윌리엄 헤즐릿(William Hazlitt)이 지적한 바 있듯이 그녀가 불러일으키는 마음의 울림은 너무나 자연스럽고 투명하면서도 심오한 비애의 감정을 머금고 있어, 마치 우리를 소박한 옛 발라드의 세계로 되돌려 놓는 듯하다. 우리는 그 완벽한 무기교적인 소박성으로 인해 그것이 예술이 거둘수 있는 최상의 성취라는 사실을 쉽게 망각한다.

오필리아가 처해 있던 상황은 이른 나이에 개인적인 삶에서 궁정의 세계로 갑작스럽게 내던져진 한 어린 소녀의 상황과 같다. 우리가 책에서

접해온 이 궁정이란 곳은 어린 소녀의 눈에는 무례하고, 엄청나게 크며, 타락한 세계로 보였을 것이 분명하다.

오필리아는 그 세계로 들어서자마자 즉시 왕비의 사람이 되어 그녀의 총애를 받는 측근의 자리에 놓이게 된다. 순수하고 선량한 오필리아에 대해 이 사악한 왕비가 보이는 애정은 그녀의 사악함을 보완해 주는 기능을 하는 아름다운 일면이자, 자연스러운 여성적인 감정의 비밀스러운 원천을 일별해내는 날카로운 통찰력의 산물이다.

그리고 이러한 여성성에 대한 근원적인 통찰력은 오직 셰익스피어의 작품에서만 발견될 수 있는 특징이다. 미덕에 대한 감각이 완전히 사라지지는 않은, 따라서 일말의 구원의 희망이 여전히 남아 있는 존재인 왕비 거트루드(Gertrude)는 자신이 아들의 신부로 점지한 이 사랑스러운 소녀를 온화하지만 어딘가 쓸쓸한 시선으로 바라본다.

그리고 그녀가 오필리아의 무덤 위로 꽃을 뿌리는 장면은 시, 인물의 성격, 감정의 측면에서 가장 선명한 대조적 효과를 불러일으키는 장면들 가운데 하나이다. 그것은 소포클레스(Sophocles)의 비극 《콜로노이의 오이디푸스》(Oidipous epi Kolni)에서 '복수의 여신'의 숲에서 노래하는 나이팅게일처럼 자연스러우면서도 너무나 예기치 못한 충격으로 우리의 시선과 마음을 전율과 북받치는 슬픔의 감정으로 가득 채운다.

우리는 영리하고 교활한 신하이자, 조심스럽고, 오만하고, 수다스러운 늙은이인 오필리아의 아버지 폴로니우스(Polonius)에게서 아들은 세상에 내보내 세상의 온갖 좋고 나쁜 것들을 경험하고 배우게 하면서도 딸만큼은 그가 너무나 잘 알고 있는 세상의 더러움을 알지 못하도록 한사코 보호하려는 한 아버지의 모습을 보게 되지 않는가? 그렇기 때문에 우리는

243

궁정의 세계로 나온 오필리아의 그토록 사랑스럽고 완벽하게 순수한 모습 속에서 지상을 떠돌면서도 여전히 천상의 숨결을 간직하고 있는 대천사 세라핌의 자태를 떠올리게 되는 것이다.

아버지와 오라버니가 그녀의 순진한 마음을 염려하여 햄릿 왕자의 사랑 고백이 아무리 진실되고 순수하게 들려도 현혹하려는 기도에 불과할지 모른다는 걸 늘 명심하고 조신하게 처신하라고 충고해 주었을 때는 이미 상황을 돌이키기엔 너무 늦어버렸다고 느끼게 된다. 범죄와 복수, 그리고 초자연적인 공포로 가득한 그 어두운 갈등의 세계 한가운데로 걸어 나오는 그녀의 모습을 보는 순간 우리는 그녀 앞에 놓인 운명을 단번에 예감하게 된다.

나는 일전에 무라노(Murano)에서 폭풍우에 갇혀 허우적대는 비둘기를 본 적이 있다. 아직 어린 새끼인 것 같았고 둥지까지 날아가기엔 날개의 힘이 부족하거나 폭풍우를 피하는 법을 미처 배우지 못한 것 같았다. 나는 무력하게 날개를 퍼덕거리는 그 가련한 어린 새를 바라보고 있을 수밖에 없었다. 천둥이 으르렁거리는 시커먼 구름들에 싸여 은빛으로 반짝이는 작은 날개를 이리저리 퍼덕이며 몇 번인가를 맴돌더니 이내 길을 잃고 공포에 질린 채로 시커먼 파도를 향해 떨어져 내렸다. 그리고 파도는 그 어린 새를 영원히 삼켜버렸다. 그때 그 비둘기의 모습을 보면서 나는 오필리아의 운명을 떠올렸었다. 그리고 이제 그녀에 대해 생각하노라니, 폭풍우 속에서 힘없이 날개를 퍼덕이던 그 불쌍한 어린 비둘기가 눈앞에 다시 보이는 것만 같다.

오필리아의 돌이킬 수 없는 절망적인 운명은 순전히 그녀의 순수성으로부터 오는 것이다. 그 운명의 그림 속에서는 그녀의 결점을 드러내는 어떠한 암시도 찾아볼 수 없다. 그렇기 때문에 우리가 느끼는 연민의 감정은 더더욱 뼈아픈 것이 되는 것이다. 그녀는 아직 너무 어렸다. 그녀의 마음도 인격도 아직 성숙의 시기에 다다르지 못했다. 그녀는 자신의 내면에서 생겨난 감정의 본질을 아직 제대로 인식할 수 없었다. 그 감정은 그녀가 그들로부터 스스로를 지켜낼 수 있는 힘을 미처 갖추기도 전에 극단적으로 발전하고 말았다. 얇은 크리스털 유리병에다 펄펄 끓는 물을 부어넣은 것처럼, 거대한 사랑과 슬픔의 감정이 그녀의 연약한 존재를 갈기갈기 찢고 파괴해버리고 말았다.

그녀는 거의 말을 하지 않는다. 그리고 그녀가 하는 말은 내면의 감정을 드러내기 위해서라기보다는 숨기려는 의도에서 나오는 듯하다. 그럼에도 불구하고 우리는 얼마 되지 않는 대사들 속에서 그녀의 존재를 완벽하게 느끼게 되며, 그녀의 내면에서 일어나고 있는 감정의 흐름을 마치 줄리엣이 그 눈부신 달변으로 자신의 마음을 토로할 때와 마찬가지로 생생하게 느끼게 된다.

줄리엣에게 있어서 열정이란 천성적이며, 그 자체가 그녀 존재의 일부분을 이룬다. 그것은 구름 속에 숨어 있는 무수한 번개처럼 존재한다. 우리가 그녀를 상상할 때면 어김없이 광채로 반짝이는 검은 눈동자와 티티안의 그림 속 여인과 같은 남부 유럽인의 표정이 눈앞에 떠오른다. 반면 오필리아를 상상할 때 우리는 북구 유럽의, 금발 머리와 푸른 눈을 가진 수심에 잠긴 한 소녀의 모습을 떠올리게 된다. 그리고 우리의 머릿속에 떠오른 그 창백한 인상의 소녀는 사랑하기보다는 사랑받는 것에 대해 더욱 예민하게 반응하며, 자신이 상대방에게 불러일으킨 열정에 스스로 전율하고 있는 듯하다. 그러나 아아! 오필리아의 침묵으로 가득한 가슴 깊은 곳에는 사랑받는 것에 대한 갈망보다 사랑하고자 하는 갈망이 훨씬 크게 자리잡고 있는 것이다.

그녀의 오빠 레어티스(Laertes)가 햄릿 왕자의 집요한 구애에 관해서,

햄릿 왕자님이 호의 같은 걸 보여온 모양인데, 그건 다 한때의 기분이고 청춘의 혈기란다. 온갖 꽃이 피어나는 봄날의 오랑캐꽃이랄까. 피기는 일찍 피나 지는 것도 빠르고, 향기로우나 오래 가지 못한다. 순간적 위안, 그뿐이다.

라고 경고할 때, 오필리아는 반쯤은 잠들어 있고 반쯤은 깨어 있는 듯한 어조로 대답한다.

그뿐이라구요?
레어티스 그 이상이라고는 생각지 말거라.

오빠의 충고는 다음과 같이 아름다운 한 편의 시와 같은 진실하고 훌륭한 조언의 말로 끝을 맺는다.

정숙한 처녀는 달님 앞에 얼굴을 내놓는 것조차 부끄럽게 여긴다잖니. 아무리 정숙하게 처신한다 해도 세상의 험담을 피하진 못한단다. 봄철의 새싹은 움트기도 전에 애벌레한테 먹히며, 이슬을 머금은 청춘의 아침엔 독기 찬 해독을 입기가 쉽다잖니. 그러니 조심하는 것이 상책이야. 청춘이란 상대자가 없어도 저절로 욕정이 일어난단 말이다.

그녀의 대답은 여전히 겸손한 태도를 띠고 있지만, 그 어조에는 어쩐지 마지못해 동의를 표하는 듯한 느낌이 묻어난다.

오빠의 좋은 말씀, 이 가슴을 지키는 파수꾼 모양 간직해 둘게요. 하지만 오빠, 성실치 못한 목사처럼 나에게만 천국으로 가는 길을 가르쳐주고 자기 자신은 멋대로 놀아나는 탕아처럼 환락의 꽃밭이나 기웃거리며 내게 한 설교를 잊으면 안 돼요.

오빠가 떠나자 바로 아버지 폴로니우스가 그녀에게 동일한 주제에 관한 충고를 늘어놓는다. 오필리아는 아버지의 추궁에 따라 수줍은 듯 짤막짤막한 말로 햄릿 왕자의 사랑 고백에 대해 말하고 있지만, 자신도 그를 사랑하는지에 대해서는 전혀 언급하지 않는다.

레어티즈와 오필리아, 윌리엄 고든 윌즈(William Gordon Wills, 1828–1891).

폴로니우스 대체 둘 사이에 무슨 일이 있었느냐? 사실대로 말해 보거라.

오필리아 저, 그분이 요즈음 여러 번 사랑을 고백하셨어요.

폴로니우스 사랑? 허! 이런 험난한 때에 철부지 같은 말 좀 보게. 그래, 그게 진정이라고 믿느냐?

오필리아 어떻게 생각해야 옳을지요?

247

폴로니우스 음, 내 가르쳐주마. 그러한 애정의 표시를 마치 금화인 것처럼 생각하다니, 넌 아직 어린애로구나. 좀더 비싸게 굴어야 한다. 안 그러면 너 때문에 이 아비는 세상 사람들로부터 바보 취급을 당할 게다.

오필리아 하지만 아버님, 그분은 진실한 태도로 사랑을 애원하셨어요.

폴로니우스 허, 모르는 말. 기가 막히는구나.

오필리아 신성한 맹세를 하시며, 거짓이 아님을 보증하셨는 걸요.

폴로니우스 그게 바로 새를 잡는 덫이란 말이다. 글쎄 피가 끓어오르면 함부로 맹세를 하는 법. 아가, 그런 불꽃은 열보다 광채를 더 많이 내고, 한참 맹세를 지껄이고 있는 도중에 그 광채는 다 사라지고 만다. 불이면 어디 다 불이더냐. 이제부턴 처녀로서 몸가짐을 조심해서, 명령에 그저 응한다는 식이 아니라 좀 도도하게 굴란 말이다.

글쎄, 햄릿 왕자님으로 말하면 나이도 젊고, 너보다는 훨씬 자유로운 분이다. 그쯤 알고 응대해야 한단 말이다. 요컨대 맹세 같은 걸 믿지 말란 말이다. 남자의 맹세란 겉 빛깔과는 다르다. 사치스런 욕망을 달성하고자 말만은 신성한 체, 거룩한 체, 요컨대 여자에게 불의를 권하는 뚜쟁이 같다고나 할까. 입으로는 그럴듯하게 말하지만 멋지게 속여 넘기려는 속셈이지. 솔직히 결론을 말해 두겠는데 앞으론 잠시라도 왕자님과 얘기를 나눠서는 안 된다. 알았지? 내 명령이다. 자, 들어가 보자.

오필리아 아버님 분부대로 하겠어요.

《햄릿》(1막 3장)

햄릿의 성격적 특성과 관련하여 살펴볼 경우, 오필리아의 섬세한 내면이 지닌 아름다움은 더욱 뚜렷이 드러난다. 햄릿은 이 세상의 권력자들과 힘겹게 대결하는 천재의 인상을 풍긴다. 행동 앞에서 한없이 주저하며, 자신의 모든 지적 능력을 과도한 사유의 정확성에 매달리게 하는 그의 기질, 가령 결단력의 부족이나 목적의 불확실성, 날카로운 지성과 철학자적 성향 등은 의문의 여지없이 햄릿을 흥미로운 인물이 되도록 하는 요소이다. 하지만 나는 햄릿 같은 남자를 그 인간 됨됨이를 완전히 꿰뚫어보고 있음에도 여전히 열정적으로 사랑할 수 있는 여성이 있을까 하는 의문이 든다.

셰익스피어가 창조해낸 탁월하고 아름다운 여성들 가운데 몇몇을 햄릿과 관련지어 생각해 보자. 점잖은 데스데모나라면 그의 어두운 영혼의 투쟁과 철학적인 사색의 결과를 듣기 위해 집안일도 내팽개쳐둘 만큼 조바심을 내는 법은 결코 없을 것이다. 포셔라면 그를 흥미로운 연구 대상으로 삼았을 것이고, 줄리엣이라면 그에게 연민을 느꼈을 것이다. 로잘린드라면 우울한 제이퀴즈(melancholy Jaques)에게 지어 보였던 웃음을 내비치며 그를 지나쳐버리고 말았을 것이다. 미랜더라면 그를 단지 신기한 사람으로 여겼을 것이다.

그러나 오필리아는 그를 사랑한다. 어리고, 연약하며, 세상에 대한 경험도 없고, 아주 작은 표정 하나에도 예민하게 반응하며, 자신의 순수함에 비춰 뭐든지 너무나 쉽게 믿어버리는 소녀, 오필리아는 햄릿을 사랑한다. 물론, 햄릿이라는 인간 자체가 아니라 그녀의 눈에 비친 햄릿을. 친절하고 학식 있는 왕자이며, 희망과 경탄의 감정으로 못 박힌 듯 서서 하염없이 바라보곤 하던 그, 만백성의 희망이자 이 나라의 가장 아름다운 장미, 궁전을 비추는 별, 자신의 귀에 대고 부드러운 인사말을 속삭여준 최초의 남자인 그를. 그리고 무엇이 이보다 더 자연스러울 수 있겠는가?

스스로 자신의 사랑을 표현한 적도 없고, 다른 이에 의해 확인된 적도 없지만 햄릿에 대한 오필리아의 사랑을 의심하는 사람은 아무도 없다. 반면 햄릿이 과연 오필리아를 사랑했는가는 여전히 논란거리가 되고 있다. 햄릿이 구애를 했으며 천상의 거룩한 맹세로 아내가 되어줄 것을 청했노라고 그녀가 고백하고 있음에도 불구하고 말이다. 또한 폴로니우스가 가로챈 편지에도 햄릿은 그녀를 진정으로 사랑한다고 적고 있으며, 격렬한 어조로 "나는 오필리아를 사랑했다. 사천 명의 사내들이 가진 사랑을 모두 합하더라도 나의 사랑보다 많지는 못하리라"고 스스로에게 선언한 바 있었다.

그럼에도 오늘날 햄릿의 사랑에 대한 의혹은 여전히 제기되고 있으며, 심지어 햄릿이 오필리아를 사랑했음을 부정하는 견해조차 공공연하다. 내가 아는 한 《햄릿》의 작품과 인물 성격에 대해 가장 탁월한 비평들을 남긴 어느 저자 역시 햄릿의 사랑을 부정하는 입장에 서 있다. 이 비평은 어느 정기간행물에 수록된 글로서, 언제든지 쉽게 참조할 수 있는 자료가 아니므로 독자들을 위해, 그리고 나 자신을 위해 그 글의 도입부를 인용하고자 한다.

셰익스피어의 희곡을 읽을 때면, 여러 가지 생각들이 강풍에 밀려오는 파도처럼 우리에게로 굽이쳐 온다. 셰익스피어의 영혼이 일으키는 소용돌이와 급류에는 자연의 운행에서 느껴지는 장엄함이 있다. 설사 그의 작품 가운데서 이해되지 않고 무언가 결점이 있는 것처럼 느껴지는 부분이 있다 할지라도 우리는 그러한 느낌이 이 위대한 마법사의 예술적 실패가 아니라 우리 내면의 편협성에서 비롯된 것임을 겸허하게 인정해야 한다.

셰익스피어 자신이 비평가였을지라도 햄릿이라는 인물을 분석하는 데는 성공하지 못했을 것이다. 그토록 강렬한 관념성과 현실성을 동시에 갖춘 존재는 오직 시의 빛깔을 통해서만 그 면모를 드러낼 수 있기 때문이다. 어떤 인물의 행동이 세상의 사건들과 관련을 맺으며 또 현실적인 대상들에 의해 촉발된다면 우리는 그의 존재를 주물에서 꺼낸 물질을 보듯이 어떤 고정되고 확정된 개성의 틀 안에서 파악할 수 있다. 이 경우 우리는 그 인물의 얼굴 표정을 보면서 동시에 개인적인 영혼의 영상을 들여다보고 있는 셈이다. 우리는 이 두 개의 얼굴 모두를 묘사할 수 있으며 이로써 낯선 한 존재를 우리의 지식으로 수용할 수 있는 것이다.

하지만 그토록 순수하고 섬세한 추상의 존재인 햄릿의 경우는 어떨까? 물론 우리는 남자다운 아름다움으로 주변을 밝히는 그의 고귀한 형상을 떠올릴 수 있고 온갖 자유로운 상상들로 그것을 장식할 수 있다. 그의 온갖 표정과 제스처를, 그의 '왕자다운 교양과 용사다운 칼솜씨, 학자다운 눈매, 나라의 꽃이며 풍속의 거울, 만인이 우러러보는 예절의 모범' 인, 미래의 왕으로서의 그의 모습을 얼마든지 그려볼 수 있다.

그러나 우리가 그의 영혼의 풍경을 들여다보려 할 때 그가 숙고하던 대상에 대해 생각해 보거나, 그를 따라 영원의 절벽 끝까지 걸어갈 때, 죽음과도 같은 절망의 바다 위에서 그와 함께 흔들릴 때, 가장 순수하고 명석한 사유의 영역으로 그와 함께 상승해갈 때, 눈앞의 죄악을 지켜보아야 하는 저주받은 운명과 순수함, 관대함, 아름다움에 대해 생각하며 느끼는 고통스러운 기쁨의 감정을 그와 함께 할 때, 지혜의 전당을 거니는 고귀한 영혼이 소중히 간직하는 영광스러운 꿈의 세계에서 걸어 나와 죄와 근친상간과 살인으로 가득한 음울한 궁정의 세계로 들어설 때, 꿈꾸어온 모든 아름다움들이 산산조각 나버렸음을 깨닫고 전율할 때,

251

고요하고 드높으며 기쁨으로 가득한 사색의 공간에서 두려움과 증오와 고뇌의 공간으로 내동댕이쳐질 때, 그리하여 영원히 인간의 내면을 누르는 어두운 그림자가 되어 죽음 너머의 세계를 꿈꾸게 하는, 이 인간 세상에 존재하는 온갖 고통과 죄악을 우리 스스로 체험하게 될 때, 인간의 영혼 속에서 벌어지는 영원한 승리도 패배도 없는 격렬한 감정들 간의 무시무시한 싸움에 함께 참여하게 될 때 ― 햄릿 자신이 된 것처럼 그렇게 우리가 체험하고 느끼려 할 때, 감히 말하건대 그 누가 살아 움직이는 정신 그 자체인 이 신비로운 인간을 온전히 묘사할 수 있을 것인가?

햄릿 역의 조셉 탈마(Joseph Talma),
안셀름 프랑수아 라그르니(Anthelme Francois Lagrenee, 1810).

햄릿의 존재, 성격, 그를 둘러싼 세계 속에는 인간에게 속한 온갖 의미들이 집약적으로 농축되어 있다. 그러나 거기에는 연약한 기질이라든지 장중한 느낌은 거의 나타나지 않는다. 물론 이러한 특성들은 실제 삶속에서는 인간적인 매력으로 다가오는지도 모르나 햄릿의 성격과는 관계가 없다. 셰익스피어는 그가 창조한 어떤 인물들보다도 햄릿을 사랑했음에 틀림없다. 햄릿이 무대 위로 모습을 나타내는 것만으로도 우리는 이내 만족감을 느낀다. 그가 무대 밖으로 퇴장하면 우리는 그의 복귀를 갈망한다.

252

《햄릿》은 극 전체의 의미가 한 인물의 내면에 담겨 있는 유일한 희곡 작품이다. 그 누가 실제 현실에서 햄릿과 같은 인간을 안다고 말할 수 있겠는가? 그러면서도 햄릿의 내면이 지닌 실재성을 의심하는 사람은 아무도 없지 않은가? 이는 참으로 놀라운 일이다. 우리는 햄릿에 대해 사유하기보다는 인간으로서의 그를 사랑한다. 그가 영리한 인물이거나 혹은 우울한 인간이라서, 아니면 효성이 지극한 인간이어서가 아니다. 우리가 그를 사랑하는 것은 그가 존재했고, 햄릿 그 자신으로 존재했기 때문이다. 이것이 내가 그에게서 받은 인상의 총합이다.

어떠한 작품에서든, 그것이 비극이든 서사시이든 작품의 이야기는 작중 인물의 개념 형성에 일정한 몫을 담당한다. 그러나 《햄릿》의 경우에는 햄릿이라는 인물 자체가 온전히 하나의 심오한 불멸성의 개념을 형성한다. 이는 햄릿이라는 인물이 다른 작품의 인물들보다 더 완벽한 모습으로 형상화되어서가 아니라 그가 한 개인의 삶의 풍경을 유례가 없을 만큼 강렬한 강도로 표현해내고 있기 때문일 것이다. 그의 내면은 우리의 탐구를 통해서는 도저히 다다를 수 없을 만큼 심오한 생각과 감정과 행위의 원천들을 품고 있다.

그리하여 그것은 헤아릴 수 없는 심연의 깊이로 인해 뚜렷한 윤곽을 알아볼 수는 없지만 분명히 그곳에 무언가가 존재한다는 것만은 확실히 느낄 수 있는 어떤 존재의 단일성으로 다가온다. 그런 까닭에 햄릿이 보여주는 행위들로부터 표면적으로 어떤 모순적인 요인들이 발견된다 할지라도 그것은 햄릿이 그려내는 전체적인 그림의 진실성을 의심케 하는 어떠한 효과도 발휘하지 못한다.*

참으로 경탄스러울 만큼 유려하고도 탁월한 통찰이다. 그러나 이 비

---

* (원주) *Blackwood's Magazine* 2권

평가는 이어서 "오필리아에게는 햄릿과 같은 고귀한 영혼을 열정의 포로로 만들 만큼의 어떠한 탁월한 요소도 찾아볼 수 없다"고 주장한다. 이 비평가처럼 탁월하게 느끼고 쓸 수 있는 능력이 내게는 없기 때문에 나 자신에 대해 느끼는 어쩔 수 없는 불신과 망설임을 숨길 수는 없지만, 그럼에도 불구하고 나는 그의 주장에 동의할 수 없다. 나는 햄릿이 오필리아를 깊이 사랑했다고 생각한다. 그리고 그가 그녀에게 느낀 사랑의 감정은 정확히 햄릿과 같은 유형의 남자가 오필리아와 같은 유형의 여인을 향해 품게 마련일 그러한 류의 애정이었으리라 믿는다.

고대 그리스인들은 제우스 신을 무시무시한 존재로 여겨 그를 번개로 무장한 독수리를 타고 있는 모습으로 묘사했다. 그러나 우리의 성경에서 하느님은 영광의 날에 천사 케루빔의 날개를 타고 오시는 분으로 묘사되며, 또한 그분을 나타내는 표지는 바로 순수의 상징인 비둘기인 것이다. 그동안 철학이 수행해온 것 이상으로 인간 영혼의 심오한 비밀들을 드러내 보여준 우리의 복된 종교는 순수의 상징들을 찬미하라고 가르쳐왔다. 암흑시대에서조차 순수성은 언제나 권능을 표시하는 상징으로 사용되었다. 이런 의미에서 나는 햄릿의 높은 지성과 넓은 마음, 천재적인 직관력은 오필리아와 같이 따스한 처녀의 순수성 위에 놓일 때야말로 그 본래의 광채를 손상시키지 않으면서도, 깊은 기쁨의 감정과 함께 온전히 드러날 수 있으리라 생각한다. 그리고 이때의 기쁨은 바로 탁월한 정신의 소유자가 완벽하게 순수하며 동시에 자신의 순수성을 전혀 의식하지 못하는 어떤 선량한 존재에 대해 명상할 때 느끼게 마련인 바로 그러한 기쁨인 것이다.

《햄릿》을 읽을 때마다 나는 햄릿이 오필리아를 사랑했으며, 그의 사랑은 행동이나 열정보다는 사유와 감성이 훨씬 더 발달해 있는 그러한 유형의 인간이 보여줄 수 있는 가장 진지한 형태의 사랑이었음을 다시금 확신하게 된다.

비평가, 철학자, 심리학자들 사이에서 논란이 되어온 또 다른 문제는 햄릿이 실제로 미쳤는가 미치지 않았는가의 여부다. 나로서는 햄릿의 이성이 더 이상 선악의 판단이 불가능할 정도로 파괴되었다고는 생각지 않는다. 그보다는 자신이 처해 있던 상황으로부터 그가 느꼈을 두려움이 내면의 균형을 깨트렸다고 보는 게 옳을 것이다. 그의 섬세한 지성과 풍부한 상상력, 우울에 빠지기 쉬운 기질이 이러한 두려움의 감정을 단번에 증폭시켰으리라.

그리하여 햄릿에게는 더 이상 그것에 맞설 힘이 남아 있지 않았던 것이다. 우리 눈에 비친 햄릿은 사랑에 빠진 연인의 모습도 아니고 오필리아가 처음 바라보던 대로의 이상적인 왕자의 모습도 아니다. 그가 오필리아에게 사랑을 호소하던 시기는 무대의 막이 오르기 이전, 부왕의 유령이 이승을 헤매기 이전이었다. 그러므로 처음부터 우리가 보는 햄릿은 고뇌와 두려움의 바다에 빠져 홀로 고통받고 있는 한 젊은이다.

그는 후회나 죄책감 없이 그 모든 공포와 수치스러움을 견딘다. 숙부와 어머니가 저지른 혐오스러운 죄악은 그를 복수심에 불타게 하지만, 그 복수의 욕망 자체도 그에게는 구역질나는 것이었다. 이러한 상황은 그를 자기 자신과의 투쟁 속으로 몰아넣는다. 초자연적인 존재와의 조우는 그의 영혼을 뿌리째 뒤흔들어 놓았다. '그의 영혼이 닿지 못하는 저 너머의 온갖 사념으로 그를 흔들어놓기 위해' 부왕의 유령이 고통의 세계에서 찾아온 이후로 세상의 모든 의미와 희망과 감정은 공허한 잿빛의 대상들로

255

변해버렸다. 그리하여 햄릿은 마음속에서 완전히 몰아내버리기로 굳게 맹세한 이 공허하고 어리석게만 보이는 대상들의 목록 속에 오필리아에 대한 자신의 사랑을 포함시킨다. 그는 자신의 무시무시한 운명 속으로 그녀가 끌려드는 것을 원치 않았다. 그는 그녀와 결혼할 수 없었다. 그토록 어리고 선량하고 순수한 여인에게 자신의 삶을 송두리째 바꿔버린 그 끔찍스러운 운명의 심연을 드러내 보일 수는 없었다.

착란 상태에서 그는 스스로 떠맡은 고통스러운 배역을 과장되게 연기한다. 그는 중대 사안을 심의하는 데 열중한 나머지 자신이 무슨 행동을 하고 있는지도 모른 채 쉴 곳을 찾아 가슴 속으로 날아든 작은 새를 신경질적으로 잡아 던져 죽여버렸던 아레오파고스(Areopagus) 회의*의 재판관을 연상시킨다.

햄릿이 미친 사람처럼 그녀를 모욕하고 스스로를 비난하는 장면에서 오필리아는 거의 말을 하지 않는다. 그녀의 대사는 거칠고 난폭한 그의 말들에 대꾸하는 짤막한 두 마디가 전부다.

햄 릿 한때는 나도 당신을 사랑했소.
오필리아 진실로 말씀드리건대 전하, 당신은 저를 그렇게 믿게 하셨습니다.
햄 릿 마땅히 나를 믿지 말았어야 했소. 낡은 것 위에 아무리 미덕을 덧칠한다 해도 원래의 성질은 변하지 않는 법이오. 나는 당신을 사랑하지 않았소.
오필리아 그렇다면 전 더욱더 속은 셈이군요.

(3막 1장)

* 고대 아테네의 최고사법회의.

256

시든스 부인이 낭독하는 걸 들어본 사람이라면 누구든지 이 짤막한 두 마디의 말에 담겨 있는 사랑과 슬픔, 그리고 절망의 의미를 잊지 못할 것이다. 이어지는 독백은 이 두 마디 대사와 함께 그녀의 심정을 절절히 표현하고 있다.

> 한 가락 노래처럼 울리던 그분의 맹세, 그 달디단 꿀을 빨아먹던 이 오필리아는 이제 세상 여자들 중에서도 가장 비참한 여자가 되고 말았구나.

(3막 1장)

거의 무의식적으로 내뱉어진 이러한 대사들은 그녀가 지닌 사랑의 깊이와 표현되지 않은 슬픔으로 가득한 비밀스러운 내면의 고뇌를 드러낸다. 그녀는 햄릿이 미쳤다고 생각한다. 결국 그녀는 거부당하고 버림받는다. 그녀는 모든 희망을 담아 자신의 마음을 바친 사람에게서 모욕을 당한다. 그녀의 아버지는 — 짐작일 뿐이지만 — 광기의 발작을 일으킨 사랑하는 이의 손에 죽임을 당한다. 그녀는 그 의미를 이해할 수조차 없는 공포의 거미줄에 온 몸이 감긴 채 돌이킬 수 없는 파국을 향해 나아간다.

그녀의 실성에 대해 우리는 무슨 말을 할 수 있을 것인가? 어떠한 회복의 희망도 품을 수 없는 비참한 영혼! 그것은 너무나 충격적이고 가슴 아픈 풍경이다. 극단적인 열정으로 인해 유발되는 광란 상태가 존재한다. 오랫동안 지속된 강박증으로 인해 미쳐버리거나 신경 이상으로 정신착란을 일으키는 경우도 있다. 그러나 오필리아의 광기는 이들과는 다르다. 그녀의 광기는 일시적인 의식의 부유浮游 상태가 아닌 사고능력의 완전한 파괴다. 그것은 완전한 백치 상태를 의미한다. 주로 의식에 끔찍한 충격이

257

가해졌을 때 이러한 증상이 나타난다는 것은 의학적으로 잘 알려져 있는 사실이다.

콘스탄스가 광란에 빠졌고 리어왕이 정신착란을 일으켰다면 오필리아는 백치가 되었다. 우리의 눈앞에서 그녀의 사랑스러운 내면은 산산조각이 나고 말았다. 우리는 그 내면의 파편들을 보고 있다.

참으로 비극적인 광경이다! 한없이 떠도는 환각, 아무런 목적도 동기도 없는, 의미를 알 수 없는 중얼거림, 쾌활함에서 극단적인 슬픔으로의 갑작스러운 심리 변화, 어릴 적 유모가 들려주었을 옛 자장가의 서너 소절을 끝없이 흥얼거리는 그녀의 모습 ― 이 모든 것들이 우리가 놀라움도 잊은 채 다만 눈물짓게 되는 한 영혼의 풍경을 진실되게 보여주고 있다. 이

《햄릿》의 한 장면, 헨리에타 래(Henrietta Rae, 1901).

258

러한 끔찍스러운 상황을 우리가 들여다보고 숙고할 수 있는 비극적인 풍경으로 제련해내는 능력은 오직 셰익스피어만의 것이다.

생각, 고뇌, 열정, 그리고 지옥 그 자체일지라도
그녀에게선 사랑스럽고 아름다운 것으로 거듭나네

광인이 된 후 그녀의 수줍었던 침묵은 의미 없는 중얼거림으로, 사랑스러웠던 숙녀의 자태는 거칠게 갈대를 꺾는 조급하고 불안한 행동으로 변화한다. 그녀는 이전의 그녀였더라면 꿈속에서라도 하지 않았을 그런 말들을 내뱉는다. 그녀가 보이는 변화는 자연에는 없는 인위적인 창작이 아니다. 그것은 의사들에 의해 분명히 밝혀졌듯이 이러한 부류의 광인들이 보이는 증상들 가운데 하나다. 나는 오필리아와 비슷한 증상을 보이는 젊은 퀘이커 교도 여성을 알고 있다. 그녀는 오필리아와 성격적으로 닮았으며 병증의 원인도 거의 비슷하다.

작품 《햄릿》의 전체적인 흐름은 거세게 굽이치는 어둡고 저항할 수 없는 격류의 이미지를 떠올리게 한다. 그 흐름은 극에 등장하는 모든 인간들을 휩쓸어 삼킨 채 인간의 의지로는 어찌해 볼 수 없는 파국을 향해 치닫는다. 그리고 그곳엔 선인이든 악인이든 관계없이 모든 것을 삼켜버릴 준비가 되어 있는 심연이 도사리고 있다.*

그동안 햄릿과 비교되는 인물로 흔히 오레스테스(Orestes)가 거론되어 왔다. 죄악으로 죄악을 갚아 달라는 요구를 받는다는 점에서나, 비탄 어린

---

* (원주) 괴테, 《빌헬름 마이스터의 수업시대》에서의 《햄릿》 분석을 볼 것.

의심들로 고통받는다는 점, 그리고 광기에 사로잡힌다는 점에서 이 두 인물은 여러모로 유사성을 보인다.

물론 두 작품에서 드러나는 고전주의적 색채와 낭만주의적 색채 간의 뚜렷한 차이를 감안해야 하겠지만, 내 생각엔 오필리아와 이피게니아 역시 이들만큼이나 밀접한 유사성을 보여준다. 누구든 받아들이지 않을 수 없는 따스한 마음과 슬픔에 잠긴 듯한 매력과 처녀의 순수성을 지닌 이피게니아는 희생의 길로 이끌려간다. 어떤 무자비한 운명의 힘으로 인해 자신에게는 아무런 의미도 없고 다만 희생양이 될 뿐인 범죄와 갈등의 세계에 갇혀 그녀의 영혼은 파멸한다. 가련한 오필리아와 마찬가지로 그녀 역시 광인이 되고 만다. 그녀는 알 수 없는 냉혹한 운명의 신 앞에 바쳐진 연약한 순백의 어린양이다.

"미덕이 그것을 누릴 자격이 없는 이들에게조차 그 축복의 빛을 나누어주는 것처럼 악덕은 순수한 존재에게까지 그 어두운 손길을 뻗치려 든다. 이는 악덕이 가진 고유의 특성인 것이다. 그리고 미덕이 항상 보답을 받는 것도 아니며 악덕이 항상 처벌을 받는 것도 아님을 우리는 잘 알고 있다."

그러나 하늘은 언제나 우리를 내려다보고 있는 법이다.

■ (원주) 에우리피데스(Euripides)의 《이피게니아》(*Iphigenia in Aulis*).
■ ■ (원주) 괴테.

오필리아, 아서 휴즈(Arthur Hughes, 1865).

6장

지상을 떠도는 천상의 숨결

《폭풍우》의 미랜더

미랜더 곁에 어떤 다른 여인을 놓아보라. 그 누구도, 심지어 그것이 셰익스피어가 창
조해낸 가장 사랑스럽고 아름다운 여인들 가운데 하나일지라도 그녀와 동등하게 여
겨질 수는 없다. 순수한 자연의 아이이자 '마법에 걸린 낙원의 이브'인 그녀 곁에 놓
이는 순간 어떤 존재라도 다소 거칠거나 인위적으로 느껴질 것이다.

《폭풍우》의 한 장면(1막 2장), 로버트 허스키슨(Robert Huskisson, 1847).

　셰익스피어 스스로가 입증해 보이지 않았더라면, 우리는 비올라의 부드러운 섬세함과 페르디타의 이상적인 우아함, 오필리아의 단순성을 모두 뛰어넘는 여성 캐릭터가 존재할 수 있으리라고는 생각지 못했을 것이다. 그리고 이는 오직 셰익스피어였기에 가능한 성취이기도 하다. 그가 미랜더를 창조하지 않았더라면 우리는 자연스러운 천진성과 이상적인 아름다움이 한 인간 속에서 그토록 완벽하게 융합될 수 있다는 사실을 결코 납득할 수 없었을 것이다.

　미랜더의 성격은 여성성의 본질적인 요소 그 자체라 할 만하다. 그녀는 아름답고 겸손하며 부드럽다. 아니, 차라리 그녀의 존재는 아름다움,

겸손, 부드러움 그 자체라고 말하는 것이 정확할 것이다. 그녀의 내면과 외면은 모두 이 세 가지 요소들로 빚어져 있다. 지극히 세련되면서도 전혀 작위성을 느낄 수 없는 그녀의 자태는 마치 천상의 에테르를 연상시킨다.

미랜더 곁에 어떤 다른 여인을 놓아보라. 그 누구도, 심지어 그것이 셰익스피어가 창조해낸 가장 사랑스럽고 아름다운 여인들 가운데 하나일지라도 그녀와 동등하게 여겨질 수는 없다. 순수한 자연의 아이이자 '마법에 걸린 낙원의 이브'인 그녀 곁에 놓이는 순간 어떤 존재라도 다소 거칠거나 인위적으로 느껴질 것이다.

대체 여기서, 셰익스피어는 무엇을 성취해냈는가? "오, 경이로운 솜씨와 달콤한 지혜로다!" 그는 미랜더를 다른 여자들 곁에 두는 대신 대지의 꼬마 악마와 공기의 요정이 뛰노는 세계 속에 놓아둔다. 그 다음 단계는 환상적이며 초자연적인 세계로의 진입이다. 미랜더 곁에 나란히 놓일 수 있는 유일한 존재는 공기의 요정 에어리얼(Ariel)이다. '바람을 타고, 새털구름을 몰고 달리며, 무지개 빛깔 속에서 사는' 빛과 공기로 빚어진 이 존재, 공기의 요정 에어리얼의 '희박한 본질' 곁에 자리할 때에야 비로소 미랜더는 감정을 느끼는 현실적인 실체로서, 생각하고 숨쉬며 섬세하게 고동치는 가슴을 지닌 지상의 여인으로 존재하기 시작한다.

나는 미랜더가 여성성의 본질적인 요소들 자체를 소유한다고 주장했다. 하지만 그러

미랜더, 프레드릭 구달(Frederick Goodall, 1888).

265

면서도 미랜더의 내면은 그녀만의 고유한 개성으로 선명하게 빛난다. 그녀는 지상에 존재하는 어떤 인간과도 다르다. 그렇다면, 우리는 그녀를 고대 시인들의 공상 속에 존재하는 오리드(Oread)나 드리아드(Dryad)가 뛰어노는 깊은 숲속, 혹은 인어와 네이아드(Naiad)가 헤엄치는 바닷속 상상의 존재들과 비교해야 하는 것일까? 아니, 그들은 비교의 대상이 될 수 없다. 미랜더는 자연스럽게 숨쉬는 지상의 인간이다. 님프를 연상시키는 아름다움과 비할 데 없이 순수하고 우아한 그녀의 영혼은 그 고유한 구체성을 잃지 않는다.

그녀가 존재하는 모습은 그 자체로도 더할 나위 없이 사랑스러울 뿐만 아니라, 우리는 그러한 모습 외에는 다른 어떤 이미지로도 그녀를 상상할 수 없다. 그녀는 단 한 명의 여자도 만난 적이 없다. 그녀는 사회로부터 모방적이거나 인위적인 아름다움을 취하지 않는다. 매혹적인 고독 속에서 그녀의 내면에 벌어지는 충동은 이 세상의 세속적인 욕망이 아니라 자연과 천상의 공기에서 비롯된다. 그녀는 고귀한 마법사인 아버지의 보살핌 아래서 자라났다. 바위와 숲, 다양한 형태와 빛깔의 구름, 말없는 별들이 그녀의 친구였다. 하얀 머리를 수그리고 달려와 그녀의 발에 입 맞추는 파도가 그녀의 놀이 동무였다.

에어리얼과 그의 부하 요정들은 그녀의 머리 위를 날아다니며 그녀의 소망에 충실히 응답하여, 그녀 앞에 아름다움의 장대한 가장행렬을 펼쳐 보였으리라. 그리고 이들 공기의 정령들은 그녀 아버지의 마법에 의해 얻게 된 목소리로 주위를 날며 노래하듯 속삭였으리라. 이 모두를 감안해 볼 때, 우리는 이러한 환경적인 요인이 미랜더의 성격에 가져올 법한 결과뿐만 아니라 필연적인 결과 또한 예상할 수 있지 않을까?

그녀는 본질적으로 여성이다. 여성적인 마음은 그녀 존재를 구성하는 불변의 속성이다. 반면 그녀의 몸짓, 표정, 언어, 생각과 같은 요인들은 그녀를 둘러싸고 있는 초자연적이고 시적인 공간으로부터 오는 순수한 공상의 산물이다. 그런 까닭에 그녀를 처음 본 사람들이 보이는 반응으로부터 우리는 자연스럽고도 각별한 즐거움을 느끼게 된다. 관객인 우리들은 이미 그녀가 동정심 많은 지상의 아가씨임을 알고 있지만 이들은 마치 천상의 존재를 본 것처럼 '하나의 경이로움' 앞으로 다가가듯 그녀에게로 다가가기 때문이다.

틀림없어! 지금의 이 음악은 이 여신에게 바쳐지는 걸 거야.

《폭풍우》(1막 2장)

그리고 또,

이 아가씨는 누구냐?
우리를 갈라놓았다가 다시 만나게 해준 여신이 아니냐?

(5막 1장)

그녀를 멍하니 바라보고 있던 퍼디넌드(Ferdinand)의 입에서 저절로 경탄의 말이 흘러나온다.

마치 꿈꾸고 있는 양 힘이 쭉 빠지는구나! 아버님의 실종도, 이 무력함도 친구들의 조난도 이 노인의 위협에 꼼짝 못하게 된 것도 내겐 다 아무렇지도 않다. 하루

267

에 한 번씩 감옥 창살을 통해 이 처녀를 볼 수만 있다면 말이야. 나머지 세상은 누구든 마음대로 가져가도 좋다… 비록 이곳은 감방이지만 나에게는 넓은 천지 나 다름없으니.

(1막 2장)

그녀의 외양에서 느껴지는 우아한 아름다움과 위엄은 그녀의 단순하고 부드러운 마음, 처녀다운 순수성과 세상의 관습이나 언어에 대한 완벽한 무지와 선명하게 대조를 이룬다. 이런 존재가 최초로 흘린 눈물이 '고통을 겪고 있는 이들을 지켜보는 괴로움'과 깊은 연민의 감정으로부터 비롯되었다는 사실은, 그러므로 지극히 자연스러운 결과라 하겠다.

아, 그들의 비명 소리가 내 가슴을 두드려댔어요. 불쌍한 영혼들! 모두 죽고 말았어요. 내게 신의 힘이 있었다면 바다를 땅 속으로 가라앉혀버렸을 텐데… 그랬으면 그 훌륭한 배도, 배에 탄 사람들도 바다에 잠기지는 않았을 텐데.

(1막 2장)

그리고 그녀가 내쉰 최초의 한숨은 연인을 향한 것이었다. 그녀의 사랑은 그토록 순종적이면서도 두려움을 모르며, 그토록 연약하면서도 순정하다. 그녀는 줄리엣처럼 여성적인 명예에 대해 교육을 받지도 않았고, 비올라처럼 수줍음 때문에 속마음을 감출 줄도 모른다. 또한 자신을 방어하기 위해 근엄함으로 위장할 줄도 모른다. 그녀가 보이는 수줍은 태도는 성격적 특성의 결과라기보다는 오히려 본능적인 반응에 더 가깝다. 그것은 꽃이 저절로 꽃잎을 오므리는 것과 같다. 나는 시적인 아름다움의 측면에

268

(폭풍우)의 한 장면(1막 2장), 윌리엄 호가스(William Hogarth, 1735).

서 퍼디넌드와 미랜더의 대화 장면에 비견될 수 있는 것은 아무것도 없다고 생각한다. 고귀한 신분의 인물인 퍼디넌드에게서 우리는 자신의 우월성을 감추고 상대방에게 자신의 운명을 맡길 것을 겸허하게 맹세하는 기사도적인 고결성의 미덕을 발견하게 된다.

한편, 순수한 자연의 아이인 미랜더는 자신의 내면에서 태어난 새로운 감정에 경이로움을 느끼며 스스로 충격을 받는다. 여성적인 연약함에 대해서만 인식하고 있을 뿐, 헛되고 일시적인 열정을 강요하며 참된 열정을 파괴하는 이 세상의 관습에 대해서는 전혀 알지 못하는 그녀는 퍼디넌

드와 마찬가지로 언제라도 상대방의 발 앞에 자신의 삶과 애정을 송두리
째 바칠 준비가 되어 있다.

미랜더 아아, 제발! 그런 힘든 일은 그만두세요. 벼락이 쳐서 쌓아올리라고 명
 령받은 그 통나무들을 모두 태워버렸으면 좋겠어요. 제발 그만하고 쉬
 세요. 통나무가 탈 땐 당신을 괴롭힌 죄가 있으니 울고불고 할 거예
 요… 우리 아버진 공부하시느라고 정신이 없으세요. 어서 쉬세요. 세
 시간 동안은 염려할 거 없어요.

퍼디넌드 아, 사랑스러운 아가씨! 말씀은 감사하지만 명령받은 일을 해가 지기
 전에 해치워야 한답니다.

미랜더 쉬고 계시는 사이에 제가 통나무를 나르겠어요. 이리 주세요, 제가 쌓
 겠어요.

퍼디넌드 안 됩니다, 귀한 아가씨 ― 게으르게 앉아 쉬면서 아가씨께 천한 일을
 시키느니 차라리 제 근육이 찢어지고 등뼈가 부서지는 게 더 나을 겁
 니다.

미랜더 당신께 알맞은 일이라면 제게도 맞을 거예요. 아마 제가 훨씬 수월하
 게 해낼 거예요. 당신은 마지못해 하지만 저는 하고 싶어서 하는 거니
 까요. 어머, 피곤해 보이시네요.

퍼디넌드 그렇지 않습니다. 아가씨만 옆에 계신다면 한밤중도 신선한 아침이 될
 겁니다. 간청하노니 이름을 가르쳐 주십시오. 기도할 때 아가씨의 이
 름을 부를 수 있도록요.

미랜더 미랜더예요. 어머나, 아버지의 분부를 어기고 말해버렸네!

퍼디넌드 미랜더, 멋진 이름이군요! 정말 아름다운 이름이에요! 이 세상에 둘도

없는 귀한 보물이시오! 오늘날까지 많은 여인들이 내 눈을 끌었고, 그 아름다운 목소리가 내 귀를 사로잡은 일도 있었습니다. 몇 가지 좋은 점이 있어 내 마음에 든 여인들도 있었죠. 하지만 내 혼까지 빼앗지는 못했습니다. 어딘가 결점이 있어서 원래 지니고 있는 미덕에 금이 가는 것이 보통이었습니다… 그러나 당신, 아, 당신은 너무나 완전무결하여 인간의 장점만을 한몸에 지니고 계십니다.

미랜더   전 여자를 한 사람도 몰라요. 여자 얼굴도 거울에 비친 제 얼굴밖에는 본 적이 없는 걸요. 당신과 아버지 외에는 바깥세상의 남자들이 어떻게 생겼는지도 모르죠. 제 정조에 두고 (말을 더듬으며) 이것만이 제가 지닌 가장 귀중한 보물이지만 — 맹세해요, 당신밖에 이 세상에서 같이 있고 싶은 사람은 없어요. 제가 너무 조잘댔나 봐요. 아버지의 분부도 잊고 말예요.

퍼디넌드   미랜더, 사실을 말하자면 난 왕자예요. — 아니, 어쩌면 왕일지도 모르죠. 그렇게 되길 원하진 않지만! 그래서 통나무를 나르는 고역은 쉬파리가 내 입 속에 알을 슬어놓는 것처럼 정말이지 참을 수가 없는 일입니다… 내 영혼의 소릴 들어주세요… 당신을 처음 본 순간 내 마음은 당신 발밑으로 달려가 언제든 당신을 위해 노예가 될 것을 맹세했습니다. 당신이 있으므로 이런 통나무를 지어 나르는 일도 참을 수 있는 겁니다.

미랜더   절 사랑하세요?

퍼디넌드   오 하늘의 신이여, 오 땅의 신이여! 제 말의 증인이 되어주십시오. 제 말에 거짓이 없다면 더욱 은총을 내려주십시오. 만일 거짓이라면 저에게 내리시게 돼 있는 은총을 무서운 재앙으로 바꿔놓으셔도 좋습니

271

다… 난 이 세상의 무엇보다도 당신을 사랑하고 소중히 여기며 존경합니다.

미랜더 전 바본가 봐요. 기쁜 일에 눈물을 흘리니 말예요.

퍼디넌드 왜 우는 거죠?

미랜더 제 자신이 너무나 보잘것없는 존재라 드리고 싶어도 드릴 수 있는 게 없어요… 그렇지만 다 쓸데없는 소리예요. ─ 사랑을 감추려고 하면 할수록 더 크게 나타나고 말아요… 수줍어하는 마음아, 썩 없어져다오. 티 없이 깨끗하고 순진한 마음아, 할 말을 가르쳐다오… 저하고 결혼해 주신다면 당신의 아내가 되겠어요. 그렇게 안 된다면 죽을 때까지 처녀의 몸으로 당신의 시녀가 되겠어요. 아니 당신이 어떻게 하시든 종노릇이라도 하겠어요.

퍼디넌드 나의 아가씨, 사랑스러운 아가씨! 언제까지나 이렇게 무릎을 꿇고 있겠어요.

미랜더 그럼 제 남편이 되어주시는 건가요?

퍼디넌드 그럼요, 노예가 자유를 얻은 기쁨으로. 자, 이 손을.

미랜더 제 마음도 이 손과 함께. 그럼 반시간 후에 다시 뵙겠어요.

(3막 1장)

미랜더의 본질적인 성격에 비춰볼 때 그녀의 연인은 오직 퍼디넌드일 수밖에 없고, 그녀의 하인은 오직 에어리얼일 수밖에 없는 것처럼 그녀의 아버지가 될 사람은 위엄과 능력을 갖췄으며 딸에게 '너는 내 삶의 생명선이며, 내가 살아가는 유일한 이유'라고 다정하게 말해줄 수 있는 프로스페로(Prospero) 외에는 달리 생각해 볼 수가 없다. 강력한 마법의 힘과 초인

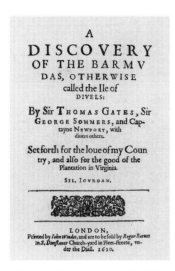

A
DISCOVERY
OF THE BARMV
DAS, OTHERWISE
called the Ile of
DIVELS:

By Sir THOMAS GATES, Sir
GEORGE SOMMERS, and Cap-
tayne NEWPORT, with
diuers others.

Set forth for the loue of my Coun
try, and also for the good of the
Plantation in Virginia.

SIL, IOVRDAN.

LONDON,
Printed by Iohn Windet, and are to be fold by Roger Barnes
in S. Dunstanes Church-yard in Fleet-streete, vn-
der the Diall. 1610.

실베스터 저던(Sylvester Joudan)의 《버뮤다 섬 발견기》 속 표지(1610).

적인 지혜, 도덕성과 장중함, 그리고 왕의 위엄을 지닌 이 존재는 지금까지 우리의 상상력이 창조해낸 로브(robe: 길고 품이 넓은 겉옷)를 입고 하얗게 센 눈썹에, 홀을 쥐고 있는 수많은 존재들 가운데 가장 고귀한 인물로 꼽힐 만하다. 그는 보이지 않는 세계를 지배하며 정령들을 매개로 자신의 힘을 행사한다. 그의 능력은 악마와의 계약이 아니라 우월한 지성의 힘에서 얻어진 것이며, 그가 고대의 책들을 연구하여 터득한, 그리고 인간들의 세계 속으로 다시 돌아가게 되면서 스스로 미련 없이 포기해버린 강력한 마법의 주문들에서 오는 것이다. 그는 셰익스피어 시대에 이름을 떨치던 강령술사나 점성술사와 같은 부류들* 과는 완전히 다른 존재이다. 시나 소설에 등장하는 그 어떤 위대한 마법사들일지라도, 심지어는 파우스트 박사나 성 레온(Leon)조차도 프로스페로라는 이 위엄 있고 철학자적이며 자애로운 존재 앞에서는 빛을 잃고 말 것이다.

셰익스피어가 희곡 《폭풍우》의 무대로 상상했던 버뮤다 제도는 그가 살던 시대에 처음 발견되었다. 끔찍한 폭풍우를 만나 조난을 당했던 조지 소머즈(George Somers)와 그의 동료들은 본국으로 돌아와 이 미지의 섬들

■ (원주) 코르넬리우스 아그립파(Cornelius Agrippa), 미셸 스콧(Michael Scott), 디(Dee) 박사. 특히 디 박사는 셰익스피어와 동시대인이었다.

273

에 관한 무시무시한 이야기를 전했다. 그들은 그곳을 끊임없는 폭풍우와 초자연적인 현상이 나타나는 악마들이 살고 있는 기괴한 마법의 섬들로 묘사했다. 이것이 셰익스피어 시대 사람들이 버뮤다 제도에 관해 가졌던 생각이다.

그러나 그후 그곳을 다녀온 여행자들은 전혀 다른 의미에서 그곳을 완벽한 마법의 섬들로 묘사했다. 실제 버뮤다 제도는 대서양의 가슴 위에 박혀 있는 보석들과도 같다. 섬 안은 삼나무와 도금양이 울창하게 우거져 숲을 이루고 있고, 그 둘레를 아름다운 산호초가 감싸고 있다. 섬들 하나 하나가 작은 지상낙원이라고 해도 과언이 아니다. 에어리얼은 그곳의 사시 사철 피어나는 꽃 속에 파묻혀 낮잠을 즐겼을지도 모를 일이다. 퍼디넌드와 미랜더는 무성하게 우거진 숲속을 걷다 길을 잃었던 적도 있었으리라.

《폭풍우》(4막 2장)를 위한 숲 장면 무대 디자인, 그리이브 가(The Grieve Family, 1821).

274

셰익스피어는 자신의 상상력에 난파당한 뱃사람들의 무시무시한 인상을 접목시키고 있으면서도, 실제 버뮤다 제도라는 공간이 불러일으키는 아름답고 경이로운 이미지를 조금도 손상시키지 않는다.

희곡 《폭풍우》와 관련하여 더욱 흥미로운 이야기가 있다. 이 작품은 제임스 1세의 장녀인 엘리자베스 공주와 프레드릭 백작의 결혼식을 기념하여 어전에서 최초로 상연되었다. 여기서 여러분에게 이 불행한 여인의 운명에 대해 세세하게 설명할 필요는 없을 것이라 믿는다. 알다시피 결혼 이후 그녀의 삶은 고뇌와 고난으로 가득 찬 기나긴 폭풍우의 나날들이었던 것이다.

* * *

내가 여기서 열정과 상상력의 여인이라는 범주로 한데 묶은 캐릭터들은, 이상적인 아름다움과 단순성의 정도에 따라 순차적으로 배열되어 있다. 즉, 이상성과 단순성의 강도는 줄리엣에서 시작하여 미랜더에 이르러 절정에 도달한다. 그리하여 이 마지막 여인, 미랜더의 존재는 모든 지상적인 요소들을 초월하는 자리로까지 고양되어 우리는 다만 그녀가 느끼고 또, 그녀가 우리에게 불러일으키는 동정심이라는 하나의 감정과의 연관을 통해서만 가까스로 그녀를 지상적인 존재로서 인정할 수 있을 뿐이다.

이전에 이탈리아에 있었을 때 피졸의 정상에서 맞이했던 저녁 풍경이 떠오른다. 나는 발 아래로 펼쳐지는 피렌체와 아르노의 도시 정경을 바라보고 있었다. 장대하게 펼쳐진 지붕들이며 아름답게 가꿔진 정원들이며, 작은 숲과 올리브 밭 모두가 저물녘의 매혹적인 장밋빛으로 물들어 있었

275

다. 대기는 석류꽃만큼이나 풍요로운 빛깔이었으며 공기 중의 투명한 증기가 계곡과 지표면을 따라 부드럽게 물결치고 있었다. 그것은 장밋빛 베일 아래 고동치는 따스한 생명의 박동이었다. 동쪽 지평선에는 벌써 밤의 도래를 알리는 짙은 자줏빛 그늘이 내려 있었지만 서편에는 여전히 눈부신 저녁놀이 남아 있었다.

바람을 타고 전해져오는 나무와 꽃들의 희미한 향기와 허공을 떠도는 멜로디가 나의 감각을 완전한 도취로 이끌었다. 그러나 내가 고개를 들어 하늘을 보았을 때, 그곳에는 이 모든 지상의 풍경을 굽어보며 은은하게 빛나는 초승달이 있었다. 그것은 반짝이는 천공의 무수한 존재들과 더불어 홀로 빛나고 있었다. 장밋빛으로 불타오르는 지상의 풍경과 이를 굽어보는 사랑스러운 초승달, 줄리엣과 미랜더의 영혼이 바로 이와 같은 관계로 설명될 수 있을 것이다.

(서재에서)

앨다 제 말 듣고 있는 거예요?

머든 여성의 미덕에 대해 설명하는 귀부인 앞에 서 있는 신사라면 마
땅히 지녀야 할 마음가짐으로 경청하고 있습니다.

        여성을 비방하는 자, 글로써 성인을 모욕하는 자는

        어머니의 이름을 더럽히는 패륜아

        사악한 손으로 그분의 명예를 꺾고

        우리에게 베풀어주신 젖에

        더러운 잉크를 풀어놓는 자이니

        그대 본래 고귀하게 태어난 사내여

        그대는 대지의 자식,

        어머니이신 흙의 아들인 것을

앨다 그게 뭐지요?

머든 전에 배웠던 시를 하나 읊어본 겁니다. 제 기억으론 옛 시인인

데… 아마 랜돌프*의 작품일 겁니다.

앨다 매우 정확한 견해로군요. 인용도 훌륭했구요. 랜돌프 경과 당신께 경의를 표하는 바입니다. 자, 그럼 이제 제 말을 좀 들어보시겠어요?

머든 삼가 엎드려 경청하겠나이다.

앨다 아뇨! 정중함으로 가장한 그 조롱 어린 태도를 집어치우지 않는다면 관두겠어요. 잠시만이라도 제 말에 귀기울여 주실 수는 없나요? 상대방의 변론은 귓등으로 흘려들으면서 미소로 비난을 감추는 태도가 옳은가요?

머든 글쎄요, 좀더 진지해지도록 하죠.

앨다 그러길 바라요. 이성적이고 분별력 있는 존재답게 대화를 나누기로 해요.

머든 좋습니다, 그럼 하나 묻지요. 당신은 (분별력 있는 부인으로서, 이 질문에 반대하시지는 않겠지요) 당신이 쓴 책을 읽어줄 독자가 있을 거라 기대하십니까?

앨다 지난 수개월 간의 집필 기간 동안 이 책은 제게 커다란 기쁨과 즐거움이었어요. 그것만으로도 저는 만족한다고 말씀드리고 싶군요. 하지만 독자가 있으리라는 희망 없이 책을 쓸 수 있는 사람은 아무도 없겠지요. 제 작품을 읽어줄 독자가 어딘가에 분명히 있을 거라 확신해요. 우연의 흐름이 저를 작가의 길로 이끌었지만 지금 이때까지, 그리고 앞으로도 영원히 시류에 편승해 대중의 취향에 아첨하는 글을 쓰지는 않을 거예요. 머리가 금화를 주조하는 주물로 변해버린 뻔뻔스러운 작가들이 많다는 건

※ Thomas Randolph(1605-1635). 영국의 시인 · 극작가.

279

알지만요. 부와 명예를 바라고 이 작은 책을 쓴 건 아니에요. 저는 모든 애정과 영혼을 기울여 이 책을 썼고, 인간 본성에 대해 새롭고 다양한 시야가 열리는 기쁨 속에서, 눈앞으로 다가오는 아름답고 다정한 이미지들 속에서, 그리고 이로 인해 나의 인식이 성장됨으로써 이미 보상을 받은 셈입니다. 세간의 찬사나 이익이 따른다 해도 그건 덤에 불과해요. 물론 감사하고 기쁘겠지만, 그게 저의 목적은 아니니까요. 더구나 그걸 바라고 쓴 작품도 아니구요. 제 말을 믿으실 수 있나요?

· **머든** 물론이죠. 당신이 허세를 부리고 있다고 의심할 이유가 없어요. 요즘 세상은 작가에게 사심 없는 마음을 요구하지 않으니까요. 오히려 그 반대의 경우가 더 인정을 받는 세태라고나 할까요. 아무도 그 문제를 거론하며 누군가를 존경하거나 비난하지 않아요. 하지만 제가 묻고 싶은 건 (이성적인 인간으로서 대화하기 위해 잠시 여류 작가를 존중하는 저의 마음을 자제하며 묻는 겁니다만) 당신은 왜 하필이면 그렇게도 진부한 주제를 선택하셨는가 하는 점입니다.

앨다 무슨 뜻이죠?

머든 제 추측으론 당신은 남성에 대한 당신네 여성들의 우월성을 주장하기 위해 책을 쓰신 것 같더군요. 몇몇 장(章)의 앞머리에 나오는 이름들만 봐도 그렇게 판단할 수 있었습니다. 그들은 별들이 수놓인 천상에나 어울릴 여인들이죠. 하지만 유감스럽게도 실제 이 땅을 걸어다니는 여성들과는 너무 동떨어진 인물들이 아닌가요?

앨다 다르다마다요. 장담하건대 당신이 알고 지내는 그런 귀부인들 같지는 않죠. 그렇지만 제 책이 여성의 우월성을 주장한다거나 권리를 고찰한다고 하는 건 말도 안 되는 소리예요! 어떻게 제가 그런 어리석은 의

도를 가지고 있다고 의심할 수 있나요? 그건 너무 고루한 생각이에요. 도 대체 남성과 여성 사이에 경쟁이니 비교니 하는 게 왜 필요하단 거죠?

머든　혐오스럽고 편협한 생각들이죠. 하지만 실제로 당신이 진심으로 남자를 비난하지 않는 여자를 만나보셨는지 궁금하군요.

앨다　여자들을 깔보거나 경멸하는 태도로 말하지 않는 남자와 얘기해본 적은 있으신가요?

머든　볼테르처럼 대답할 수 있겠군요. '아아! 진정으로 둘 다 옳도다.' 하지만 당신은 양쪽 생각이 모두 틀렸다고 믿고 계시는군요.

앨다　양쪽 다 남성과 여성의 실제 모습과는 관계가 없다는 말이죠.

머든　그렇다면 당신은 무지한 이 땅의 남녀들을 계몽하기 위해 이 책을 쓰셨군요?

앨다　하느님 맙소사! 제가 그런 생각을 했다면 어느 정신병원에 들어가 있는 게 옳을 거예요. 허영심으로 미쳐버린다 해도 그런 생각을 한다는 건 불가능해요.

머든　그럼 간단히 말해 이 책의 주제가 무엇이지요? 무엇을 위해 쓴 겁니까?

앨다　저는 그동안 여성의 성격이 지닌 다양한 양태들을 그 각각의 원인과 결과에 따라 탐구하고 해명하고자 노력해 왔어요. 관찰하고 사고하는 것, 그것이 저의 삶이었지요. 당신도 잘 아시다시피 제겐 보통 사람들보다 상대적으로 그러한 작업을 수행할 만한 기회와 시간적 여유가 많이 있었어요. 보고, 느끼고, 생각하고, 체험했던 모든 것들이 저를 이 책에 담긴 견해들로 이끈 셈입니다.

제가 보기에 현재 여성들이 처해 있는 사회적 조건은 그 자체로 기만적이며 불공평합니다. 여성 교육은 잘못된 원칙들을 토대로 이루어지고 있어요. 그래서 오늘날의 교육은 남성과 여성 모두에게 서로에 대한 오해와 비참함만을 낳고 있을 뿐이죠. 하지만 저는 도덕적 에세이라든가 교육학 논문 같은 걸 써서 이런 저의 생각을 세상에 강요하고 싶지는 않았어요. 그보다는 여러 사례를 통해 여성의 다양한 존재 방식들을 드러내 보이는 작업을 함으로써 독자들이 읽고 스스로 추론하고 나름의 결론을 이끌어낼 수 있기를 바랐지요.

머든 그렇다면 왜 당신은 실제 삶 속에 존재하는 사례들을 선택하지 않은 겁니까? 그게 훨씬 더 쉬웠을 텐데요. 당신은 삶의 단순한 관람객도 배우도 아닙니다. 당신의 작업은 존재의 무대 뒤에서 하릴없이 소일하는 자의 그것과 다르지 않습니다. 비유하자면 무대에 올릴 꼭두각시 인형을 준비하는 데 조금 도움을 준 것뿐이지요. 셰익스피어에 관한 몽상이 아니라 실제 삶의 체험으로부터 오는 당신 나름의 생각들을 우리에게 제시하는 편이 더 나았을 거라 생각합니다.

앨다 그럴지도 모르죠. 제가 여류 풍자작가가 되기를 희망했다면 말이에요. 그럴 생각은 전혀 없지만요.

머든 그러면 최소한 더 많이 읽힐 수는 있겠지요.

앨다 글쎄요, 과연 그럴까요. 인간 본성에 호기심과 악의가 남아 있는 한 풍자적인 글이나 근거 없이 남의 사생활이나 캐는 시시콜콜한 이야깃거리를 좋아하는 대중의 취향은 사라지지 않겠지요. 하지만 이제 유행으로서의 풍자문학은 그 힘을 다해가고 있다고 생각해요. 무엇보다 풍자는 제가 잘할 수 있는 분야가 아닙니다.

우리가 매 순간 마주치는 기만이나 속임수, 천박함, 이기심으로 가득한 이

'세상'에서 겪는 우리의 오랜 경험들은 너무나 일찍부터 젊음의 순수한 신념을 파괴하기 시작합니다. 그것이 다만 우리를 선과 악에 대한 지식으로 이끄는 것이라면 좋은 일이겠죠. 또한 우리에게 세상의 헛된 욕심을 경멸하고 온갖 쾌락들을 멀리하라고 가르친다면 더욱 좋은 일일 거예요. 하지만 이 세상이라는 곳에서의 경험은 우리의 믿음을 파괴하고, 눈에 보이지 않는 진실과 미덕, 행복을 감지하는 우리의 감수성을 흐리게 합니다. 왜냐하면 그것은 삶을 하나의 농담거리로, 그것도 매우 지루한 농담거리로 전락시켜버리니까요. 닳고 닳은 세상의 경험은 우리를 아름다움에 무감각하게 하고 미덕의 가치를 불신하는 인간이 되도록 이끕니다. 그리고 우리에게 모든 행위와 행위의 동기들을 '자아'라는 중심에 묶어놓으라고 가르치지요.

　　머든　당신의 말이 옳다면, 그렇기 때문에라도 더더욱 먼 곳의 이야기가 아닌 이 '지상에서의 삶'에 관해 숙고해야 하는 겁니다. 그것으로부터 참된 삶의 공간을 모색하고 건설해 나가야 하는 것이지요.

　　앨다　따로 새로운 공간을 찾을 필요는 없을 것 같군요. 우리가 젊었을 때, 그토록 생생하게 살아 있던 열정과 감정의 힘이 이미 그러한 세계를 내면에 그려 보였으니까요. 그 내면의 세계와 떨어져서는 이 세상을 온전히 이해할 수조차 없었죠. 그땐 모든 게 아름답게 보였어요. 우리가 처음으로 이 세상에 내던져졌을 때 우리를 맞이한 건 사방을 둘러싼 벽과 가시덤불뿐이었고, 그것들은 이내 우리의 심장을 찔렀죠. 우리를 유혹하던 황금의 열매들은 이제 쓰디쓴 재의 맛이 날 뿐이에요. 불안한 우리들은 이제 세상은 악으로 가득 차 있다고 주장하기 시작하죠. 하지만 세상의 피상적 외면을 넘어 진정한 내면의 의미를 깨닫기 시작하

283

면 고요한 시간이 우리에게 찾아옵니다. 그 고요한 시간 속에서 악이나 슬픔, 죄에 대한 인식은 그 반대편의 소중한 가치들의 존재를 드러내고, 나태를 일깨우며, 연민을 자아내는 이 모든 고통의 원인을 하나씩 깨닫게 합니다.

그럼으로써 저는 언제나 세상의 현실과 함께하고 있는 겁니다. 저는 악의 어린 재치에 의해, 혹은 다른 이의 소설 속에서 그럴듯하게 경쾌하게 그려지는 이 세상의 온갖 속임수와 공허, 어리석음과 비열함 앞에서도 웃을 수 있어요. 그럼요, 저는 웃을 수 있습니다. 하지만 제가 이 땅 위의 '현실'과 마주칠 때, 그것의 모습은 저를 즐겁게 하기보다는 슬프게 만듭니다. 능력만 된다면 이 모든 우스꽝스러운 삶의 풍경들을 마음껏 조롱하고 싶은 마음이 들다가도 현실의 맨 얼굴 앞에서는 그런 욕망조차 저절로 사라지고 맙니다.

　　머든　하지만 그렇게 함으로써 이 세상의 잘못된 것들을 바로잡을 수 있는 것 아닐까요?

　　앨다　바로잡는다구요? 풍자를 통해 본질적으로 더 나은 인간이 된 예를 하나라도 제게 보여주세요. 오, 그런 경우는 결단코 없어요. 인간의 본성에는 남에게 비난을 받으면 더 강하게 자신을 고집하려는 어떤 속성이 있죠. 풍자 정신은 오직 우리 내면의 가장 저열한 성향을 자극할 뿐이에요. 어느 교황이 쓴 시구가 있어요.

　　　나는 스스로를 자랑스러워해야 하리,

　　　신을 두려워하지 않는 사람들이 나를 두려워하는 것을 보고 있으니

이 시구를 접할 때마다 연민과 두려움을 느끼지 않을 수가 없어요.

　머튼　아마도 그의 말이 사실이기 때문이겠죠?

　앨다　그 오만함 때문이죠. 악덕으로는 악덕을 고칠 수 없다는 게 엄연한 진실입니다. 그 교황은 신도 두려워하지 않는 사람들에게 자신이 불러일으키는 두려움의 힘에 실제로 기고만장했을 거예요. 그런 사람들에겐 허영심이 양심보다 큰 법이니까요. 그러나 두려움의 힘으로는 어떤 인간도 개선시킬 수 없어요. 그런 인간은 스스로는 내면의 죄악을 탐닉하면서도 남의 죄악에 대해서는 이래라 저래라 하죠. 당신이 말씀하시는 자칭 풍자가들을 생각할 때면 저는 항상 '남의 죄만을 비난하는 악의적인 마음의 죄'에 대해 표현했던 셰익스피어의 작품들이 떠올라요.

콘월※의 시가 생각나는군요.(그가 내게 직접 읽어줬지요) 인간의 이목구비를 가진 이상한 새에 관한 내용이었는데, 그 괴물은 인간을 잡아먹어요. 그런데 어느 날 강에 물을 마시러 갔다가 물 위에 비친 자신의 얼굴을 들여다보게 된 거죠. 그리고 이때까지 잡아먹었던 먹이가 자신과 똑같은 존재라는 걸 깨닫고 깊은 후회 속에서 죽어갔다는 내용이에요.

다른 사람의 죄와 슬픔으로부터 즐거움을 느낀다는 인간들이 마치 그와 같아요. 그들도 결국은 자신의 인간적인 본성을 기억하게 되고, 자신이 비난한 자들과 똑같은 존재라는 걸 깨닫게 되겠지요. 스스로 깊은 슬픔의 고통으로 처벌당하면서 말이죠.

　머튼　슬픈 우화군요. 하지만 지금 우리가 나누고 있는 주제에 적용하기에는 지나친 비유 같습니다.

※ Barry Cornwall(1788-1874), 시인.

앨다 저는 비웃는 정신을 혐오해요. 비웃는 정신이 두렵고 혐오스러워요. 그것은 온화하고 진지한 기독교인의 마음과는 완전히 반대되는 것이기 때문에 혐오합니다. 역사가 증명하듯 비웃음이 유행처럼 만연하여 인간의 행동양식과 문학에까지 깊게 침투해 있는 그런 사회는 결국 도덕적 타락과 파멸을 앞둔 사회란 사실 때문에 더욱 두려워합니다. 그리고 비웃음이란 가장 순수한 선의의 힘 앞에서는 한없이 무력해지고 마는 천박하고 비열한 정신의 가장 흔한 수단이라는 점에서 경멸합니다. 다시 말해 자비의 정신이 이중의 축복이라면, 풍자의 정신은 이중의 죄악이라 말하고 싶군요. 그것을 탐닉하는 자의 내면의 죄, 그리고 그것의 대상이 되는 자의 죄.

머튼 "경솔함이나 결점에 대한 처벌은 너그러워야 할 것이니, 진정한 덕은 결코 지나치게 가혹하지 않기 때문이라."

앨다 그게 바로 여성의 마음이죠.

머튼 옳은 말씀입니다. 그게 여성의 마음이었죠. 그리고 당신께 종교사에서 여성 종파분립론자의 이름을 찾아볼 수 없는 것과 마찬가지로 우리의 문학사에 있어서도 여류 풍자문학가란 매우 예외적인 존재였다는 사실을 기쁜 마음으로 환기시키고자 합니다. 하지만 사회에서 우리가 만나는 여류 풍자작가들이 아예 없는 건 아니지요. 이들이 생겨난 원인은 어디서 찾아야 할까요?

앨다 인간의 본성에서 비롯된 것은 아닙니다. 천박한 익살을 선호하는 사회 풍조에서 그 원인을 찾아야겠지요. 그러한 풍조를 조장하는 잘못된 교육에서, 인간의 내면에 증오를 탄생시키는 좌절된 혹은 버림받은 애정에서, 내면의 억압과 위협으로 인해 길을 잃고 헛되이 사용되는 능력들에서, 우리들 자신에 대한 완전한 무지, 그리고 영리하고 세련된 지각과 너무나 피상적인 교양이 결합되어 있는 인간성의 공통된 운명에서, 진지한 생각을 심각하고 답답한 것으로 혹은 진지한 감정을 증오와 냉소로 변질시키는 우리의 천박한 습관들에서 찾아야 할 겁니다.

일반적으로 말해서 여성은 풍자적인 인간이 되기에는 본질적으로 너무 예민하고, 상상력과 감수성 그리고 몇몇 철학자들이 '존중하는 마음'이라고 불렀던 그 능력을 지나치게 많이 가지고 있어요. 나는 무자비할 정도로 대담한 풍자 정신을 지녔으면서도 고귀한 내면을 겸비한 여성을 딱 한 명 알고 있어요. 자연이 우리에게 줄 수 있는 모든 선한 가치와 사회가 악에 대해 가르치는 모든 가치가 결합된 존재라고나 할까요.

　　머든　그녀는 옛날이야기에 나오는 용을 연상시키는군요. 천상의 햇빛과 지상의 진흙 사이에서 태어난 용 말입니다.

　　앨다　그런 것과는 달라요. 차라리 강하면서도 아름다운 요정 멜루시나(Melusina)에 비유하는 게 낫겠군요. 온갖 능력과 매력을 지녔으나 먼 훗날엔 결국 악마가 될 운명에 처해 있던 멜루시나 말이죠. 아니오, 이제 다시 본래 이야기로 돌아가야겠군요. 인간을 보다 현명하고 행복하게 만드는 길은 어리석음을 들추어내고 무지함을 비웃는 데서는 찾을 수 없어요. 오히려 따스하고 관대한 애정이 담긴 이미지와 사례들을 제시함으로써 마음에 부드러운 울림을 일으키는 것, 인간의 영혼이 어떻게 고통을 통해 배우고 성숙해지는가를 보여주는 것, 사악하고 타락한 존재 안에도 아직 깨어나지 않은 선한 가치가 얼마든지 존재할 수 있다는 것을, 그리하여 절망한 자들에게 여전히 희망이 존재한다는 것을, 이 냉혹한 세상으로부터 자신과 타인 모두를 저주하라고 배워온 사람들에게 세상에 평화로움이 존재한다는 것을 일깨우는 것, 그리하여 차갑고 냉혹하고 이기적이고 비웃음으로 가득한 이 현실의 천박함 앞에 울타리를 세우는 것. ― 오, 내가 이런 일들을 할 수만 있다면!

머든 그것과 똑같은 원칙하에 정신병자들에 대한 치료법이 개선되어 왔지요. 정신이 이상해져버린 그 불쌍한 사람들을 꽉 조인 줄무늬 환자복을 입혀서 짚 깔린 어두운 방에 가둬놓는 대신 이제 새들과 꽃들이 있는 정원을 거닐며 햇빛과 푸른 풀밭을 만끽하게 하고 부드러운 음악과 친절하고 달콤한 이야기로 위로해 주는 것으로 말이죠.

앨다 당신은 저를 비웃고 있군요! 저라면 그런 비웃음의 대상이 될 만도 하죠.

머든 아니오, 진심으로 그렇지 않습니다. 오히려 기분이 약간 즐거워졌습니다만… 앞으로도 성실하게 당신의 말을 경청하려 합니다. 저도 당신처럼 생각할 수 있었으면 좋겠군요. 하지만 계속 진행합시다. 저는 이제 현실의 사례들이 당신의 작업에 적합하지 못하다는 당신의 주장을 인정하고자 합니다. 자, 그렇지만 역사적 사례들은 어땠을까요?

앨다 최근 역사를 다룬 책을 한두 권 출판했던 적이 있어요. 모두 동일한 주제 하에 씌어진 것이죠. 저는 여전히 역사에 관심이 있습니다. 하지만 역사 그 자체만을 전적으로 신뢰한다는 것은 불가능하다는, 역사는 우리의 유쾌한 길동무지만 동시에 거짓된 안내자일지도 모른다는 그런 생각을 하게 됐어요. 역사는 우리에게 이러저러한 일이 일어났다고 알려줍니다. 하지만 우리가 이러저러한 일이 어째서 일어났는지, 그 성격은 어떤지 질문하게 될 때 역사가 알려주는 내용은 가장 기만적이고 단편적이며 불충분한 자료들에 불과하다는 사실이 드러나게 됩니다.

역사 또한 여성에 대해 기술하고 있지만, 그 내용이란 것이 있는 그대로의 모습을 그린 것이 아니라 대개 그들의 악행의 크기에 따라 차례대로 선별된 명성 드높은 악녀들에 관한 이야기들뿐이죠. 제 작업의 목표에 가장 적합한 사례가 될 만한 여성들은 역사가 들어본 적도 없고, 감히 언급할 생각도 하지 않는 그런 여성들이에요. 다양한 측면에서 편견 없이는 판단이 불가능한 여러 다른 근거들로부터 우리에게 전해져 내려온 그런 여성들입니다. 역사가 메울 수 없는 어떤 간극이 존재해요. 우리는 결코 그 틈새를 해결할 수 없을 거예요. 물론 단편적인 부분이 아니라 전체를 알 수만 있다면 가능하겠지요.

머든 그러나 역사는 사실입니다. 실제로 있었던 사례란 말입니다!

앨다 온갖 사례들이 머릿속에 떠오르는군요. 생각나는 대로 얘기해 볼까요. 어제 우리가 봤던 아름다운 그림 속의 롱그빌(Longueville) 공작부인*을 기억하시죠? 그 프롱드 당黨의 여걸 말이에요. 그녀를 생각해 보세요. 용감하고 매력적이고 방탕하고 허영으로 가득하며 야심만만하고 호전적이었죠. 미소만으로도 남자들을 반대파로 끌어들였다죠. 부족한가요? 또 있어요. 그녀는 양심이라곤 눈곱만큼도 없었죠. 겉보기에도 그녀에겐 도덕적인 원칙 따위는 찾아볼 수 없어요. 하긴 수치심을 모르는 이한테 지나친 일이란 아무것도 없을 테니까요!

자, 이번엔 그런 그녀가 세상의 비난을 받고 감옥에 갇힐 위험에 처해 있던 고결한 철학자 아놀드**를 자신의 저택에 데려와 보호했던 일에 대해 생각해 보세요. 그녀는 자신의 집에서라면 정적政敵들도 그에게 해를 끼치

■ 1619년부터 1679까지 프롱드의 난을 일으킨 중심인물 가운데 하나이다.
■ ■ Antoine Arnauld. 17세기 프랑스의 장세니즘 사상가.

지 못할 거라고 믿었죠. 그녀는 하인들도 모르게 손수 음식을 준비하고, 그의 안전을 지켜 마침내는 위기에서 그를 구해냈죠. 위기를 해결했을 뿐만 아니라 (사실 그녀와 같은 여자라면 이런 일은 별로 대단할 게 못되죠) 그 과정에서 지루하게 이어졌던 온갖 재판 과정들을 모두 견뎌냈던 그녀의 따뜻한 마음과 인내심, 신중한 분별력과 사심 없는 자비로움에 대해 생각해 보세요. 집을 지키고, 끊임없이 스스로를 통제하고, 매일매일 자질구레한 시중거리들을 해내는 데서 오는 지루함은 그녀처럼 허영심 많고 방탕하고 거만하며 성질 급한 여성에겐 견디기 힘든 고통이었을 거예요. 이제 셰익스피어가 롱그빌 공작부인과 같은 인물을 그려낸다고 생각해 봅시다. 그러면 우리에게 이 상반되는 두 가지 상황 속에 모두 존재하는 한 인간의 모습을 자연스럽게 보여줄 거예요. 동일한 능력과 열정과 힘을 지닌 똑같은 존재를 말이죠. 이 점에 있어서는 의문의 여지가 없을 테지요. 반면에 역사에서 우리는 한편으로 분쟁의 화신이며 무자비하고 오만하기 짝이 없는 한 여성을 보고, 다른 한편으로는 자기희생의 천사이자 선한 가치의 숭배자로서의 한 여성을 만나게 됩니다. 그리고 우리의 상상 속에서 완전히 상반되는 이 두 명의 여인은 아무런 관련도 맺지 못하고 따로따로 존재할 수밖에 없지요.

　　머든　하지만 그것은 역사의 어느 페이지에서나 마주치게 되는 모순들입니다. 이는 우리를 혼란과 의심에 빠뜨리지만, 바로 그렇기 때문에 역사의 모순이야말로 윤리학자와 철학자들에게 적합한 탐구의 주제가 되는 것입니다.

　　앨다　저로서는 그 딜레마를 해결하는 데 있어 윤리학자와 철학자에게서 큰 도움을 받았다고는 도저히 생각할 수 없군요. 역사가 제시한 그

수수께끼들의 답을 발견하게 된 건 오히려 셰익스피어의 작품에서였어요. 그의 작품 속에서는 구부러진 것이 곧게 보이고 접근할 수 없던 것이 쉬워지고 이해 불가능했던 것도 명쾌해졌어요. 그동안 내가 찾고자 했던 답들이 모두 그 안에 있었던 것이죠. 그가 창조한 인물들은 역사와 현실의 결합을 잘 보여줍니다. 그들은 완벽한 개인으로서 우리 앞에 자신들의 마음과 영혼의 풍경을 활짝 열어놓습니다. 그래서 누구나 그 생생한 모습을 보고 나름의 판단을 내릴 수 있는 거구요.

머든 하지만 모두가 똑같은 판단을 하는 건 아니죠.

앨다 그렇죠. 그리고 그런 점이 바로 셰익스피어의 인물들이 지닌 놀라운 진실성인 거예요. 우리는 셰익스피어의 인물들이 마치 실제 인간들처럼 서로 대화하며 동의하거나 비난하고, 사랑하거나 미워하는 모습들을 봅니다. 그리고 그러한 모습들로부터 나름의 판단을 내리는 과정에서도 우리는 저마다의 성격, 생각, 선입견, 감정, 충동 같은 것들에 영향을 받게 되지요. 우리 자신이 지인과 사회적 관계로부터 영향을 받는 것과 마찬가지로 말이죠.

머든 그런 식이라면 잘못된 추측과 결론에 도달하지 않으리라는 보장이 없지 않습니까.

앨다 그렇겠죠, 우리가 그들을 연구하는 데 있어서 똑같이 불완전한 수단만을 가지고 있다면 말입니다. 그러나 우리는 실제 인간들에게는 불가능한 방법을 그들을 연구하는 데 적용시킬 수 있어요. 우리는 자기애의 온갖 가면과 예의범절이라는 위장술이 모두 벗겨진 그들의 적나라한 존재 전체를 눈앞에 펼쳐 보일 수 있어요. 우리에게는 고찰하고 분석할 수 있는 시간적인 여유가, 그들의 내면에서 다양한 형태의 감정들이 어떻게 생겨나고 전개되어 가는가를 지켜보면서 그들에 대해 이전에 가졌을지도 모르는 잘못된 인상을 바로잡을 수 있는 기회가 있죠. 그래서 우리는 타인에게 상처를 주지 않고도, 스스로 고통을 당하지 않고도 미워하고 사랑하고 긍정하고 비난할 수 있는 거죠.

머든   그런 점으로 미루어보자면 두려움 때문에 실제 시체를 해부할 수 없는 학생들이 대용으로 쓰도록 만든 실험용 밀랍 모형에 비교할 수 있겠군요. 학생들은 그 모형을 통해 신체의 경이로운 내부 작용에 대해 배우게 되는 거구요.

앨다   더욱 안전하고 효과적인 방법이기도 하지요. 그런데 보세요, 햇빛에 비쳐 영롱히 반짝이는 저 빗방울이 제게 또 다른 비유를 생각나게 하는군요. 우리가 상상력을 매개로 관조하는 열정이란 프리즘을 통과한 빛과 같은 거예요. 우리는 고요히, 눈이 부셔 찡그릴 필요도 없이 그것의 섬세한 본성과 다양한 색조들을 연구하고 분석할 수 있는 것이죠. 열정은 우리의 감정과 체험을 통해 그 실체의 핵심을 드러내 보여줍니다. 그것은 렌즈를 통과한 광선이 실제로 우리를 눈부시게 하고, 물건을 태우고, 순식간에 사라져버리는 그 빛과 똑같은 빛이라는 걸 연상해 보면 쉽게 이해가 될 겁니다.

머든   당신의 설명 방식이 무척 시적이라는 점은 인정합니다. 하지만 시적인 만큼 공정한 방식이라고 생각할 수는 없군요. 당신 주장의 근거가 충분하다고 생각하시나요? 당신의 윤리적 사상 체계를 뒷받침할 만큼 충분히 굳건한 토대를 선택했다고 확신하십니까? 당신도 잘 아시겠지만, 셰익스피어의 여성 캐릭터가 남성 캐릭터에 비해 열등한 존재로 형상화되었다고 보는 것이 오늘날의 일반적인 견해입니다. 이러한 생각은 끊임없이 되풀이되고 있고 이에 대한 반론은 미미한 수준에 머무르고 있는 실정이지요.

앨다 반론이라면 리처드슨(William Richardson) 교수를 말씀하시는 건가요?

머든 그는 막대기처럼 딱딱한 인간이에요. 그의 반론은 논리조차 제대로 갖추지 못했습니다. 마찬가지로 비평가라면 어떤 정당한 근거 없이 셰익스피어의 여성 캐릭터가 열등하다거나 다양성이 부족하다고 막연히 주장하기만 해서는 곤란하지요.

시버*는 그 원인을 셰익스피어가 살던 시대적 조건에서, 즉 그 당시에는 모든 배역을 남자가 맡았다는 점에서 찾습니다. 하긴 그 당시에는 여자가 무대에 서는 일은 없었으니까요. 셰익스피어를 더 잘 알고 있었음에 틀림없는 맥킨지**의 말에 의하면 셰익스피어는 자신의 캐릭터들 가운데 사랑이나 애정의 감정을 형상화한 캐릭터들을 별로 좋아하지 않았다는 거예요. 왜 그런가 하니, 그의 위엄 어린 천재성은 그에게 달콤한 감정들을 섬세하게 다듬느라고 멈칫거리고 있을 여유를 용납하지 않았다는 겁니다. 참으로 터무니없는 생각이지요!

앨다 잠깐만요. 얼토당토않은 견해들에 화를 내기 전에 우선 차분히 생각해 봅시다. 이들 평론가들의 주장이 셰익스피어의 여성 캐릭터들은 힘의 측면에서 남성 캐릭터에 비해 열등하다는 것을 의미하는 거라면 저 역시 이에 동의해요. 왜냐하면 셰익스피어의 남성 캐릭터와 여성 캐릭터의 관계는 현실 속의 남성과 여성이 본질적으로, 사회적으로 맺는 관계와

■ Colley Cibber(1671-1757). 영국의 배우 · 극작가 · 시인.

■ ■ Henry Mackenzie(1745-1831). 햄릿에 관한 책 《감성의 인간》(The man of Feeling) (1771)을 썼다.

정확히 일치하기 때문입니다. 남성과 여성은 두드러지는 면이나 힘의 성격 면에 있어서 동등하지 않아요. 남성과 여성은 철저히 상호보완적입니다.

"상황이 마음에 영향을 미치는 것이 사실이라면, 그리고 대체로 행위의 유사성이 조건의 유사성으로부터 연역될 수 있다는 것이 사실이라면, 여성 캐릭터들에 비해 남성 캐릭터들이 훨씬 큰 폭의 다양성을 보일 것이라는 점은 명백하다"라는 리처드슨 교수의 지적은 옳아요. 여기다 행위 영역의 제한성(따라서 경험의 제한성)이라는 원인을 덧붙이고 싶군요. 자신의 성격이나 감정이 외적으로 강하게 드러나지 않도록 스스로를 통제하려는 습관 같은 것이 존재한다는 말이죠.

셰익스피어의 작품에서 이러한 모든 요소들을 확인할 수 있다고 생각해요. 예를 들어 줄리엣은 그의 여성 캐릭터들 가운데 가장 열정적인 인물이라고 할 수 있죠. 하지만 그녀의 열정을 오델로의 영혼을 뒤흔드는 열정의 강렬함에 비교할 수 있을까요? 그건 마치,

> 성난 바다에
> 도금양 잎사귀에 매달린 한 방울의 이슬

을 비교하는 꼴이죠. 아들을 잃고 미쳐 날뛰는 콘스탄스(Constance)* 를 생각해 보세요. 그 다음엔 딸들의 배은망덕에 미쳐버린 리어왕을 생각해보세요. 창가의 사시나무 잎사귀나 너울거리게 하는 서풍과 숲을 찢고 불태

---

* 《존 왕》(*King John*)의 등장인물.

우며 산을 뿌리째 떨게 하는 폭풍우를 비교하는 꼴이죠.

　　머든　당신 말대로입니다. 그리고 맥베스 부인이 있죠. 그녀의 끝 간 데 없는 야심, 왕성한 지성, 기민함, 용기, 그리고 잔인성. 과연 그녀를 리처드 3세에 비할 바는 아니겠군요?

　　앨다　그녀가 어떤 인간인지 말씀해 드리죠. 그녀는 여성입니다. 맥베스 부인과 리처드 3세를 나란히 놓아보세요. 그 즉시 남성적인 야망과 여성적인 야망의 본질적인 차이가 무엇인지 알 수 있을 겁니다. 물론 양심이나 자비심의 한계를 넘어선 극단적인 인물이란 점에서 그 둘은 다르지 않겠지요. 리처드 3세는 스스로를 가리켜 '동정심도, 애정도, 두려움도 없는' 인간이라고 말했지요. 맥베스 부인은 그로부터 완전히 자유로운 인간은 결코 아니었어요. 당신 웃고 계시는군요! 하지만 앞으로 증명될 겁니다.

셰익스피어가 창조해낸 악녀들이 우리들의 상상 속에 그토록 강렬하게 남아 있는 이유는 그들의 성격 속에 여전히 일관된 여성적인 특성들이 남아 있기 때문이에요. 그리고 바로 이 점이 그 인물들을 더욱 끔찍스럽게 보이게 하는 이유죠. 그들은 역사가 묘사하듯 단순한 괴물이 아니라 이 땅에 실제로 살아 있을 듯한 개연성을 지닌 인물이기 때문이에요.

　　머든　역사에서처럼, 이라구요? 이건 처음 듣는 소리군요!

　　앨다　그래요! 다시 한번 말씀드리죠. 원인도 동기도 감정도 없이 단편적인 사실이나 사건만을 기록해둔 역사에서처럼요. 지각 있는 사람이라면 혐오를 느끼고 외면해버릴 것이며, 가슴이 있어 느낄 줄 아는 사람이라

※ Correggio(1489-1534). 이탈리아의 화가.

면 거기서 이성적인 불신의 감정 외엔 아무런 긍정적인 의미도 찾지 못할 그런 그림들로 가득한 역사 말이에요. 최근에 복수의 여신 세 자매를 묘사한 코르지오*의 그림을 본 적이 있어요. 코르지오는 길다란 발톱에 뱀처럼 구불구불한 머리를 늘어뜨린 마녀 같은 끔찍한 모습이 아니라 오히려 아름답고도 지극히 정상적인 외양에다 뱀 한 마리가 마치 리본처럼 머리 주위를 둥글게 감싸고 있는 모습으로 그 세 자매를 묘사했죠. 하지만 그 끔찍한 표정이란! 악의와 교활함과 잔인함이 깃들여 있는 그 소름 끼치는 표정이 주는 효과는 형언할 수 없을 정도예요. 레오나르도 다빈치 역시 '메두사'를 그릴 때 이와 동일한 원리를 사용했죠.

> 메두사를 본 이들이 돌로 변해버리는 건
> 그녀의 무시무시한 외양이 아니라 우아함 때문이다.

> 죄악의 비명과 고통의 응시를 가로지르며
> 울려 퍼지는 미美의 선율이
> 의식의 심연에 인간적인 색채와 조화를 가져다준다.

그리고 이 모든 진실을 이해하고 있었던 셰익스피어 역시 같은 원리에 입각해서 작품을 창조했어요. 그는 스스로에게 "진정한 기괴함은 무시무시한 악마의 모습 속에서가 아니라 여성의 모습 속에서 형상화할 수 있다"고 말한 바 있죠.

■ 각각 《햄릿》, 《리처드 3세》, 《트로일러스와 크레시다》의 등장인물.

맥베스 부인의 경우처럼 힘의 타락에서 기인하는 악이든, 거트루드나 안느 부인 혹은 크레시다*의 경우처럼 인간의 연약함에 기인한 악이든 간에 그가 그려내는 악의 이미지가 언제나 우리에게 강렬한 인상을 줄 수 있는 것은 혐오와 전율을 일으키는 그 이미지들이 바로 인간의 똑같은 본성으로부터 온 것이라는 사실, 우리 역시 그로부터 자유로울 수 없다는 사실을 깨닫게 해주기 때문이에요.

　　머튼　일부 주석자들이 리처드와 안느 부인 사이의 장면은 여성을 터무니없이 비하하고 있으며, 이에 대해 경멸의 태도를 드러내는 것이야말로 용감한 비평가로서의 의무라고 생각한다는 사실을 기억하시나요?

　　앨다　공연히 애쓰지 않아도 됐을 텐데. 안느 부인은 우리가 거리를 걷다 보면 어디서든 마주칠 수 있는 부인네들 ― 세상의 응접실을 가득 메우고 있는 습관의 꼭두각시이자 운명의 어릿광대 같은 귀부인들 ― 중의 한 명에 불과하니까요. 그녀들에겐 특별히 악해지려는 의지도, 선해지려는 의지도 없어요. 그 행위를 지배하는 것은 애정이나 양심이 아니라 허영심과 세상의 여론이죠. 유혹이 없는 한 선량하지만, 언제든 사악한 유혹에 넘어갈 수 있는 준비된 희생양과 같아요.

안느 부인의 경우 우리가 경악하게 되는 건 그녀가 당시 처해 있던 상황이에요. 남편과 아버지의 장례를 치른 지 3개월도 지나지 않은 생과부나 다름없던 그녀는 자신의 남편과 아버지를 살해한 바로 그 인간을 만나 유혹당하게 된 거죠. 그런 상황에서 리처드 같은 대악마가 아니었다면 유혹에 성공할 수 없었을 거예요. 하지만 그처럼 결정적인 순간이 아니라면 리처드보다 훨씬 주도면밀하지 않고 조심성 없는 유혹자였더라도 쉽게 그녀를 유혹할 수 있었을 거예요.

크레시다 역시 인간의 허영과 연약함, 기만성을 보여주는 또 다른 예입니다. 보다 강렬한 색채로 그려져 있다는 점이 다를 뿐이죠. 이 세상에는 안느 부인이나 크레시다 같은 여성들이 수없이 많아요. 겉으로는 세련되고 우아해 보이지만 언제든 우연이나 허영심이 이끄는 대로 선할 수도 있고 악할 수도 있는 그런 여성들 말이죠. 역사는 악녀의 모습을 완벽한 허수아비처럼 혹은 괴물처럼 그려내요. 우리는 그녀들로부터 멀찌감치 떨어져서는 마치 성서 속의 바리새인들을 볼 때처럼 안전한 미덕의 세계에 몸을 숨긴 채 그들과 같지 않음을 신께 감사드리고 있을 뿐이에요.

반면 셰익스피어가 그려내는 악녀들은 완벽하게 일관된 진실성을 보여주기 때문에 역사에서처럼 우리가 몸을 빼낼 여지를 주지 않아요. 그녀들은 우리를 놀라게 하고 생각하게 만듭니다. 그녀들은 우리를 믿게 만들고 전율하게 해요. 이들 인물들과는 반대로 셰익스피어가 창조해낸 긍정적인 여성들은 탁월한 단순성을 그 특징으로 합니다. 이들에게는 장식적이거나 외부적인 요소들이 거의 없어요. 다른 대부분의 비극이나 로맨스 소설의 여주인공들과는 전혀 다르죠. 그런 까닭에 그녀들은 '이상적인 미인' 이라는 헛된 관념 자체보다 훨씬 우리를 기쁘게 합니다.

우리는 그녀들이 보여주는 다양한 매력과 미덕으로부터 우리 자신의 본성을 찾아내고 흐뭇함을 느끼게 됩니다. 그녀들의 모습은 우리가 되기를 소망하고, 되어야만 한다고 느끼는 존재상을 전해줄 뿐만 아니라 지금과는 다른 보다 나은 조건에서라면, 혹은 언젠가는 우리도 그녀들처럼 존재할 수 있을지도 모른다는, 아니 존재할 수 있다는 믿음을 심어줍니다. 그녀들은 지고의 가치인 양 우리가 무조건 존경하고 감탄해야 할 대상으로 제시되지 않아요. 그녀들은 단순한 시적 추상이 아니에요. 인간의 감정을 상징하는 단순한 관념도 아니구요.

> 여자 ― 지상의 평범한 흙으로
> 신이 그 완벽한 형상을 빚고, 천사의
> 눈물을 떨어뜨린

> But common clay ta' en from the common earth,
> Moulded by God, and tempered by the tears
> Of angels, to the perfect form of ― woman

머든 아름답군요! 누구의 시죠?

앨다 제가 정확하게 암송한 건지 모르겠군요. 알프레드 테니슨의 시입니다.[*]

머든 음, 어쨌든 당신은 주장과 감정 사이에서, 시와 논리 사이에서 매우 그럴듯한 해명을 제시하신 것 같군요. 저 역시 당신이 예를 든 사례들(맥베스 부인, 리처드, 줄리엣, 오델로, 그외의 다른 이들)에 있어서 여성 캐릭터들에게서 드러나는 상대적인 힘의 결핍은 다만 셰익스피어 작품의 탁월함을 증명하는 또 하나의 예라는 견해에 동의합니다.

이번엔 그 반대의 경우, 그러니까 상대적으로 힘의 우월성을 드러내는 여성 캐릭터에 대해 생각해 본다면 셰익스피어의 작품에서는 팔스타프[**]에 비교할 만한 여성을 한 명도 찾아볼 수 없다는 점을 부정할 수 없겠군요.

---

[*] 알프레드 테니슨의 시 'To - with following Poem'에서 인용한 것으로서, 세 번째 행에서 'the perfect form of ― woman'은 원작의 'the perfect shape of man'을 고의적으로 바꿔 쓴 것이다. 저자의 장난기 어린 재치를 엿볼 수 있다.
[**] 《윈저의 명랑한 아낙네들》의 등장인물.

앨다 그렇죠. 팔스타프와 같은 특징을 지닌 여성은 본질적으로 존재하지 않아요. 도덕적인 감정이나 애정의 영향을 전혀 받지 않으면서 그토록 원기왕성하며 재치와 음란함과 이기심으로 가득한 여성상은 여성의 본질적 특성을 괴상하게 비틀어놓은 잘못된 캐리커처입니다. 그러한 인물이 자연상에 존재할 수 있었더라면 분명 셰익스피어의 작품 속에서도 다루어졌을 겁니다. 잠깐만 생각해 보더라도 여성에게 있어 그런 식의 성격적 조합은 본질적으로 불가능하다는 사실을 깨닫게 될 거예요.

머든 그 문제가 어찌되었든 간에 제게 인상적인 것은 다른 극작가들에 비해 셰익스피어의 여성 캐릭터들이 상대적으로 유머가 부족하다는 점입니다.

앨다 그의 여성 캐릭터들이 보여주는 재치는 작가 자신의 재치를 과시하기 위해서거나 근사한 표현들을 뽐낼 목적으로 표현된 것이 아니니까요. 그녀들은, 앞으로 증명해 보이겠지만 현실적이며 자연스러운 여성입니다. 그녀들이 지닌 재치는 지성이 구체적·지속적으로 발현된 모습일 뿐이에요. 무엇보다도 그녀들은 다른 이들의 삶을 생각하고 사랑할 줄 아는 도덕적 주체입니다. 유머에 관해서라면 퀵클리(Quickly) 부인, 캐서린(Catherine), 마리아(Maria), 그리고 《십이야》의 전편에 걸쳐서, 줄리엣의 유모와 포드(Ford) 부인, 그리고 페이지(Page) 부인과 같은 인물들을 통해서 최대한으로 발휘되었죠.

순진무구한 퀵클리 부인이 팔스타프를 비난하는 장면을 능가할 만큼 익살스러운 광경이 또 있을까요? "나한테 키스해 주지도 않고 감히 30실링을 달라구요?" 재미없다고는 못하시겠죠? 포드 부인과 페이지 부인은 모두 유쾌한 아낙네들입니다. 하지만 또 각기 얼마나 다른가요. 포드 부인은 참으로 착한 심성을 지녔고, 페이지 부인은 보다 똑똑하고 말솜씨도 야무지고 장난기도 많지요.

하지만 이 모든 사례들을 놓고 볼 때 저는 익살이 많든 적든 상스러운 것이라는 점에 동의해요. 신분의 고하를 막론하고 익살스러운 여인은 늘 얼마간은 상스러운 속성을 갖고 있지요.

　머든　'상스러운(vulgar)' 이라는 단어의 적절한 정의가 무엇인지 정확히 알 수 있는 날이 오길 바랍니다. 오늘날 이 '상스러운' 이라는 단어만큼 불확실한 어휘도 없으니까요.

　앨다　맞아요. '낭만적인(romantic)' 이라는 단어만큼이나 아무 때나 편리하게 사용되는 단어라 할 수 있죠. 일상적으로 쓰일 때는 대개 '내가 다른 이들보다 얼마나 고상한지 좀 보라구!' 정도의 의미이구요. 하지만 문학이나 문학 작품의 캐릭터에 이 어휘가 적용될 경우엔 저는 스타엘 부인의 정의를 따르겠어요. 그녀는 '상스러운' 을 '시적인' 의 반대되는 의미로 사용했죠. 천박성은 (제가 따르는 정의대로 본다면) 모든 면에서 부정적인 개념이에요. 문학에 적용할 경우 이 용어는 사상의 기품과 깊이의 부재 그리고 표현의 우아함과 섬세함의 결핍을 의미하죠. 등장인물에 대해 쓰일 경우 진실이나 감성, 사유의 부족을 의미하기도 하지요. 행동 양식의 천박함은 천박한 성격의 결과이니까요. 셰익스피어가 서민 계급의 여성들을 통해 질적으로 얼마나 다양한 형태로 이 천박성을 형상화해냈는지 확인해 보려면 《로미오와 줄리엣》의 유모와 퀵클리 부인만을 비교해 보아도 됩니다.

결론적으로 말해 남성과 여성의 명백하고도 본질적인 차이를 고려해 볼 때, 셰익스피어의 여성 캐릭터들이 진정으로 다양성과 힘이 부족하고 남성 캐릭터들과 동등하지 못하다고 생각하는 사람들이 있다면, 제가 그렇지 않다는 걸 그들에게 증명해 보일 수 있으리라 생각해요.

머든 당신의 책은 셰익스피어의 여성 캐릭터들을 몇 가지 항목으로 분류해서 설명하고 있더군요. 하지만 성격적 특성의 미묘함이나 다양한 정신적 능력이 서로 뒤섞이고 균형을 이루고 있음을 감안할 때 이러한 분류 체계는 임의적인 것일 수밖에 없을 겁니다. 저는 어디서 당신이 그런 구절을 생각해내셨는지 당황스럽더군요. 이 책 첫 번째 장 앞머리에는 '지성의 여인'이라고 씌어 있더군요. 포셔는 지성적이고 헤르미아[*]나 콘스탄스는 그렇지 않다는 건가요?

앨다 저도 슐레겔이 말한 대로 셰익스피어의 캐릭터들을 몇 가지 범주에 묶어 파악한다는 것이 근본적으로 불가능하다는 사실을 잘 알고 있어요. 하지만 일정한 체계를 세우는 일이 제 작업에 반드시 필요했어요. 그래서 저는 캐릭터들을 몇 가지 두드러지는 성격적 특징들에 따라서, 즉 지성과 재치, 열정과 상상력, 도덕적 감정 및 애정이라는 세 가지 특징들로 분류했죠. 역사적인 인물들을 따로 분류한 건 그들이 별도의 기술 방식을 필요로 하기 때문이에요.

저는 포셔야말로 감성에 의해 순화된 재치와 강력한 통찰력을 바탕으로 한 상상력을 겸비한 지성적인 여인의 완벽한 모델이라고 생각합니다. 포셔와 베아트리체를 비롯해 셰익스피어가 창조한 여성 캐릭터들의 지성에는 그 시대의 천박한 사회적 양식의 흔적이 보이지 않아요. 교양을 갖춘 그 시대의 상류층 여성들이 남긴 편지나 대화를 놓고 봐도 베아트리체나

---

[*] 《한여름 밤의 꿈》의 등장인물.

로잘린드의 언어에 비해 그녀들이 더 대담하고 솔직한 표현을 사용했다는 사실을 알 수 있어요. 이러한 사실이 우리의 판단에 영향을 줄 수는 있을지 몰라도 심미적 취향을 만족시키는 건 아니죠. 이 문제에 대해 많은 논란이 제기되어 왔고 앞으로도 그러하리라 생각합니다. 저는 이 문제에 대해 더 이상 언급하지 않겠어요. 그것은 단순히 표현 양식의 문제이지 캐릭터의 본질적인 부분에 영향을 미칠 수 있는 문제는 아니니까요.

　　　머튼　그 문제에 대해 유보적인 입장을 취하는 것은 적절하다고 생각합니다. 하지만 이건 우리들의 개인적인 입장에 대한 질문입니다만, 당신은 우리의 이 '선택된' 시대가 지금까지 보여준 세련된 매너와 까다로운 언어적 신중성이 보다 우월한 취향과 도덕적 순수성을 상징하는 참된 지표라고 생각하십니까? 차라리 그것은 납골당에서 가져온 잿가루 같은 게 아닐까요? 우리가 모두 알고 있는 개별적인 사례들을 언급하지는 않겠지만, 어쨌든 그것은 결국 프랑스 혁명 이전의 프랑스식 매너를 떠올리게 하지 않나요? 호레이스 월폴˙이 그토록 경탄해 마지않았으며, 당시 사회의 도덕적 타락과 상류층의 방탕함을 은폐해 주던 그 정숙함의 태도 말입니다.

잠깐만요, 아직 끝나지 않았어요. 당신에게 하는 말이 아니라 당신을 위해 하는 말입니다. 몇 가지 더 얘기해야겠습니다. 우아함에 대한 우리의 현대적 개념은 겉으로 보기에 실체보다는 언어에, 도덕보다는 예절에 더 큰 중요성을 부여하는 것 같습니다. 당신도 사람들이 《돈 후안》 같은 지독한 프

˙ Horace Walpole(1717-1797). 영국의 소설가.
˙˙ Almack's assembly room. 1765년에 문을 연 영국 귀족들의 사교클럽. 이름은 창립자 William Almack에서 따온 것이다.

랑스 소설들 — 실례입니다만, 부인네들의 화장대에 놓여 있는 그런 소설들 말입니다 — 의 예를 들어가며 셰익스피어의 작품을 비난하는 소리를 들어보셨겠지요. 플로렌스의 귀부인은 베아트리체의 거친 입담에 충격을 받을 겁니다. 반대로 베아트리체는 알맥의 무도회**에 참가한 그 귀부인의 요란한 옷차림새를 보고 경악할 것입니다. 보다시피 꼴사나움은 옷차림에서 비롯되는 거지요. 그러니 우리의 부인네들께 최신 유행의 드레스를 입혀주기로 합시다!

　　앨다　네, 어쨌든 이제 플로렌스의 귀부인 얘기는 넘어가도록 하죠. 저는 당신이 어떻게 셰익스피어를 옹호하는지 더 듣고 싶군요.

　　머든　저는 셰익스피어가 인간 감정의 사도私道를 선택하지 않고 인간의 보편적인 삶의 길에 천착했다는 점을 누구보다 잘 통찰했던 인물은 코울리지(Coleridge)라고 생각합니다. 셰익스피어의 작품 속에는 도덕적인 노상강도라든지, 감상적인 도둑, 쥐잡이꾼, 흥미로운 깡패, 우아한 간통녀 따위는 등장하지 않습니다. 화려한 스타일과 색채로 가장하지만 결국은 그 피상성이 탄로나고 마는 저속한 이미지들로 제시된 온갖 비비꼬인 상황 설정도 없습니다. 셰익스피어는 사악한 열정을 찬양하지 않으며, 미덕의 외양 속에 악덕을 은폐하거나 진실하지 않은 원칙에 시간을 허비하지 않습니다. 물론 그도 작품 속에서 우리를 속임수로 웃기고, 범죄로 몸서리치게 만듭니다. 하지만 그 어느 순간이든지 그의 작품은 인간에 대한 사랑과 자존의식을 보여줍니다. 그가 가진 능력과 아름다움과 미덕 속에는 고귀하며 두려움 없는 진실이 들어 있습니다. 진리의 북극성을 바라보는 그의 시선은 다른 선장이었다면 난파를 면치 못했을 험준한 해협과 모래수렁 가운데로 당당하게 우리를 인도합니다.

가령, 셰익스피어 외에 그 누가 감히 이아고와 데스데모나와 같은 두 인물을 한 작품 속에서 다룰 수 있겠습니까? 데스데모나를 묘사하는 그 투명하고 순수한 색채가 조금이라도 흐려졌더라면 그녀의 매력은 완전히 상실되었을 겁니다. 그녀의 이미지는 탄생할 수 없었을 것이고, 그녀의 존재가 발하는 순수성의 빛은 이아고의 어두운 힘의 그늘로 뒤덮이고 말았을 것입니다. 데스데모나의 미덕에 대한 이아고의 불신은 가장된 것이 아니었습니다. 그건 진짜였지요. 그것은 이 세상의 선한 가치들에 대한 이아고의 철저한 불신에서 온 것입니다. 그는 데스데모나가 악을 상상할 수 없었던 것처럼 선을 상상할 능력이 없었습니다. 이 짐승 같은 난폭성과 악의를 지닌 인간에게 데스데모나의 고결성은 다만 경멸할 만한 허약성으로 보일 뿐이었죠. 오델로를 향한 데스데모나의 애정, 그의 내면에서 진정한 모습을 볼 줄 알았던 그녀의 순수한 사랑은 그에겐 한갓 괴상한 취향으로, 그녀의 수줍은 겸손함은 악마성을 감추고 있는 가면으로 느껴졌을 뿐입니다. 그는 이런 생각들을 자기 확신이 깃든 강력한 언어로 표현하며 우리는 그의 언어에 귀를 막을 수 없습니다. 그는 우리 앞에서 그녀를 산산조각냅니다. 그러면 천사라도 악마로 둔갑시킬 수 있었을 겁니다. 그럼에도 불구하고 비할 데 없이 섬세한 필치로 형상화한 데스데모나의 순수성은 조금의 손상도 입지 않고 예전의 모습 그대로 남아 있습니다. 그 모습은 참으로 아름답습니다. 그리고 그 모습은 아름다운만큼 자연스러운 것이기도 합니다.

세상에는 행동이나 목적은 올바를지 모르지만 생각과 감정은 사회의 죄악에 대한 일상적 지식에 물들어 있는 사람들이 존재하지요. 다른 작가들의 작품이나 등장인물들을 평가하듯이 이아고의 사악한 의도와 내면의 타락에 대한 진실한 숙고 없이 이 작품을 판단하려드는 그런 사람들 말입니다.

앨다 오, 하느님. 그런 비평가들을 만나지 않게 해주시길! 하지만 그러한 천재성과 젊음과 순수성마저도 세상의 중상모략을 면할 수 없다면, 제가 무엇을 더 희망할 수 있을까요? 당신이 말한 그런 부류의 인간들에게 저는 진심으로 연민을 느껴요. 그들의 내면에는 자연 속에서든, 예술 속에서든 진실로 때묻지 않은 기쁨을 발견할 수 있는 능력이 거의 남아 있지 않으니까요.

머든 천국의 향수도 악마에겐 그들을 슬프게 하는 독이 될 뿐이죠. 당신은 악마를 동정하겠지만 그들은 당신을 비웃을 겁니다. 그건 그렇고, 이 장의 목적은 무엇이죠? '상상력의 여인' 이라… 줄리엣… 비올라… 이 낭만적인 아가씨들이 당신의 도덕적 개념체계를 떠받치는 기둥들인가요? 그렇다면 이들은 계몽된 시대를 살아가는 오늘의 젊은이들을 위한 예시입니까, 경고입니까?

앨다 물론 경고지요. 그렇지 않나요?

머든 로맨스의 위험성에 대한 경고 말씀이죠? 하지만 그들은 어디에 있습니까? 꽁스땅(B. Constance)의 말대로 '열정으로 불타는 가슴은 집에 기거하지 않는 법' 이라면. 그들은 어디 있습니까? 시와 낭만의 사도이자 사심 없는 헌신과 진실한 믿음의 희생양인 그들, 남에겐 너무나 많고 자신에겐 너무나 적게 있는 자만으로부터 스스로를 지키기 위해 반드시 필요한 그 모든 양심과 따스한 애정을 지닌 젊은 가슴들. 이 꽃 피지 못한 장미들은 어디에 있습니까?

앨다 아마 순수를 지키는 데 있어서는 너무나 고결하고 헌신적이며, 미덕을 찬양하는 데 있어서는 너무나 열광적이며, 악덕을 증오하는 데 있

306

어서는 너무나 난폭하며, 너무나 우정에 충실하고 너무나 사랑에 대한 믿음이 깊으며, 너무나 적극적이고 너무나 사심 없이 진리를 추구하는 너무나 낭만적인 젊은 신사 양반들과 함께 엘리시안의 들판을 거닐고 있겠죠.

머든 아주 공정하시군요! 하지만 진지하게 묻는 겁니다만, 당신은 이 이기적이고 계산적인 시대에 우리의 젊은이들을 과도한 감정과 몽상의 위험으로부터 보호하는 것이 반드시 필요하다고 믿으시는 겁니까? 당신은 과장된 감정으로서의 낭만과 고양된 사유로서의 낭만의 차이를 전혀 인정할 수 없다는 겁니까? 다 꺼져가는 열정의 재에 찬물을 부으시려는 건가요? 제 생각으로는 그건 지나친 처사입니다.

인간적인 감정이 거세된 편의주의의 사고가 오늘의 철학으로 자리잡고 있는 시대에 저항하기 위해서는 그와는 다른 교리가 필요합니다. 당신이 전하고자 하는 경고가 몽상과 열정의 충동에 사로잡혀 잘못된 길로 빠져들 위험에 처한 몇몇 젊은이들에겐 도움이 될지도 모르겠습니다. 하지만 이 비웃음으로 가득한 세상의 한가운데서 트럼펫을 불듯 우렁차게 역설할 필요까진 없지 않습니까? 아니오, 그건 아니에요. 이 시대엔 나이 어린 여자는 있어도 젊은이는 없어요. 꽃 같은 젊음은 최신 유행의 교육에 모두 희생당했습니다. 봄의 꽃봉오리가 있어야 할 곳에는 온상에서 자라나 벌써 만개한 철 이른 잘난 척하는 장미들로 가득합니다.

앨다 그러므로 온 세상에 만연해 있는 오늘날의 억압적인 교육제도를 비난해야 합니다. 지금의 교육제도는 완전히 잘못되어 있어요. 이 이상으로 비참하고 부정적인 기능을 발휘할 수 있는 제도도 달리 없을 거예요. 여자 아이를 수녀원 같은 곳에 가둬두었다가 결혼할 때가 되어서야 세상에 내보내는 우리 사회의 관습도 그에 못지않지요. 그런 여성이 사회에 대해 무엇을 알 수 있겠어요. 백치 같은 무지함에 머물 뿐이죠.

하지만 가장 최악인 것은 우리의 교육이 이미 허영심과 실리주의가 양심과 애정의 자리(낭만의 자리)를 차지하고 있는 이 세상의 안방마님인 저의 어머니를 그대로 닮도록 교육받은 똑똑하고, 교양도 있지만 인간미 없는 여학생들을 수도 없이 양산해내고 있다는 사실이에요. 보다 높은 가치를 일깨우는 가르침도 순수한 원칙도 없이, 내면의 감정과 열정을 억압하거나 편협하게 개조시키고 있을 뿐이에요.

그와 더불어 오늘날 젊은 영혼의 내부에 자리를 차지하고 있는 것은 미덕의 힘과 빛이 아니라 바로 세상의 여론이죠. 사람들을 헛된 경쟁으로 내모는 기만적인 명예일 뿐인 세상의 그 온갖 명분들 말이에요. 그렇게 해서 이 천박한 세상은 온갖 모순적인 인간들을 탄생시켰습니다. 예의범절의 본보기이자 인내심의 기적, 교육제도의 경이로운 성과인, 내면의 감정에 냉소적이고, 줄리엣과 이모젠을 한심한 여자라고 비웃는 열여섯 살짜리 소녀가 탄생했습니다. 이제 열정의 불길을 가라앉히고 신의 심판을 차분히 생각해야 할 시기에 그들의 행위로 세상을 깜짝 놀라게 하고 우리를 혼란에 빠뜨리는 불혹의 귀부인들이 탄생했습니다.

머든 혹은 정치에 투신하지요. 좀 색다른 오락거리를 찾아볼 요량으로 말입니다. 저는 정치적인 여성을 혐오합니다.

앨다 왜 그녀들을 싫어하시죠?

머든 세상에 해를 끼치니까요.

앨다 왜 그녀들이 해를 끼친다고 생각하나요?

머든 왜냐구요? 그녀들이 어째서 해를 끼치냐구요? 저런, 그들에게 직접 물어보시든가, 아니면 해악害惡의 신에게 물어보세요. 해악의 신이

308

자신의 목표를 달성하는 데 있어서 정치에 미쳐 날뛰는 여성보다 더 효과적인 수단도 달리 없을 테니까요. 무리 짓기 좋아하는 인사들로 자신의 안방과 응접실을 가득 채우는 이 정치 참여적인 여성들의 존재는 현재 우리 사회와 혁명 이전의 파리 사회가 공유하고 있는 또 하나의 공통점이라고 보아야 할 겁니다.

앨다 그렇다면 에지워스[*]의 소설에 나오는 젊은 아가씨들처럼 당신도 '여성과 정치는 아무런 관련이 없다' 고 생각하시겠군요? 여성에겐 입법상의 원칙을 이해한다든지, 국가나 정부의 이익과 복지를 고민하고, 진보의 흐름에 동참할 수 있는 능력이 없다는 거구요? 여성들은 애국심이 뭔지도 모른다고 생각하시죠? 제 말을 믿어주시길 바라요. 우리 여성들이 느끼는 애국심은 용기나 사랑의 감정에 있어서도 마찬가지지만 당신네 남성들의 애국심보다 훨씬 순수합니다. 대체적으로 남성의 애국심이란 언제나 에고이즘의 영향에서 자유롭지 못하니까요. 반면 여성의 애국심은 고결한 동기에서 태어난 하나의 감정으로 존재합니다.

머든 당신의 주장을 모두 받아들인다 해도 정치적인 여성들에 대한 저의 혐오감은 조금도 줄어들지 않습니다. 다시 한번 말씀드리지만 그녀들은 어리석고 해로운 존재입니다. 당신이 한 번만이라도 여성 정치 단체에서 떠드는 얘기를 들어본다면 제 말을 이해하실 겁니다. 하지만 당신은 정치에 대한 얘기는 안 하시죠.

앨다 듣고자 하는 사람이 있을 땐 저도 이야기합니다. 하지만 다른이의 의견을 듣는 걸 더 좋아합니다. 당신이 불평하고 있는 그 해악에 관

---

[*] Maria Edgeworth(1767-1848). 영국의 소설가.

해서라면, 지성을 노예화하고 객관적인 판단에 족쇄를 채우는 온갖 편견들을 양산하는 오늘날의 불완전한 교육에 그 책임을 물어야 해요. 아무리 좋게 읽어보려 해도 그동안 역사는 여성을 정치와는 전혀 무관한 존재로 기술해 왔습니다. 여성은 거시적이고 보편적인 원리를 논한다거나 과거의 사건들로부터 그 원인과 결과를 추론해낸다거나 하는 포괄적인 정치적 안목을 갖출 수 없다는 거예요. 그러나 여성들은 늘 정치적이었습니다. 여성들은 그들의 감정, 판단, 개인적인 교류, 희망, 두려움을 통해서 언제나 세상에 참여해 왔으니까요.

머든   그런 식의 참여일 뿐이라면 저도 참을 수 있을 겁니다. 최소한 그건 여성적이니까요.

앨다   오히려 그 점이 가장 큰 해악의 원인인 것입니다. 그것이 바로 오늘날의 맹목적인 당파주의자들, 극단적인 여성 당원들, 한심한 정치인들이 생겨난 원인이에요. 저는 한 번도 문자 그대로 진정한 정치에 대한 이야기를 하는 여성을 본 적이 없어요. 조금만 들어봐도 그녀의 견해나 주장들이 특정한 동기나 감정, 비밀스러운 편견을 토대로 한 것이라는 사실을 알게 되죠. 자신의 자아나 편견에 집착하지 않고 오직 정의만을 사랑한다는 것은 그리스의 현인에게도 힘든 일일 텐데, 하물며 이 시대의 여성들은 어떻겠어요!

머든   그러니까 당신은 진실한 도덕적 원칙에 입각한 올바른 교육을 통해서 여성들이 지금보다 더 합리적인 정치인이 될 수 있으며, 그게 아니더라도 최소한 그들이 정치에 이것저것 끼어들 자격을 얻을 수 있다고 생각하시는 거죠?

앨다   그 경우라면 당신이 말씀하시는 끼어들기는 사라질 겁니다. 여성의 정치 참여는 법제화될 테니까요. 정치적이고 계산적인 여성들을 비웃으며 바이런(Byron) 경의 시구나 인용하는 건 매우 쉬운 일이에요. 오, 그런 분노에 찬 상투적인 문구들은 다른 사람에게나 읊으라고 하세요! 그건 당신에게 아무런 도움도 되지 않으니까요. 그동안 우리 여성들이 이룩한 성취들을 놓고 볼 때 그런 소리는 절대 나올 수 없다는 사실을 당신께 여기서 일일이 증명해 보일 필요는 없겠지요. 한 여성에 대해 긍정적이거나 부정적인 판단을 내리거나, 평가할 만한 인물인지 아닌지를 결정하는 기준은 그녀가 성취한 업적들이 아니라 그녀가 가진 사회적 신분이라는 식의 진부한 문구들을 얼마나 더 듣고 있어야만 하나요? 정치가들의 어머니이자 양육자라는 최종적인 목표에 입각해 지금처럼 헛된 일들에 관한 온갖 지식을 주입시키는 식이 아니라, 통찰력과 도덕적 감정을 고양시키는 방향으로 여성 교육이 이루어질 날이 머지않았다고 저는 생각합니다.

머든 그런 꿈같은 시대가 오기 전까지는 남성들에게 속해 있는 정치 영역은 그냥 우리 남성들에게 맡겨주셨으면 좋겠군요. 그건 그렇고 당신의 책에는 아주 색다른 범주의 성격이 다루어지더군요. 그 '애정과 도덕적 감정이 두드러지는 여성들' 말씀입니다. 이 세상에 그런 여성들이 많이 있다고 생각하시나요?

앨다 네, 그렇게 생각해요. 애정 및 도덕적 감정은 열정이나 지성의 발달에 비해 잘 드러나지 않고 따라서 관찰하기도 어렵죠. 보편적인 만큼 언급되는 경우도 드물구요. 하지만 이러한 특성이야말로 일반적으로 여성의 성격을 특징짓는 가장 주요한 속성입니다. 물론, 허영심에 완전히 사로잡혀버린 여성들의 경우는 예외로 해야겠지요.

머든 예외라구요! 그 예외적인 경우에 탄복하지 않을 수 없군요. 당신은 지금 일반적인 경우를 예외적인 경우라고 주장하고 있는 꼴입니다. 세상을 좀 돌아보십시오.

앨다 당신은 눈앞에 보이는 지평선을 이 무한한 우주의 끝이라고 상상하는 아이처럼 그 상투적인 '세상'이라는 단어가 우리의 개인적인 경험의 한계를 결정짓는 어떤 영역을 가리킨다고 생각하는 그런 사람은 아니시겠죠. 그 영역이 무엇을 의미하건 어디에 위치하건 간에 말이에요. 진심으로 말씀드리는 바입니다만, '세상'이라 불리는 곳의 지혜란 기껏해야 하나의 천박한 지혜에 지나지 않아요. 그런 식의 철학은 남성의 에고이즘과 여성의 허영심에 모든 행위의 동기와 감정을 종속시키는 편협하고 제한된 사유일 수밖에 없어요. 그런 것을 세상의 방식이라고 부를 수는 있겠지만 보편적인 자연의 원리라고 부를 수는 없을 겁니다. 그런 건 여성의 진정한 본성과는 관계가 없어요. 소박하고 정직하며 다정하고 자기희생적인 애정을 간직한 여성을 보고 싶으세요? 허영심에 물들지 않은, 남이 자기를 허영심 많은 여자라고 생각하지는 않을까 하는 의심조차 가져본 적 없는 그런 여성을요. 당신은 그런 여성을 만날 수 있을 거예요. 부유하고, 상류층이며, 훌륭한 교육을 받았고, 결핍이나 슬픔, 두려움 같은 것들과는 너무너무 먼 그런 세계의 여자들 중에서가 아니라, 가난하고 비참하고 부패로 가득한 타락과 심연의 유혹에 일상적으로 노출되어 있는 그런 세계의 여자들 중에서 말입니다.

머튼 그럴 거라 믿습니다. 아니, 저도 그렇다는 걸 알고 있습니다. 하지만 당신은 어떻게 그런 진실을, 자연과 진리가 사회의 두 극단 속에서 찾아낸 그 기이한 피난처에 관한 비밀을 알 수 있게 된 거죠?

앨다 제가 무엇을 보았고, 무엇을 깨닫게 되었는지는 여기서 별로 중요하지 않은 것 같군요. 그리고 사회의 두 극단에 관해서는 《폴 클리포드》(Paul Clifford)의 저자[■]가 쓴 작품들이나 일상의 풍경을 생생하게 그려내는 고어 부인(Mrs. Gore)의 작품들을 읽어보시길 바랍니다. 저는 특정한 관습이나 유행, 사회적 조건과 무관한 여성성의 본질을 포착하고 싶었어요. 감정이 어떤 방식으로 자연스럽게 여성의 내면에서 표출되는가를 그려 보이고 싶었구요. 그렇게 표출된 감정은 지성과 결합된 것이거나 통찰력의 지배를 받는 것일 수도 있고, 상상력에 의해 고양되거나 비뚤어진 기질에서 오는 감정일 수도 있으며, 도덕적인 정서로 순화된 감정일 수도 있습니다. 저는 이 모든 감정의 형태들을 셰익스피어의 작품 속에서 발견할 수 있었어요. 바로 그가 창조해낸 여성들의 모습 속에서 말이죠. 수치심, 공포, 거만함, 분노, 허영, 질투심과 같은 속된 감정들을 지배하고 초월하며, 우리에게 그토록 조용하게 영향을 미치기에 더욱 완벽한, 이들이 드러내는 고요하고도 고결한 감정은 우리 모두가 깊이 연구해 볼 가치가 있다고 생각해요.

　　머튼　여러 비평가들이 셰익스피어의 작품이 보여주는 여성 간의 우정이라든지 관대한 애정에 대해 거론해 왔습니다. 또 한편으로는 많은 작가들 ― 특히 극작가들 ― 이 그의 작품 속에서 재기발랄하고 풍자적인 표현으로 묘사되는 여성들 간의 악의와 경쟁심, 질투심, 상호비방과 불신, 우정이라는 이름 하에 서로를 속이는 이기적인 관계들 ― 이들 모두가 결국은 허영심을 키우는 잘못된 교육과 사회의 기만적인 구조의 결과겠죠 ― 에서 많은 영감을 얻어왔습니다.

■ Edward Bulwer(1830-1873). 영국의 소설가.

여성의 인간애와 지혜, 깊은 사랑의 정신을 존경했던 셰익스피어는 여성의 천성적인 선량함과 동정심을 정당하게 표현했다고 생각합니다. 베아트리체와 헤로, 로잘린드와 실리어의 우정을 통해서, 그리고 헬레나와 헤르미아 간의 소녀다운 애정을 통해서 그가 그토록 힘찬 단순성과 명확한 자기 확신으로 그려낸 것은 바로 여성 간의 경쟁심이나 질투와 같은 천박한 감정을 뛰어넘는 관대한 애정과 진실성이었습니다. 그리고 이러한 여성적 진리는 우리에게 똑같이 절대적인 확신으로 다가옵니다.

　　앨다　그외에도 비올라가 자신의 경쟁자인 올리비아에게 품었던 관대한 애정, 줄리아가 실비아에게, 헬레나가 다이애나에게, 같은 작품에서 늙은 백작부인이 헬레나에게, 그리고 《햄릿》의 사악한 여왕이 순결한 오필리아에게 보여주었던 관대한 애정의 감정을 예로 들 수 있겠지요. 이 모든 사례들은 셰익스피어가 여성을 본질적으로 자비로운 존재로서, 그리고 진실하며 따스한 연대감을 느낄 줄 아는 존재로서 인식했다는 사실을 증명해 줍니다. 세상의 속된 익살꾼이나 풍자가들, 시류에 영합하는 시인들은 우리에게 그와 정반대되는 이야기를 들려주려고 할지도 모르지만요.

또 한 가지, 셰익스피어가 깊은 통찰로 우리에게 그려 보이는 것은 바로 남성적인 용기와 여성적인 용기의 차이입니다. 남성적인 용기란 대개 동물적이며, 그것이 최고조로 고양된 형태가 바로 명예입니다. 반면 여성적인 용기는 언제나 일종의 미덕입니다. 그것을 통해 우리가 남의 존경이나 찬사를 얻을 수 있는 것도 아닐 뿐더러 세상이 우리에게 그러한 용기를 요구하는 경우도 없으니까요. 우리 여성들의 용기는 허영과 동물적인 힘에서가 아니라 애정과 정신적인 에너지에서 태어납니다. 한 여성의 영웅주의는 언제나 흘러넘치는 감성을 의미합니다. 수부水夫의 옷을 입고 모자를 쓰고 남편 몰래 그의 곁에서 함께 거친 바다와 싸우기 위해 일어서던 팬쇼 부인을 기억하시겠죠? 그녀는 눈물로 범벅이 된 채 그곳에 서 있었고, 그 자리를 끝까지 지켰습니다. 남편이 고개를 돌려 곁에 있는 그녀를 발견했을 때 내뱉었던 외침 — "훌륭하고 훌륭하구나! 사랑은 이 같은 기적을 행하나니" — 그 외침은 우리가 그동안 책에서 읽어왔고 들어왔던 여성들의 용감한 행위들 모두에 똑같이 바쳐져야 할 겁니다.

미래의 불확실한 결과들을 생각하며 미칠 듯한 두려움에 떨면서도 주저 없이 물약을 삼키는 줄리엣의 행동이 바로 이러한 여성적인 용기를 대변한다고 생각합니다. 그리고 이러한 불굴의 정신은 굳은 신념과 순수한 사랑의 힘에서 오는 것이지요. 셰익스피어는 러셀 부인*과 게르트루드 드 바르트**의 영웅심에 비견될 수 있는 고결한 용기의 형태들을 헤르미오네, 코델리아, 이모젠, 아라곤의 캐서린과 같은 여인들을 통해 보여주고 있습니다.

　　머든　그렇다면 맥베스 부인의 용기에 대해서는 무어라 말씀하시겠습니까?

　　　　제 손도 당신의 손과 같은 빛이에요.

　　　　하지만 당신의 심장처럼 창백한 심장은 되지 않아요.

　　　　그리고

　　　　약간의 물만 있으면 살인의 흔적도 우리에게서 말끔히 지워질 거예요.

　　　　얼마나 간단한 방법인가요!

---

* Rachel lady Russell. William lord Russell의 아내로서 그녀의 사후(1773) 서간집이 출간됐다.

※ ※ 1826년에 출간된 요한 콘래드 아펜젤러(Johann Konrad Appezeller)의 동명 소설의 여주인공.

라고 말하는 맥베스 부인 말입니다. 그녀의 용기가 단순히 피와 죽음에 무
감각한 남성적인 냉혹성과 다른 무엇이라면, 그것이 대체 무엇이란 말입
니까?

앨다   적어도 당신이 상상하는 그런 것은 아니지요. 인내심을 가지고
끝까지 제 책을 읽어보신다면, 제가 맥베스 부인을 매우 다른 방식으로 해
석하고 있다는 걸 아시게 될 거예요. 당신이 언급하신 그 끔찍한 대목들을
작품의 전체적인 문맥 안에서 이해해 봅시다. 그러면 생각했던 것과는 많
이 다르다는 것을 아시게 될 거예요.
이 문제에 대해 정확한 통찰을 보여준 한 친구가 생각나는군요. 만약 맥베
스가 일말의 양심의 가책도 느끼지 않는 완벽한 악인이었다면 맥베스 부
인은 남편의 욕망의 불을 잠재우는 원인들을 제거하고 대신 그에게 자신
의 불을 빌려줬을 거라는 것이지요. 자기 통제의 절대적인 필요성, 이성의
힘, 그리고 남편에 대한 그녀의 사랑은 이 결정적인 순간에 하나로 결합되
어 발각될 위험을 제외한 모든 두려움을 정복하며 스스로의 모든 능력들
을 완전히 장악하도록 허용합니다. 또 한편으로 조금의 감정적인 동요도
없이 자신의 손에 묻은 피의 흔적을 물로 씻어버려야겠다고 말하던 이 여
인이 상상 속에서는 씻고 또 씻어도 언제나 피투성이인 자신의 손을 보고
있다는 점을 떠올릴 필요가 있어요. 이성이 더 이상 깨어 있지 못하고, 자
연과 본래의 여성성을 스스로 파괴했다는 죄의식을 억누르지 못하게 될
때, 그녀는 무의식적으로 그 '빌어먹을 핏자국'을 씻어내려는 행동을 반
복하며, 아라비아의 향수로도 더 이상 향기롭게 할 수 없는 자신의 그 작
은 손을 바라보며 상심 어린 탄식을 내뱉는다는 것을 알 수 있죠.

머든   정말이지, 당신의 '사랑과 덕의 여인들' 가운데 그녀도 포함시

316

켰더라면 좋았겠습니다.

앨다 비웃으시는군요. 하지만 이건 농담으로 하는 얘기가 아니라, 당신 말씀대로 역사적인 여인보다는 그 편에 포함시키는 게 더 적절했을지도 모른다는 생각이 드네요.

머든 어쨌거나, 이제 역사적 인물들에 대해 말할 차례군요. 저는 당신의 책이 셰익스피어는 역사적 진실을 명백히 왜곡시켰다는 식의 오만한 — 이렇게 불러도 될까요? — 가정들에 대해 반대 입장을 표명했기를 바랍니다. 그는 역사가들 중에서도 가장 진실한 역사가라 할 수 있으니까요. 역사적 사실과 관련된 그의 착오들은 항상 제게 표현상의 몇 가지 실수를 범한 이탈리아 화가의 아름다운 그림들을 떠올리게 합니다. 그리고 이러한 표현상의 실수들은 여기서 아무런 문제가 되지 않아요. 보다 적절하게 표현하자면 그것들은 오히려 그 그림의 아름다움의 일부가 됩니다. 코르지오가 그린 '성 제롬(St. Jerome)'을 예로 들어보죠. 널리 알려진 대로 성모 마리아에게 자신의 책에 대해 설명하고 있는 성 제롬의 모습 속에는 벌써 여섯 가지 표현상의 실수가 발견됩니다. 함께 등장하는 아기 예수의 발에 입맞춤하는 막달레나의 모습에 대해서는 굳이 언급하지 않더라도 이미 그 정도라는 말씀이죠. 이 그림 속의 낯설고 부정확한 조합에 대해 누군가는 비웃고, 또 누군가는 옹호합니다. 하지만 그러한 기술적인 착오 때문에 이 작품이 시와 감성을 가장 고귀한 형태로 표현해낸 걸작의 반열에 들 수 없다는 겁니까? 또 다른 예로 나폴리의 화가들이 베수비오 산과 나폴리 항을 배경으로 여러 점의 유명한 예수 탄생화들을 남겼다는 사실을 당신도 아시지요?
이외에도 수없이 많은 사례들이 있습니다. 하지만 어떤 경우에도 외적 오류가 작품의 내적 진실성에 영향을 미치고 있다고는 느껴지지 않습니다. 이 작품들의 가치는 한 번 우리의 믿음과 숭배의 대상으로 받아들여지게 되면, 시간과 공간을 초월하는 불멸성을 얻게 됩니다. 이런 맥락에서 셰익스피어의 역사적 착오를 이해해야 합니다. 이 문제에 있어서는 존슨을 비롯한 그의 동시대 비평가들이 보여준 현학적인 비판론이나 슐레겔이 보여준 장황한 옹호론 모두가 부적절한 것으로 느껴집니다.

셰익스피어가 델피의 신탁과 훌리오 로마노*를 같은 시대에 등장시킨다면, 그것이 의미하는 바는 무엇일까요? 그는 캐릭터를 형상화하는 데 있어서는 결코 실수를 저지르지 않습니다. 그는 클레오파트라를 멧비둘기로 변신시킨다거나 아라곤의 캐서린을 감상적인 여성으로 변모시키지 않습니다. 또한 역사적 정신과 지식에서조차 그러합니다. 그가 역사적 지식을 벗어나는 경우는 그것이 보다 높은 아름다움과 보편적인 진리를 추구하는 데 필요하기 때문입니다.

앨다　콘스탄스, 클레오파트라, 아라곤의 캐서린 등의 인물과 관련된 역사적 사실을 극적 인물들과 나란히 제시함으로써 당신이 지금 말씀하신 점들을 저의 책이 나름대로 증명해 보였다고 생각해요.

머든　클레오파트라의 성격을 분석하는 일은 그림을 그리려고 별똥별의 꼬리를 잡아 의자 위에 앉혀두려는 시도 같은 것임에 틀림없어요.

앨다　네, 정말로 그렇죠. 하지만 미랜더와 오필리아의 경우에 비하면 그래도 양호한 편입니다. 이들은 아예 일체의 분석을 거부하니까요. 아직 지상에 떨어지지 않은 이슬방울이나 눈송이 하나로 화학 실험을 하려는

※ Julio Romano(1492-1546). 이탈리아의 화가.

격이랄까요.

머든   전 시대의 어떤 이들이 셰익스피어는 바람둥이 여자를 그린 적이 없다고 말했었죠. 그렇다면 여왕인 동시에 과거, 현재의 모든 바람둥이 여인들의 표본이라 할 클레오파트라는 어떻게 설명해야 합니까? 그녀는 지금도 아무개 부인이란 이름으로 무도회장에 출입하고 있을걸요. 어쨌든 이제 교훈을 생각해야 할 시간인 것 같군요.

앨다   교훈이라뇨? 무슨 말씀이시죠?

머든   당신의 책에서 말입니다. 당신의 책이 전하고자 하는 의미가 있지 않습니까?

앨다   네, 진정으로 깊은 의미가 있지요. 찾고자 하는 사람은 찾게 될 것입니다. 제가 당신의 지적과 반론에 모두 대답한 것이라면, 그리고 저 자신의 관점을 충분히 설명한 것이라면, 이제 시작해도 될까요?

머든   원하시는 대로 하십시오. 이제 경청할 준비가 되었습니다.

셰익스피어의 여인들 I
지성과 열정의 주인공들

초판인쇄 2006년 7월 10일
초판발행 2006년 7월 24일

지 은 이 안나 제임슨
옮 긴 이 서대경
감   수 이노경
펴 낸 이 김삼수
펴 낸 곳 아모르문디

등   록 제 313-2005-00087호
주   소 121-865 서울시 마포구 연남동 245-9 1층
전   화 0505-306-3336
팩   스 0505-303-3334
이 메 일 rurahd@naver.com

ISBN 89-957140-3-4 04840
ISBN 89-957140-2-6 (전2권)

잘못된 책은 구입하신 서점에서 바꿔 드립니다.